A E
& I

El Ángel de la Ciudad

Autores Españoles e Iberoamericanos

Eva García Sáenz de Urturi

El Ángel de la Ciudad

Planeta

Av. Diagonal, 662-664, 08034 Barcelona
www.planetadelibros.com

Diseño de la colección: Compañía

Primera edición: abril de 2023
Depósito legal: B. 4.443-2023
ISBN: 978-84-08-27042-3
Composición: J. A. Diseño Editorial, S. L.
Impresión y encuadernación: Unigraf
Printed in Spain - Impreso en España

PEFC
PEFC/14-38-00305
Certificado PEFC
Este libro procede de bosques gestionados de forma sostenible y fuentes controladas
www.pefc.es

El papel utilizado para la impresión de este libro está calificado como **papel ecológico** y procede de bosques gestionados de manera **sostenible**.

La gente paga por lo que ha hecho
y por aquello en lo que se ha convertido.
Y lo paga de manera simple:
con la vida que lleva.

EDITH WHARTON

1

GAU BELTZA, LA NEGRA NOCHE

UNAI

Villaverde, 31 de octubre de 2022

La noche que ardió Venecia yo encendía velas y las insertaba en calabazas por los caminos de un hayedo ya a oscuras, frente a mi diminuto pueblo de Villaverde, ajeno al incendio que después poblaría mis pesadillas.

—Hijo, estoy intranquilo, llama tú a Alistair, anda —me insistió el abuelo mientras me tendía su móvil prehistórico una vez más.

—Alistair es un poco despistado, abuelo. Seguro que nos llama en cuanto su avión aterrice desde Venecia —lo calmé por enésima vez—. Además, en el monte hay poca cobertura.

Miré de reojo a Alba, que alzó a nuestra hija Deba y la cargó sobre sus hombros. Alba me tenía muy preocupado, llevaba meses despertando con pesadillas a eso de las cuatro de la mañana.

Cuando yo encendía la luz la encontraba aterrada y muda, con las manos frías y pocas ganas de dar una explicación.

Rechazaba mis abrazos igual que aquella noche estaba rechazando que le diera la mano por el camino de las Tres Cruces mientras seguíamos sus instrucciones tratando de desempolvar del olvido de los tiempos la vieja costumbre de la *Gau Beltza*, «la noche negra», el Halloween vasco que mi abuelo contaba que cayó en el olvido allá por los años cincuenta del siglo pasado.

—Siempre lo hicimos a espaldas de los curas, creo que no era una costumbre muy cristiana —nos había comentado frente a la lumbre de la cocinica vieja—. Vaciábamos las calabazas y después hacíamos cabello de ángel con los hilos y mucho azúcar. Los más mañosos recortaban los ojos y las bocas desdentadas de las calabazas para que diesen miedo a los despistados que esa noche andaban por las calles. Cuando era mozo, antes de la guerra, poníamos en el campanario una calabaza con un cirio encendido dentro y después íbamos dejando calabazas y nabos vaciados con sus velas por los ribazos del sendero, desde el cementerio, por las Tres Cruces, hasta entrar en el hayedo. Era para que los muertos encontraran el camino de vuelta al camposanto, porque se decía que esa noche podían salir de las tumbas y vagaban por el bosque. Lo de las luces era para que no se perdieran. Y nos poníamos sábanas por encima para que nos confundieran con ellos si nos encontraban mientras colocábamos las calabazas. Tenían que ser sábanas viejas y llevar agujeros, no sé por qué. Uno entonces no preguntaba a sus mayores —recordó, con la mirada perdida en una llama.

Alba se había empeñado en rescatar las tradiciones antiguas de la zona desde que estaba al frente del hotel palacio que su madre le legó en Laguardia y había encontrado en antiguos libros de gastronomía que el 31 de octubre se celebraba la *Arimen Gaua* o noche de las almas.

También leyó que se cocinaban panes funerarios, *olatak*, que se colocaban sobre las lápidas porque persistía la creencia de que los difuntos necesitaban comer esa noche para tener fuerzas en su paseo por los bosques.

Los vecinos afirmaban que los panes pesaban menos al día siguiente.

Así que, haciendo caso a una tradición casi extinta, nos habíamos vestido con sábanas viejas y rotas.

A decir verdad, conformábamos un extraño séquito en la oscuridad del hayedo. Cuatro personas bajo las sábanas blancas encendiendo velas y abandonando calabazas y nabos en el ribazo del camino al cementerio. Una chocante Santa Compaña.

Éramos cuatro luces en la inmensa oscuridad del monte, con calabazas naranjas que proyectaban sobre el negro camino sus ojos rasgados y sus bocas desdentadas gracias a la luz de unas velas que temblaban con nuestros vaivenes.

Cuatro fantasmas con sus sábanas blancas camino del cementerio.

Un gigante, desde lo alto del monte, habría visto solo cuatro luciérnagas en la noche.

Aquella *Gau Beltza* estaba descubriendo que el abuelo no solo se preocupaba de que los vivos estuviéramos bien alimentados, su forma de expresar amor hacia sus nietos y biznieta, para un hombre educado en los tiempos en que los hombres no podían expresar amor, era atiborrarnos cada semana con botes de peras al horno, manzanas asadas, choricillos a la sidra y cualquier alimento que sellase las arterias.

El abuelo, a punto de soplar las cien velas, había pedido al panadero de Bernedo que le hornease unas *olatak.*

—Para que tu padre no pase hambre, que Gael siempre estaba flacucho. —Esa fue su sucinta explicación, mientras se rascaba un par de canas bajo su eterna boina de Elosegui.

Cuando dejamos atrás la espesura de las hayas, el camino se convirtió en barro y tuvimos que aminorar la marcha para no resbalar.

El relente del viento, una vez fuera del bosque, nos golpeó en unos rostros ya acostumbrados a un otoño más que crudo.

Nuestro final de pista era el cementerio de Villaverde.

Allí teníamos que dejar, según la tradición, las *olatak* que nos había bendecido el cura. Llegamos ateridos y algo cansados, con Deba ya dormida en mis brazos.

Nos guiábamos por las velas de las calabazas, apenas había farolas en el camino que llevaba al cementerio.

Pero, de repente, escuchamos a nuestras espaldas el ruido de un motor. Nos giramos, sobresaltados, y tanto el abuelo como Alba saltaron a la hierba que rodeaba el camino.

Un coche fuera de control bajaba a toda velocidad por la cuesta y no parecía tener intención de frenar.

Yo me pegué al muro del cementerio protegiendo a Deba con mi cuerpo. El coche, por fin, frenó.

—¡Lo siento, lo siento! —gritó desde el interior del vehículo Estíbaliz, mi antigua compañera en la División Criminal de la Ertzaintza—. Me están llegando mil mensajes al móvil y he perdido por un segundo el control del coche. ¿Todos bien?

—Esti, ¡por Dios! —fui capaz de contestar, Deba se había despertado con el alboroto y me miraba con sus ojazos de cervatilla sin comprender nada.

—¿Han vuelto ya todos los muertos a sus tumbas? —preguntó, somnolienta.

—Era tu tía Estíbaliz, sigue durmiendo —le susurré.

Esti no solo era efectiva cerrando casos, también era una ama de la teoría. Si estudiaba algo en alguna formación, te repetía todo el párrafo con sus comas. Era útil si no tenías cobertura y no podías consultar la *Wikipedia*.

—¿Qué pasa, Estíbaliz? ¿Qué hay tan urgente para que casi te lleves por delante a cuatro personas y el muro del cementerio? —quise saber.

—Pero ¿es que no tienes móvil? ¿No has visto el vídeo del incendio?

—Estábamos en el hayedo, no llega internet. ¿Tan grave es? —pregunté.

—Mejor lo ves. Abuelo, me temo que tu amigo Alistair no viene mañana a visitar la tumba de Gael —le dijo mientras salía del coche.

Estíbaliz Ruiz de Gauna era pelirroja, un peso pluma que me llegaba por el codo y cuya aparente fragilidad engañaba: en el cuerpo a cuerpo la había visto derribar a tipos aún más altos y con las espaldas más anchas que las mías.

El abuelo se colocó las gafas de cerca, puso su mejor cara de póquer para no preocuparnos y se acercó para ver el móvil de Estíbaliz.

En un vídeo de noticias internacionales, la imagen devastadora de un *palazzo* ardiendo en la noche veneciana nos hipnotizó.

Al igual que años atrás el mundo se estremeció cuando fue testigo del incendio de la anciana Notre Dame, todos nos quedamos sin aliento.

Había algo de belleza sobrenatural en aquel rojo sobre negro, en el poderío de un fuego que estaba arrasando con siglos de esplendor.

—El Palazzo de la isla de Santa Cristina arde desde hace unas horas ante la desolada mirada del mundo. Pese a que los bomberos se han personado en la pequeña isla en la laguna norte desde el primer momento, no han podido hacer nada ante la virulencia de un incendio que se cree intencionado. El *palazzo* iba a ser una de las salas de exposición de la Feria Internacional del Libro Antiguo que este año se celebra en Venecia y cuyo tema son los libros prohibidos. Se da la circunstancia de que varios libreros anticuarios procedentes de España estaban en ese momento reunidos en el *palazzo,* ya que eran los encargados de custodiar la valiosa colección de libros prohibidos de la Biblioteca Nacional de Madrid, aunque al menos dos de ellos eran de nacionalidad británica, Alistair Morgan y Benedict Callaghan. Por las cámaras de seguridad también se sabe que estaban presentes el subastador de Sotheby's de Madrid, Solomon Terranova, y Gaspar Abad, dueño de las librerías Némesis, Hubris y Hamartia, así como la dueña de la librería de viejo La Maga, Alicia Lasarte, y otra mujer sin identificar.

2

INDEX LIBRORUM PROHIBITORUM

UNAI

Villaverde, 31 de octubre de 2022

Subimos a la vieja y sólida casa del abuelo, enclavada en mitad del pueblo desde hacía dos siglos —uno menos que él, me gustaba siempre bromear con su pasmosa longevidad—, y acostamos a Deba, que para sus cinco años pesaba como un ancla de barco.

Alba y Estíbaliz me miraron con el rostro preocupado. Creo que todos teníamos el mismo temor.

El abuelo reavivó para nosotros las brasas que había dejado en la chimenea de la cocinica vieja por la tarde, sopló con el muelle de madera desgastada y la estancia se iluminó de vetas cálidas.

Pero estaba muy callado, imaginé que asumiendo que Alistair Morgan, el que había sido el mejor amigo de mi padre desde sus locos tiempos de *hippy* de melena rizada y pantalones de campana, no iba a venir el 1 de noviembre a visitarlo al cementerio.

Alistair era el dueño de una librería muy peculiar en Madrid, en pleno Barrio de las Letras: la Librería del Alma, una librería-farmacia donde el bueno de Alistair recetaba novelas a sus clientes lectores para todas las dolencias que afligían el espíritu.

Los cuatro adultos nos arremolinamos de pie alrededor de la chimenea, buscando templar un poco las manos ateridas.

—Voy a llamar a Mencía, ella tiene hilo directo con mi madre —acerté a decirles, mientras miraba las llamas avivadas de la lumbre.

Mencía Madariaga era inspectora en la Brigada de Patrimonio Histórico. Treintañera y albina, un hacha en su especialidad: obras de arte robadas.

En el caso de *El Libro Negro de las Horas* me había ayudado a dar con ella. Respetaba la petición de mi madre, Ítaca Expósito, falsificadora de libros antiguos para más señas, de mantenerme alejado de su vida mientras se creaba su siguiente identidad en la sombra, pero necesitaba asegurarme de que ella no era una de las víctimas del incendio.

Marqué el número en la misma cocinica vieja, no tenía secretos para el abuelo, Alba o Esti.

—Mencía...

—Iba a enviarte un mensaje, Unai. Imagino que llamas por lo del incendio. Estoy tomando un avión para Venecia. Tu madre no me contesta, y eso no es nada habitual en ella. Tenemos un sistema para contactar en caso de urgencia y jamás ha dejado de responderme cuando yo lo he intentado.

—¿Qué haces cogiendo un vuelo a Venecia?

—Suelo colaborar con las autoridades de la ciudad. De tanto en tanto se dan delitos allí relacionados con el arte. Si algo le sobra a Venecia son museos, colecciones, exposiciones y pinturas. Y las víctimas, o posibles víctimas del incendio, son de nacionalidad española o viven aquí, en Madrid. Algunos, como Gaspar, son nuestros colaboradores habituales. Mira, hay muchos detalles que no encajan y se atisba una investigación muy compleja,

¿tú podrías venir en calidad de colaborador especialista en perfilación?

—Tendría que llamar a la Academia de Arkaute para avisar de que esta semana no voy a dar clases, pero tenía pendientes varios días de asuntos propios y contaba con ellos antes de fin de año. Sí, podría. Pero ¿crees que no es solo un incendio?

—¿Un incendio, Unai? La Biblioteca Nacional ha sacado lo mejor de su colección del *Index Librorum Prohibitorum* para la Feria Internacional del Libro Antiguo.

—Por partes, que soy un profano en bibliofilia. ¿Qué es ese *Index*?

—Un libro publicado en 1559 por la Inquisición española. Hay sucesivas ediciones, donde el listado de libros prohibidos iba aumentando. Todo lo que tuviera que ver con textos heréticos o grimorios, pero también con Lutero, Erasmo, lo que fuera en contra de la religión. Por no hablar de las biblias en lenguas vernáculas. Por entonces la Iglesia no las permitía, como la famosa *Biblia del Oso* de la Complutense. La Biblioteca Nacional tenía tres ejemplares de los dos mil trescientos que se editaron. Y en Venecia se esperaba uno de esos ejemplares. ¿Puedes imaginar todo lo que se ha perdido, si es que la colección de la Biblioteca Nacional está ardiendo entre esas llamas?

—Para que yo lo entienda, ¿los libros prohibidos estaban en ese *palazzo*?

—No tengo ni idea, por eso me han llamado. Alistair Morgan y Gaspar se encargaban. Además, Benedict, como dueño de The Fisher King, llevaba dos facsímiles de lujo de *El libro del ángel Raziel* y el *Picatrix*. Era la primera vez que se facsimilaban. ¿Tienes idea del precio que iban a alcanzar en Venecia?

—Muchos ceros, entiendo —me adelanté.

—España competía con su colección de libros prohibidos de la Biblioteca Nacional, pero había especulaciones de que la Real Biblioteca Nacional de Estocolmo iba a ceder por unos días el famoso *Codex Gigas,* un libro de setenta kilos, también considerado sacrílego por su contenido y por su dibujo del demonio en el folio 209. Por eso es conocida también como *La biblia del Diablo.* La biblioteca la custodia desde hace varios siglos, si es cierto que viajaba a Venecia para esta feria, era la primera vez que salía desde 2007, que la cedieron para una expo en Praga. Lo que quiero decirte es que la expectación este año era máxima.

—Lo que quieras, Mencía, pero lo que me interesa es saber si mi madre está en ese *palazzo* y si Alistair, Gaspar y los demás se han podido salvar de las llamas. Dame unas horas y te digo lo que he decidido. Si finalmente voy, soluciono lo del trabajo y busco un vuelo a Venecia, imagino que tendré que tomar uno desde Madrid.

Colgué e hice un gesto a Alba para que nos metiésemos en mi dormitorio.

—No tengo claro si ir, Alba —le dije mientras cerraba la puerta a mis espaldas.

—¿Lo dices por mí?

—Estabas mejorando, has dejado atrás las pesadillas y los *flashbacks,* ¿verdad?

—Sí —admitió—. Llevo casi mes y medio sin rumiaciones ni pensamientos intrusivos. La doctora Leiva me dijo que, si volvían los síntomas, agendaríamos otra sesión de EMDR, pero no ha hecho falta.

Suspiré, indeciso.

Alba había comenzado con el cuadro de estrés postraumático en verano, tras el caso de *El Libro Negro de las Horas.*

Se despertaba fría, con un grito ahogado, y rechazaba mi abrazo o cualquier contacto con mi piel, aterrada. Siempre la misma pesadilla, el momento en el que, años atrás, cuando ella era subcomisaria en Vitoria, el asesino que se llevó por delante a varias parejas de vitorianos lo intentó con ella, después de secuestrarla.

Alba dejó el trabajo, dejó el cuerpo, dejó Vitoria. Cambió de paisaje y de tercio vital. Volvió a Laguardia, a regentar el hotel palacio que su madre levantó con bastante esfuerzo.

Yo me alejé también del servicio activo y me reinventé en mi vida profesional, pese a que era joven y con mis cuarenta y pico estaba en lo mejor de mi carrera. Entrenado en cuerpo y mente para dar lo mejor como perfilador.

En mi caso, todavía necesité que unas cuantas muertes y casi-muertes golpeasen a todos los que quería para convencerme de que llevaba el beso de la muerte en la frente y se lo contagiaba a mi círculo más cercano.

Opté por la docencia, para que todo ese bagaje práctico en perfilación criminal ganado con la sangre de los míos no se perdiera en la nada.

Solo había aceptado involucrarme de nuevo cuando un tal Calibán secuestró a mi madre, a quien yo creía muerta, y me exigió como intercambio un antiguo libro mítico a cambio de su vida.

Calibán había tomado su nombre del personaje de *La tempestad* de Shakespeare, simbolizaba el arquetipo del hombre salvaje. Aprendí todo eso y más a lo largo de un caso en el que la bibliofilia lo vertebró todo.

Y entonces comenzó el calvario para Alba.

Al principio, estoica y fuerte como ella era, me lo ocultó.

Después llegó la confesión, solo cuando por fin encontré a mi madre y cuando Estíbaliz, Mencía y un servidor resolvimos el caso y mandamos a Calibán a prisión con la inestimable ayuda de los libreros del gremio de anticuarios que ahora estaban en Venecia.

Solo entonces Alba me lo contó. Su terapia fue muy específica. EMDR. Desensibilización y reprocesamiento del trauma mediante movimientos oculares. Acudió con cierto reparo a la doctora Marina Leiva, una psiquiatra amiga mía que también impartía clases en la Academia de Arkaute de la Ertzaintza.

El primer día, después de la sesión en la que tomaron cada uno de los recuerdos del trauma con los que soñaba y los trabajaron moviendo los ojos de un lado hacia el otro, como si matara marcianitos con la mirada, volvió cansada y silenciosa. Tan cansada que se quedó dormida a media tarde durante varias horas, exhausta.

Aquella noche fue la primera en varios meses que no tuvo una pesadilla a las cuatro de la mañana.

Yo jamás se lo dije, pero me mantuve insomne, a su lado, con los ojos abiertos toda la noche mirando a oscuras hacia donde debía de estar el techo de nuestro dormitorio.

Se despertó aliviada, con mucha cautela en el rostro.

También cesaron los *flashbacks*, los pensamientos recurrentes, la hipervigilancia. Ya no daba un salto cuando la sorprendía en la cocina de espaldas y no me había oído al llegar.

Demasiado bonito, sí, lo sé.

Pero quiénes éramos nosotros para pedir explicaciones a la vida cuando se portaba bien.

Siguió fulminando recuerdos traumáticos con la mirada durante un par de meses en la consulta de la doctora. Acabó con todos. Marina le dio el alta.

Dejé de sentirme culpable, de pensar que su estrés postraumático se había desencadenado por un caso al que había vuelto y que, siendo sinceros, me habría costado mucho rechazar. Era mi madre muerta, o mi madre supuestamente muerta, y resultó que sí lo era y que estaba viva.

—Unai, es un incendio, posiblemente provocado —me recordó Alba—, con Patrimonio y Homicidios involucrados, con seis posibles víctimas españolas, en suelo italiano. Va a haber muchos hilos de los que tirar. Y te conozco, puedes quedarte aquí por mí, pero es imposible que no estés pendiente de las novedades del caso y de lo que te vaya contando la inspectora Madariaga. Si una de las víctimas es tu madre, sé realista, ella te va a mantener informado y tú no vas a soportar abstraerte. Lo que quiero decirte es que esto no va de que te quedes al margen por evitarme una recaída. No estás al margen. Es tu madre.

«No mereces esto», callé.

Alba había elegido dejar atrás su vida en la Ertzaintza. No quería estar en contacto diario con asesinatos ni historias sórdidas. Todos tenemos un cupo, un número. Nadie sabe cuál es, en qué caso te empiezas a quemar y empieza a pesarte demasiado ver lo peor de la gente. Pocos aguantaban en Homicidios hasta la jubilación.

Yo habría soportado unos años más, unos cuantos seriales más, si eso suponía salvar a las siguientes víctimas de una serie. Me compensaba. Pero lo dejé porque vi demasiado dolor en los míos.

Algunos de los casos se los habían llevado por delante. Amigos de la cuadrilla, de esos con los que juegas en el patio desde crío. Muertos. El abuelo, apaleado. Deba, secuestrada. Esti, arrojada por una escalera… y suma y sigue.

—Si me ha pedido ayuda es porque conoce el terreno y cree que le voy a ser útil —dije en voz alta, creo que para convencerme de lo que iba a hacer—. Y no olvido que ella le tiene aprecio a mi madre. Su interés por el caso, más allá de esos libros heréticos, es tan personal como el mío. Y eso es bueno. Para mi madre es bueno.

Alba asintió.

—Es mejor que vayas, estoy de acuerdo. Pero no me pongas al corriente de todos los detalles salvo que sea imprescindible. Prefiero no sumergirme de nuevo en el día a día de una investigación, no quiero volver a esa vida.

«¿Y si esa es la única vida que soy capaz de darte?», callé, demasiado culpable como para pronunciarlo en voz alta.

3

EL LIBRO DE ORO DE LA NOBLEZA VENECIANA

ÍTACA

Venecia, enero de 1992

Te haces llamar Jimena Garay. No es tu verdadero nombre, has tenido varios. El primero, el que no quieres que te marque, fue Ítaca Expósito. Te deshiciste a los dieciocho años del apellido que exponía tu origen —fuiste una bebé abandonada y expuesta a las puertas de un internado—, tras tu primer cambio de identidad y de ciudad.

Pocos conocen tu nombre, y muchos menos te han llamado desde entonces con él.

Ya has usado antes el anzuelo de presentarte como Jimena Garay, en la Costa Este, en Nueva York, aunque esa es otra historia y hoy estás concentrada en ser el cebo perfecto.

Has llegado a la ciudad de las góndolas y los puentes con un plan urdido desde hace tiempo. Te has preparado y documentado a fondo. Es tu último encargo, esperas que sea este el que te retire de la vida en las sombras y de huir mirando siempre por encima del hombro, en busca de una sombra que persiga lo que eres y te detenga.

Primera ley de las Egerias: «Una Egeria nunca permite que la atrapen».

Ninguna Egeria ha pasado ni una noche en comisaría, de eso estáis orgullosas.

Otra prueba, comenzaron a pesarte ya hace años. Tus hermanas, las otras cinco Egerias, lo saben, pero simulan no darse cuenta de que quieres dejar esta vida de peregrina.

Otro trabajo para la mejor falsificadora. Aquí, en Venecia, donde ojos expertos observarán tu trabajo, será complicado engañarlos, una reválida. Un reto intelectual de los que te mantienen viva, aunque el precio sea tan desgastante.

Lo de obedecer sin preguntar no ha sido nunca lo tuyo, peón de una partida cuyas metas más elevadas no conoces. Eres una mercenaria de las falsificaciones, te incomoda trabajar para otras personas, pero a veces sabes que necesitas sentir que formas parte de algo, y esa necesidad de pertenencia se cobra su precio.

Tienes que pagarlo.

Algo anda revuelto en la sede del círculo de las Egerias, en la Costa Este. Las notas intranquilas, nerviosas.

No era el mejor momento para abandonarlas. Has aprendido que, pese a las lealtades, cuando aceptas un encargo al margen de la ley, quien lo encarga te tiene en sus manos.

Eres la ejecutora. La parte que más rastro deja. Tu obra.

Y aun así cambias de continente y de pasaporte por enésima vez, eterna nómada experta en nuevos comienzos pese a tu ambulante treintena.

Nuevo desafío.

Nuevo idioma, nuevo nido temporal, nueva apariencia.

Ahora eres una morena con un flequillo recto cortado a media frente y con la melena hasta la barbilla. No queda nada dulce en esta nueva identidad.

De acuerdo, allá vas.

Has llegado con antelación al palacio inacabado, el Palazzo Venier dei Leoni, sede del Museo Guggenheim. El único del Gran Canal que se quedó a medio construir durante décadas y exhibe sin complejos una sola altura.

Aquí, en Dorsoduro, la heredera de un magnate americano que murió en el Titanic invirtió su fortuna en comprar el arte contemporáneo que ahora se enseña en las facultades de Bellas Artes de todo el mundo.

El Jardín Nasher ya apunta maneras, salpimentado de esculturas de Giacometti y Miró que merecen más tiempo del que les dedicas.

El interior del edificio no es un lugar amplio. Las salas estaban destinadas a ser habitadas por humanos, no por cuadros, eso le aporta una necesaria cercanía, pero no es lo mejor para tus falsificaciones, prevés con ojo crítico de cirujana ante su próxima intervención.

Sales a la Terraza Marino Marini que abreva en el Gran Canal. Allí has quedado con la persona que te abrirá las puertas de la ciudad, confías.

Otra escultura, esta vez de bronce, de un jinete a caballo con los brazos abiertos, se lleva la atención de los pocos visitantes del museo.

Avanzas en dirección al canal y te percatas del motivo: el jinete ostenta un falo de bronce muy poco discreto.

Sonríes ante la audacia de Peggy Guggenheim.

Leíste que el pene de metal se enroscaba y desenroscaba a merced de la propietaria, y que esta disfrutaba escandalizando a las monjas cuando pasaban a diario en sus lanchas frente a su museo. Sabes que el falo está ahora pegado, después de varios intentos de robo, vándalos o simples bromistas, quién sabe.

—Se llama *El ángel de la ciudad* —dice una voz a tus espaldas. Habla en inglés con el cerrado acento de los venecianos, danzando entre las eses sonoras y sus suaves erres.

—*Lo sapevo già. Mi sembra un nome molto appropriato* —respondes, te apetece practicar tu italiano.

Te giras, dirías que es un poco más joven que tú, no ha cumplido los treinta.

Durante un par de segundos observas, sorprendida, su inusual rasgo físico.

Se le nota acostumbrado al escrutinio. Unos pómulos altos de gato y una barbilla picuda, inquisidora. Un traje blanco que parece diseñado para camuflarse entre el mármol del museo.

—Imagino que es Jimena Garay —continúa en italiano—. La esperábamos.

Miras a tu alrededor, no ves a nadie más.

—En realidad, había quedado con Pietra Da Riva, la directora del museo —le aclaras en su lengua.

—Leone Da Riva. —Te tiende la mano, tan estilizada como el resto de su físico—. Soy su hijo, abogado. Trabajo con ella. Me encargo de los trámites legales. Podemos comenzar, es una mujer ocupada.

Te fija la mirada y espera con paciencia a que vendas tu mercancía, tu mensaje, lo que sea que te haya llevado a ofrecerles.

Parece acostumbrado a las propuestas.

Vas a tener que improvisar, de nada te va a servir que hayas hecho los deberes con buena letra: Pietra Da Riva, una de las matriarcas del arte en Venecia.

Descendiente de los linajes nobles de la Serenísima.

Es una N. D., una *nobile donna.* Su apellido y sus antepasados figuran desde el Medievo en el *Libro d'Oro,* el registro de aristócratas custodiado en el Palazzo Ducal.

Casas viejas: Barozzi, Corner, Zorzi…

Casas nuevas: Venier, Trevisan, Arimondo… y Da Riva.

Has estudiado los apellidos, has leído las pocas entrevistas que concede en las revistas especializadas, conoces sus gustos artísticos.

Querías impresionarla. Pero ahora tienes delante a su hijo y no sabes nada de él. Si es hijo único, el menor de siete o el mayor de dos.

Solo sabes que es abogado, algo que no te favorece. Aunque, por la edad, imaginas que recién licenciado.

Soy historiadora del arte, *freelance.* Colaboro con museos de todo el mundo organizando muestras y exhibiciones temáticas.

—Bien, la escucho —te anima, aunque sabes que todas las propuestas que le llegan comienzan exactamente como la tuya, todavía no le has dado nada.

—Ha surgido una oportunidad muy interesante en torno a un cuadro de Millet.

Arruga la fina nariz.

—¿Jean-François Millet?

—Así es, ¿conoce *El ángelus*?

—Un matrimonio de campesinos rezan en un campo, frente a sus aperos de labranza. ¿Podemos… podemos tutearnos? Somos muy jóvenes para tratarnos de usted —te ruega.

Asientes y sonríes, te parece correcto, pero continúas centrada en tu venta.

—Eso es, a la hora del ángelus. Parece un cuadro costumbrista, pintado para vender a la burguesía, pero fue imposible venderlo en su primera versión —le cuentas.

Alza esa ceja tan inusual, nunca habías visto unas cejas parecidas en alguien de su edad.

—¿Por qué motivo, todavía no era un artista consagrado? El siglo XIX, como puedes imaginar, no es nuestra especialidad.

—Lo sé. Pero lo que viene ahora sí que va a interesar al museo. *El ángelus* fue un lienzo que obsesionó a Salvador Dalí. La historia es fascinante, y algo macabra, muy propia de Dalí, la verdad.

—Adelante. Dalí ahora mismo es el más mediático de los surrealistas. Tenemos dos de sus obras en el museo y ambas son de las más visitadas —dice, mientras te invita a salir al balcón que da al Gran Canal.

—*Mujer durmiendo en un paisaje* y el *Nacimiento de los deseos líquidos* —le confirmas.

Bajáis juntos las escaleras mientras le explicas.

—No sé si lo sabes —continúas con tu historia—, pero Salvador Dalí tuvo un hermano mayor que falleció a los cinco años de meningitis. Se llamaba también Salvador Dalí. El día que llevaron al pequeño a ver la tumba de su hermano muerto fue el más trágico de su vida. Su padre, un hombre con quien Dalí nunca se llevó bien, le dijo que él era la copia de su hermano muerto. Eso le provocó toda su vida muchas crisis de identidad y se obsesionó con los bebés fallecidos. Algo que pocos conocen es que Dalí le envió a su padre en una ocasión un bote de esperma con un mensaje: «Ya no te debo nada».

Leone Da Riva se sienta en los bancos de piedra blancos junto a la orilla, frente a los postes de madera de roble pintados a rayas blancas y azules.

Se aparta el flequillo largo del rostro —ese corte de pelo que llevan todos los actores—, dirías que tu historia lo ha impresionado. En realidad, este último dato no está contrastado, puede ser una historia apócrifa, una leyenda urbana. Pero surte el efecto deseado.

—Verdaderamente es trágico, teatral, fascinante... y muy triste. Pero ¿qué tiene que ver con el cuadro de Millet?

—Ahora viene lo interesante, y también lo perturbador de esta historia —continúas hablando, como Sherezade, pero en esos momentos la ves.

Pietra Da Riva, gafas de sol atigradas, un vestido rojo años cincuenta, tan ceñido que le queda femenino, poderoso. Dirías que viste como su antecesora, Peggy Guggenheim, y que busca el parecido de manera voluntaria.

Venía sonriendo, pero la sonrisa se le congela cuando ve a su hijo. Reparas en que su rostro es idéntico, alargado y pálido, pero no ha sido ella quien le ha legado esos genes casi sobrenaturales. Ella es morena y su pelo luce rizado con un corte que te recuerda a las *flappers* de los años veinte.

—Jimena Garay, imagino —te dice, directamente en italiano—. ¿Llego yo tarde o habíamos quedado ahora, a las diez?

—Madre, me gustaría explic…

—*Dopo* —le corta. Y es un «después» que sabe a «nunca».

Leone levanta las manos y hace un gesto de frustración, que, aunque resulta educado y contenido, no es un silencio cabizbajo de sumisión.

—Jimena Garay… ¿española? —te tantea.

—Así es, aunque formada en los Estados Unidos.

—¿Cuántos años tiene, joven?

—Treinta y cinco —Pietra te observa ahora con más atención.

¿La conoció? La Jimena Garay original tendría ahora unos ochenta años. ¿Está calculando si puedes ser su hija o su nieta homónima?

Su nombre te ha abierto puertas hasta ahora, solo por la previsible curiosidad de si tienes algo que ver con la mítica monja falsificadora de incunables.

Pietra Da Riva te escruta y si ha sacado conclusiones, las guarda, porque mira el reloj de muñeca en forma de serpiente enroscada de Bulgari y te apremia con la mirada.

—Comencemos, entonces. ¿A qué debo su visita al Guggenheim?

—Millet —se te adelanta su hijo—. Pero antes de que…

—¿Millet? ¿Un costumbrista francés del XIX?

—Permítame que le explique —comienzas—. En realidad…

—¿No era usted historiadora del arte?

Asientes, sospechas que no te va a dejar concluir la frase.

—Mire alrededor. Llevo doce años en este cargo, desde la muerte de Peggy. Y jamás se ha expuesto una sola obra que no sea arte contemporáneo.

—Precisamente por eso —insistes. Vas a comenzar con tu historia de Salvador Dalí, pero, en ese momento, un joven tan bien trajeado como Leone se asoma por las escaleras. Le señala el reloj, Pietra asiente y, por primera vez, te sonríe, aunque es una sonrisa social, profesional.

—Siento que haya comenzado por el Guggenheim, estoy segura de que en Venecia encontrará sin duda un lugar más adecuado para su Millet. —Te tiende la mano, la aprietas con fuerza. Vas a abrir la boca de nuevo, pero ya ha desaparecido detrás de *El ángel de la ciudad*.

Ha reclamado a Leone con la mirada, él también se aleja, pero antes se saca una tarjeta de visita de un tarjetero plateado.

Tú te apresuras a entregarle la tuya, con tu falso nombre impreso y los datos del taller que te han buscado las Egerias escrito a mano, en cursiva, con tu pluma.

Observas su tarjeta de visita, Leone Da Riva.

Además de las letras, un dibujo de un león blanco en una *riva*, una de esas orillas escalonadas de Venecia. Tiene sentido.

Hay algo de vigilante, casi de protector, dirías, en su actitud.

Pero vuelves a la realidad, con tu plan Z hecho añicos. Así que pasas al plan Y. Con los años y los encargos has aprendido a aplicar la creatividad también fuera de tus cuadros y te repites tu mantra: «Encontraré la manera». Solo es un reto más.

Hay muchos más museos, salas y *palazzi* donde exhibir el Millet y los Dalíes: el Museo Correr, Ca'Pesaro, el Grassi, la Galleria di Palazzo Cini...

Todavía no sabes, cómo saberlo, durante aquellos primeros días ingenuos, que la mano del destino ya había comenzado a cerrar el círculo. Todavía no sabes que te va a aprisionar dentro y que vas a lamentarlo el resto de tu vida.

4

EL HOSTAL DE SAN LIO

UNAI

Venecia, 1 de noviembre de 2022

Llegué al aeropuerto de Marco Polo cuando estaba ya atardeciendo, en el primer vuelo que encontré. Había hablado con el director de la Academia de Arkaute y movimos los horarios de las clases con algunas compañeras para poder faltar unos días.

No sabía cuánto tiempo me quedaría en Venecia, como siempre que se trataba de mi madre, me veía empujado a dejar en suspenso mi vida e improvisar.

Un taxi me trasladó del aeropuerto a la ciudad. Cruzamos una carretera rodeada de agua y salpimentada de islas. En el horizonte, además de nubes anaranjadas, se podía ver una columna vertical de humo gris oscuro, más allá de la ciudad.

Era el rastro que había dejado el incendio en el cielo.

Mencía me había facilitado la dirección de un hostal céntrico de extraño nombre, San Lio, y el taxista, cuando me dejó en la estación de Santa Lucía y me dijo que no podía seguir por carretera, me aconsejó que tomara un taxi acuático en lugar de un *vaporetto* cuando comprendió mis prisas.

Así hice, con una *trolley* diminuta que llevaba lo mínimo y que había cerrado mientras me despedía de una somnolienta Deba. Le había dejado tres corazones rojos dibujados con rotulador en su mano para que se acordara al despertar. Alba, Deba y yo, en su pequeño y regordete dorso como recordatorio indeleble y difícil de borrar.

Monté en el taxi acuático y le indiqué la dirección, en Castello, cerca del puente Rialto.

La ciudad, a la luz de las farolas, me pareció de una belleza sobrenatural. Me senté en la popa, junto a una banderita de Italia, y avanzamos entre fachadas anaranjadas y doradas, que en otro tiempo tuvieron que lucir magníficas. Arcos blancos de medio punto que le daban cierto aire oriental y portales con muelles de madera donde recalaban lanchas particulares.

Me tuve que agachar varias veces cuando pasamos por debajo de varios puentes, algunos eran realmente bajos.

Por fin el taxista me dejó junto a una orilla, colocó la soga en un poste y me ayudó a saltar a tierra firme. Pagué una cantidad nada desdeñable y busqué con mi móvil la ubicación del hostal.

No había mucha gente por la calle, las callejuelas en Castello eran estrechas, y las pequeñas tiendas de alimentación, diseminadas aquí y allá, ayudaban a iluminar el pavimento.

Por lo visto, en noviembre la ciudad no estaba llena de turistas. Incluso en un día festivo de *Tutti i Santi* como aquel, la mayoría de las calles estaban desiertas, en ocasiones parecía una ciudad abandonada, como pasear por Pompeya.

Venecia tenía ese poso desgastado de ciudad muy vivida, muy usada, que solo lo aportan los siglos. Se sentía cálida, pese al frío húmedo del invierno, imaginé que por los colores de las fachadas, rojos, naranjas y amarillos.

Crucé por varios puentes. Bajo mis pies algunas góndolas avanzaban lentas con sus turistas grabando a los gondoleros y sus complicadas maniobras para no chocar entre ellos.

Algunos lanzaban una patada contra la fachada más cercana y se propulsaban con la pierna para obligar a la góndola a girar.

Era un nuevo ecosistema digno de observar, pero yo seguía la marca diminuta del GPS del móvil en busca del hostal, arrastrando mi pequeña maleta.

Al poco rato, tuve que parar en lo alto de un pequeño puente de piedra y reconocer que me había perdido: todas las calles me parecían la misma. Las fachadas, tan cerca unas de las otras que a veces mis hombros se rozaban con los desgastados ladrillos, eran estrechísimos pasillos no aptos para claustrofóbicos.

Avanzaba en la oscuridad, fiándome de que alguna farola apareciera al final de la calle para iluminarme, o tiraba de la linterna del móvil, por lo que perdía de vista el navegador y me extraviaba una vez más.

Así que me dije «Para y encuéntrate, Unai». Mencía estaba esperando a que dejase mis cosas en el hostal y la llamase para que me enviara una lancha de la policía y me llevara a la isla, la isla de Santa Cristina, donde ya habían acordonado la zona desde la noche anterior y solo dejaban pasar al personal de emergencias.

Estaba imbuido en la pantalla de mi móvil, en lo alto del puente, cuando alguien me empujó por la espalda.

Alguien fuerte, con intención. Perdí el equilibrio y caí al canal. El agua, en noviembre, estaba todo lo fría que podría uno imaginarse. Después de un par de segundos de conmoción, en los que me vi bajo el agua sin comprender nada, me propulsé hacia la superficie.

—¡Eh, oiga! —grité en mi idioma, por puro instinto—. ¡Ayúdeme!

Pero miré hacia arriba y solo pude distinguir a un individuo, el que me había empujado.

Era joven, estaba muy musculado y al girarse y huir, cuando me dio la espalda, desde mi precaria posición, palmeando en el agua del canal para mantenerme a flote, solo pude distinguir bajo la luz de la farola de la esquina unas escandalosas gafas de pasta azul.

5

EL *PALAZZO* DE FUEGO

UNAI

Venecia, 1 de noviembre de 2022

Tardé dos horas más en llegar a la isla incendiada. El tiempo que se precisaba para encontrar el diminuto hostal que finalmente estaba en una diminuta callejuela junto a un *campo* de igual nombre, San Lio, y registrarme en la recepción, donde me atendió un chaval llamado Marcantonio que ayudaba en el negocio familiar mientras estudiaba la carrera de Historia.

Una vez en mi alojamiento, una habitación de cama verde, cabecero dorado y paredes grises, me cambié la ropa empapada del agua gélida del canal, hice entrar en calor mi cuerpo desnudo entumecido y llamé a Mencía para que vinieran a buscarme.

Del tipo que me empujó no quedó ni rastro.

Para cuando salí del canal, después de nadar hasta las escaleras de un embarcadero próximo, en el puente solo quedaba, enhiesta como una bandera, mi pequeña maleta.

No había sido un hurto, el individuo que me lanzó al agua no lo hizo para llevarse la *trolley*. Pero me empujó, por la espalda, con ambas manos. Me arrojó al canal de manera premeditada, ¿quién hacía eso en Venecia?

Poco después una lancha de la policía, con un par de agentes uniformados de azul, me esperaba en un pequeño canal trasversal y salimos a la laguna abierta.

Dejamos atrás el perfil de Venecia y, unos cuarenta minutos después, la pequeña embarcación amarró en el embarcadero de la isla quemada, junto a otra lancha roja con las letras impresas de *Vigili del fuoco* donde algunos bomberos, con uniformes negros y amarillos reflectantes y cascos también negros, descargaban material.

Mencía se apresuró a venir a recibirme.

—Unai, vaya recibimiento te ha dado Venecia —dijo, sin atisbo de ironía.

Alargó el brazo y me tendió la mano. La larga y lisa melena blanca de Mencía Madariaga irradiaba luz entre tanta oscuridad. Incluso sus pestañas, que parecían estar siempre escarchadas, destacaban en aquel lugar de claroscuros.

—¿Es común arrojar a la gente por los puentes? —quise saber.

—Entiendo que no, ¿te quedaste con la descripción del tipo que lo hizo?

—Lo que pude. En todo caso —dije, mirando el edificio chamuscado que teníamos frente a nosotros—, esto es prioritario. ¿Qué me puedes adelantar?

Mencía suspiró y me hizo un ademán para que la siguiera.

—Los bomberos ya han extinguido todos los focos. El hecho de que el fuego comenzara en varias estancias a la vez es nuestro mejor indicador de que fue intencionado. Una atrocidad. Cargarse este patrimonio histórico con seis personas dentro va más allá de la barbarie.

Ambos callábamos lo que ambos temíamos: ¿estaba mi madre y su mentora, Ítaca Expósito, entre aquellos restos?

Pero, por experiencia, ayudábamos más dándole a todo aquel asunto una pátina profesional.

Miré alrededor, era un lugar que, pese a la oscuridad, se adivinaba cuidado, con setos, césped, un embarcadero y el que había sido un magnífico *palazzo* de tres alturas, tan típico de la zona, con la fachada ahora ennegrecida que había sido color salmón. Las ventanas tenían las típicas contraventanas verdes de la zona del Véneto y un tejado a dos aguas de tejas rojas. Había un par de cipreses custodiando la entrada que, por suerte, no habían ardido.

—Voy a presentarte a Renzo Scarpa, un apellido muy veneciano como comprobarás si te quedas aquí el tiempo suficiente. Es el inspector de Homicidios al mando. Muy buen tipo, muy buen profesional, aquí mencionarlo te abre las puertas más esquivas. Vamos al embarcadero, está viniendo con otra lancha.

—¿Quieres una mascarilla? —me ofreció mientras caminábamos—. No es imprescindible, pero el olor a quemado marea a algunas personas. No vamos a quitarnos este hedor de la ropa en días.

Le sonreí y desestimé su ofrecimiento, el que sí venía con una mascarilla era un tipo con gafas que en esos momentos saltaba a tierra firme desde la cubierta de la última lancha en llegar.

Se la quitó y se acercó a nosotros.

Era joven para ser inspector, unos treinta, corpulento, y llevaba unas gafas de pasta rojas y blancas, como la camiseta típica de los gondoleros.

Imaginé que era un guiño a su ciudad, pero durante unos segundos me quedé un poco traspuesto… ¿Era el mismo que me había empujado un par de horas antes?

Las gafas eran diferentes, pero podía habérselas cambiado. En una rueda de reconocimiento no sé si me la habría jugado por él.

Pero lo cierto, a mi pesar, era que podía haber sido él perfectamente.

—Bienvenido —dijo en inglés—. Toda ayuda es poca.

Me tendió su poderoso brazo y me sonrió, creo que con franqueza. Yo también sonreí, disimulando mi desconcierto.

—*Puoi parlarme in italiano* —le dije—. Hace unos años estuve colaborando en un *campo di lavoro* para una ONG durante un par de meses en Pieve Emanuele, junto a Milán. Así refresco mi italiano.

—Perfecto entonces —me contestó, con una sonrisa.

—¿Qué tenemos, Renzo? —le preguntó la inspectora Madariaga.

Creí detectar cierta confianza por parte de Mencía. Era evidente que habían trabajado juntos antes, pero se notaba entre ellos bastante química y mucha complicidad, pese a las circunstancias. Se trataban como viejos conocidos, o como viejos amigos.

—Vamos a hablar con Silvano, ya han terminado de asegurar algunas de las estancias y el equipo científico ha entrado en el ala este para las inspecciones técnicas oculares —dijo mientras nos señalaba la entrada del *palazzo*.

—Silvano Scarpa, jefe de bomberos —me fue susurrando Mencía mientras lo seguíamos—. Es su hermano, un par de años menor. Su padre fue inspector de Homicidios hasta que se jubiló. Una leyenda, dicen que los Scarpa siempre han trabajado protegiendo la ciudad desde hace más de mil años. Sus antepasados han sido personas al mando de cualquier oficio que estuviera al lado de la ley. Estos son dos fieras, motivados y muy colaboradores.

Asentí, tomando nota mental de todo lo que veía a mi alrededor. Hasta entonces, no me había preguntado por la vida de la inspectora Madariaga fuera de comisaría.

Mi madre la había elegido como futura Egeria y era su protegida.

¿Era una eterna peregrina, como ella?

¿Tenía familia, padres, hijos, pareja?

¿Vida más allá de la Brigada de Patrimonio Histórico?

Alguien me dijo una vez que no todo el mundo podía ser una Egeria.

¿Qué hacía que Mencía pudiera serlo?

Silvano se giró y se quitó el casco negro. Tenía los mismos rasgos que su hermano, salvo que parecía más corpulento aún embutido en el uniforme de bombero. Después de limpiarse el sudor de la frente con el antebrazo, se colocó unas gafas, también de pasta, como Renzo. En este caso, rojas en su totalidad. Rectangulares, gruesas, muy excéntricas.

También podría haber sido él quien me lanzó puente abajo, salvo que se le presuponía apagando incendios a la misma hora en que me arrojaban al canal.

En esta ocasión, me adelanté yo y le ofrecí mi mano.

—Unai López de Ayala, perfilador. Vengo en calidad de perito, no sé si os voy a poder ayudar. Ponednos al día, por favor. ¿Qué hay de los cuerpos? —le urgí en italiano.

Silvano miró a su hermano con un gesto de frustración.

—No hay ni un cuerpo, ni rastro de ellos, no cuadra. No cuadra nada.

—Explícate —le conminó Renzo.

—Has dicho que habéis revisado la cámara de seguridad del embarcadero —dijo Silvano.

—De eso venía, de un primer visionado rápido en la oficina.

—¿Y? —preguntó Mencía.

—Se cuentan seis personas —nos explicó Renzo—. Seis, saliendo de un taxi acuático y dirigiéndose por el embarcadero hacia la entrada del *palazzo.* Pero nadie abandona esta isla durante las siguientes veinticuatro horas, ni durante el incendio, ni antes ni después, y de esta isla es imposible salir si no es por este muelle. Ninguna lancha puede atracar en la orilla, la rodearon de una barrera de piedras de más de dos metros para que no sucediera. No es posible maniobrar y atracar con toda esa distancia.

—*Ispettore* Scarpa —interrumpí—. Tendríamos que visionar esos vídeos para comprobar las identidades de esas seis personas.

—Renzo mejor, aquí no me llaman *ispettore* Scarpa para evitar confusiones porque así llamaban a nuestro padre, y también porque en Venecia nos conocemos todos y no hacen falta tantas formalidades, a mí me puedes llamar Renzo y ya. En cuanto al visionado de las cámaras, por favor, en cuanto salgamos de la isla, están a vuestra disposición.

Asentí, el tal Renzo me caía bien, iba al lío y no ponía trabas administrativas.

—Vosotros conocéis el terreno —intervino Mencía—. ¿Qué opciones barajáis?

Renzo y Silvano se miraron serios.

—No nos ha dado tiempo, pero podemos improvisar una puesta en común. *Dai,* adelante —dijo Silvano, con su casco en la mano.

—Seis personas estaban dentro del *palazzo* cuando comenzó el incendio. Ninguna de ellas avisó a emergencias, los bomberos acudieron porque fueron los vecinos de otras islas quienes alertaron al ver las llamaradas y el humo, pero en el aluvión de llamadas que tenemos grabado, nadie pide ayuda desde la isla —comenzó Renzo.

—Como posibilidades reales: han arrojado sus cadáveres a la laguna, por lo que tendrías que poner en marcha un dispositivo con buzos para que peinen todo el perímetro subacuático de la isla —dijo el bombero.

—Lo que está claro es que no se han podido llevar los cadáveres ni ellos han salido por sus propios medios porque no ha salido ninguna lancha después de que un taxi los trajera —insistió su hermano.

—¿Y en la isla? —pregunté—. Yo no veo nada en esta oscuridad y no la conozco de día, pero ¿no hay ningún edificio auxiliar donde haberlos escondido o donde ellos se hayan podido refugiar dc las llamas y dc la intoxicación del humo?

Los hermanos me miraron con un gesto derrotado.

—Qué va, no hay nada —dijo Silvano.

—Bueno, salvo el Laberinto del Hexágono —terció el policía.

—¿Qué laberinto?

—Un laberinto vegetal, de setos altos, plantados hace treinta años por los propietarios —dijo Renzo.

Silvano bajó la mirada al suelo y dio una patada a un canto rodado.

—Díselo, esto es Venecia. Tarde o temprano se van a enterar. Por no hablar de la prensa —le dijo a su hermano.

—¿Decirnos qué? —pregunté.

—Lo llaman el Laberinto del Hexágono, es un homenaje a las seis damas que murieron en este mismo *palazzo* hace tres décadas.

—¿Cómo murieron, Renzo? —preguntó Mencía.

—La ruleta veneciana —murmuraron a la vez a regañadientes, como si hubieran mentado al Diablo.

6

TRABAJO DE CAMPO

ÍTACA

Venecia, enero de 1992

El reflejo de las farolas en el Gran Canal crea un efecto cálido, casi quema. Parece una fogata de agua, parece que los dos elementos, agua y fuego, se hacen el amor a menudo aquí, en Venecia.

Has aprendido la primera lección de las muchas que te dará la ciudad y esa misma noche planeas tu próximo paso: trabajo de campo.

Las Egerias te han provisto de un taller en San Marco con un jardín cuadrado, no muy cuidado, algo asalvajado, junto al *campo* de San Vidal. Pero todas esas hiedras te vienen bien porque te aportan privacidad y te acostumbras a salir todas las mañanas con un grueso jersey de lana a dar una vuelta por el jardín y pisar la hierba, aunque esté rígida de escarcha.

Será una sensación de contacto con la tierra que buscarás después el resto de tu vida, en otros lugares más hostiles.

Tu nueva madriguera tiene algo de fortín inexpugnable, porque hace esquina con el Gran Canal y, a su vez, lo circunda el pequeño río San Vidal que hace de foso, por lo que hay que atravesar un pequeño puente desde el *campo* para llamar a la puerta enrejada del jardín.

Ahora vives en un edificio con un taller diáfano, amplio, donde la luz entra a raudales por las mañanas. Desde el primer momento adoras esa luz, le dará una pátina de calidez a tus lienzos.

El dormitorio, que enseguida haces tuyo, tiene una chimenea que hace esquina junto a la cama. Te emociona comprobar que funciona y que los leños no son decoración. La cocina tiene baldosas blancas y sartenes de cobre colgadas como reos, quien antes lo habitó tenía gusto por las especias, hay mil botes que no sabes diferenciar. Los techos son absurdamente altos, las cortinas, granates algunas, azules en otras estancias, pesan demasiado como para moverlas. Lo dejas todo como está. Por primera vez no haces cambios en tu nido temporal, te encanta lo que has encontrado, será un hogar que te acoja desde el primer momento, un refugio donde perderte y darle la espalda al mundo mientras lees o pintas.

De tu visita fallida al Guggenheim comprendes que en Venecia vas a necesitar contactos locales, que un conocido te presente como una conocida.

Te acostumbras a observar a los venecianos y sus rutas habituales. Los imitas, por las mañanas acudes al mercado junto al Rialto, donde apenas compran turistas, solo fotografían y tocan. Frutas, pescados, embutidos, bolsas de pasta casera.

Te haces amiga de un anciano pescatero, Nicola.

Lo eliges por sus manos nudosas. Su artrosis deforma sus nudillos, décadas de oficio, de sujetar peces helados durante horas, le han provocado la enfermedad que, lo sabes ya, va a acabar incapacitándolo para ejercer una profesión que se negará a abandonar.

Tiene edad de sobra para llevar años jubilado, pero se despierta de noche como lo ha hecho los últimos sesenta años, compra el pescado en la lonja y lo ofrece a sus vecinos con su acento cerrado.

Siempre lleva una bufanda a cuadros, gris y marrón, para protegerse la garganta.

Todavía no lo sabe, pero cuando abandones Venecia, él se llevará un quince por ciento de la transacción.

No sabrá, por supuesto, que los billetes se los has dejado tú. Lo has hecho antes, no soportas que alguien pase frío en la calle.

Una vez, hace décadas, fuiste una niña que sobrevivió descalza y en camisón a una noche de nieve en un patio de colegio. El castigo fue excesivo, no hubo pedagogía en las intenciones de la directora de la Veracruz, solo un despliegue innecesario y bastante sádico de poder.

Así sancionó tu primera incursión a una biblioteca para mutilar la ilustración de un antiguo libro de viajes. Nunca supo que gracias a aquella noche muchos mendigos, en muchos lugares de distintos continentes, han dejado atrás las noches frías y los dedos azules.

En cuanto llegas a una ciudad con un nuevo encargo, buscas a alguien de manos o pies helados y compruebas si te permite que te acerques a su vida. Algunos se dejan, otros son impermeables a una sonrisa.

Aprendiste al principio, cuando dabas grandes sumas que, a los varones, por orgullo, les costaba aceptar dinero de una chica joven.

Las mujeres eran más agradecidas y sensatas. Siempre había alguien a quien cuidar tras su propia miseria, y por eso aceptaban tu dinero con un abrazo o con una lágrima de incredulidad. Pero varios ancianos rehusaron tu ayuda.

Así que sabes que es mejor conocer a Nicola, aprender sus costumbres y, cuando te vayas, dejar un grueso sobre con miles de liras en un lugar discreto que solo él pueda encontrar. El anonimato, esperas, ayudará a que lo acepte y pueda traspasar por fin el puesto de pescado.

Nicola es como un listín de teléfonos. En menos de una semana te pone al día de todos los chascarrillos de los vecinos, los Rossi, los Constantini y los Ballarinis.

Quién se va a vender a una cadena extranjera y cerrará su local de ultramarinos, una traición que muy probablemente le cueste el ostracismo.

Quién está pensando en irse de Venecia para que los hijos estudien en esta o en aquella universidad porque no quieren que se dediquen al turismo.

Quién se casa, quién se muere, quién se bautiza.

También te enseña, con paciencia de maestro de escuela, entre lubinas y sardinas, que en Venecia no hay barrios ni distritos, sino seis *sestieri*. Que Cannaregio era poco menos que un pantano lleno de juncales que llamaban *canneti*. Que Dorsoduro debe su nombre a las dunas compactas de arena, que en Castello había un castillo y en Santa Croce una iglesia llamada así que Napoleón demolió.

Aprendes que hay *sotopòrteghi* tan bajos que te tienes que agazapar cuando tomas un atajo por ellos, que muchos llevan a las *corti*, los patios donde se reúnen los vecinos a charlar por las tardes, uno de los pasatiempos más celebrados.

Que las *fondamente* son los muelles que discurren a lo largo de los canales, que los escalones de piedra son de Istria, y que toda la ciudad descansa milagrosamente sobre millones de pilotes que no se pudren y que muchos de ellos se han fosilizado con los siglos.

Te fascina comprobar que toda una ciudad se mantiene en pie sobre lo improbable, pero Nicola lo achaca todo a las múltiples vírgenes y santos a los que reza.

Tiene un hijo que es su orgullo. Se llama Gennaro y es gondolero, cuando no pasea turistas te lleva por tramos silenciosos donde, si se queda quieto el tiempo suficiente, podéis ver peces nadando en formación. Es el opuesto del bullicioso y expresivo Nicola. Gennaro es, sorprendentemente, tan mudo y discreto como una estatua de las que le sobran a la ciudad.

Conoces también a Filippo, un librero inseparable de su gato, una inmensa criatura jaspeada, la verdadera dueña de su librería. El cerebro de Filippo está cableado de distinta manera que el de otros seres humanos, por eso en su librería los volúmenes descansan libremente desordenados en una bañera, en una vieja góndola que le facilitó el hijo de Nicola y en estanterías anárquicamente dispuestas que sus vecinos le han ido trayendo cada vez que los dueños de algún *palazzo* se mudaban.

Te acostumbras a pasarte todos los días por su librería. Al principio, como clienta, compras unos cuantos libros de arte del siglo XX. Aunque ya no cuentas con el plan Z, el Guggenheim es una espinita clavada y te mantienes preparada por si el viento del destino soplara algún día a favor.

Los siguientes días te acercas a darle conversación. Para la segunda semana, le ayudas a recolocar colecciones enteras. Tienes buen ojo para detectar lomos o tal vez una mirada nueva como la tuya los encuentra antes.

Filippo, con su calva frontal y sus rizos locos a ambos lados del cráneo, te cuenta que estuvo a punto de dejar el local, harto de que cada otoño, el *acqua alta* inundara todos los libros. Pero un día pensó: «¿cómo puedo hacer para que esto, lo peor que me ha pasado, se convierta en lo mejor?».

Filippo odiaba el *acqua alta*, la subida del agua duraba solo unas horas, y solo se formaba si se combinaban varias circunstancias: luna llena, viento del sudeste, presión atmosférica baja..., pero sabía que era un fenómeno cíclico e inevitable.

—Me di cuenta de que su fortaleza estaba en que era inevitable, y también en que era muy único, muy nuestro, muy veneciano. Así que preferí que la librería se convirtiera en su abanderada. Le cambié el nombre, puse un cartel en la entrada bien grande: Librería Acqua Alta.

Te lleva a una esquina de la librería y te muestra la marca que dejó una antigua inundación.

—Mira, esta fue la más alta, casi un metro veinte centímetros. Conseguí varias bañeras y las cargué con los libros de bolsillo. Así estaban a salvo. Después vino la vieja góndola, aquí han entrado casi trescientos volúmenes. Todos de historia veneciana.

Te saca al patio, su gran genialidad.

—Aquí iba guardando, desolado, todas las pérdidas. Los libros irrecuperables, los que quedaban en el fango tan mojados que, cuando se secaban, quedaban soldados. Así que los volví a mojar y construí esta escalera, desde el patio hasta la calle, una nueva entrada con una escalera única en el mundo: una escalera de peldaños hecha de libros.

—Y eso te salvó el negocio —concluyes.

—Vino la prensa, empecé a aparecer en todas las guías. Los turistas vinieron a sacarse sus fotos, los dejé entrar, los dejé curiosear, algunos compraban, otros solo miraban, pero, desde entonces, la librería está llena y es parada obligada para todo el que visita la ciudad. Los clientes de toda la vida lo entendieron y lo aplaudieron. Hay algo muy veneciano en usar los elementos de la naturaleza a nuestro favor.

Filippo te habla también de los vicios de los habitantes locales. Por lo visto, la ancestral perdición de sus vecinos fueron los *ridotti,* los reductos, primero callejeros, donde se juntaban para jugar a los dados y a otros juegos de azar.

Una tarde, después de ayudarle a meter todas las mesas exteriores de la librería, rebosantes de postales viejas e ilustraciones, Filippo te lleva a conocer dónde se organizó siglos atrás el primer *ridotto,* en la Piazzetta, frente al estanque de San Marcos.

Te señala las columnas del león alado y San Teodoro y sonríe cuando dos turistas se colocan en medio y os piden que les hagáis una foto con su enorme Kodak.

Tú te encargas, adoras sacar fotos y Venecia se presta, inabarcable.

Cuando los dos turistas se pierden entre arrumacos, se los queda mirando y te dice:

—Jamás verás a un veneciano entre esas dos columnas.

—¿Por qué?

—Da mala suerte. En este lugar, exactamente en este lugar, ejecutaban a los reos cuando el castigo era la pena capital.

Y te arranca de allí tomándote del brazo, risueño.

—Pero tú, mi querida Jimena, sé que nunca lo harás. Y ahora ha llegado el momento de que conozcas dónde nos reunimos los venecianos para continuar con nuestro vicio. Y te va a venir bien, te voy a presentar al director del Museo Correr y al encargado de las exposiciones de la Ca d'Oro.

Le has hablado de las exposiciones que organizas, sabe que trabajas en el mundo del arte, aunque no sabe que traficas ni lo que estás preparando ya en tu taller.

Tu plan Y se va abriendo camino, a las doce de la noche te cita en un portal del *sestiere* de San Marco.

Al principio tienes la impresión de que se ha equivocado, porque la dirección corresponde a la sede de la Alianza Francesa, pero tocas al timbre de latón dorado y escuchas un *avanti.*

Subes las escaleras, el local parece una oficina donde, tras el mostrador, las paredes anuncian clases de francés y actividades culturales, pero Filippo aparece con un traje oscuro y una pajarita, como si fuera a la ópera.

Por suerte te has puesto un vestido negro y, por primera vez en Venecia, tacones.

Filippo te da paso a un salón lateral con un fresco:

—*El triunfo de Baco* —te susurra.

Es un casino clandestino, el superviviente de la prohibición ancestral, jamás cumplida, de no jugar a los dados ni a las cartas.

—Las penas eran terribles: a los empleados del casino se les cortaba la nariz y las orejas. A los vecinos se les desterraba diez años. Y a los nobles, además de los trescientos ducados, se les prohibía ostentar cargos públicos durante un decenio.

—… y, aun así —concluyes.

—Efectivamente y, aun así, aquí estamos, dispuestos a otra noche de azar.

Es entonces cuando oyes una voz que ya has escuchado antes en dos idiomas y que se posa en tu oído.

—Le he pedido a Filippo que te traiga —te dice Leone, el único de los varones que va vestido con un traje blanco y no negro—. Quiero compensarte por el inaceptable comportamiento de mi madre.

7

EL LABERINTO DEL HEXÁGONO

UNAI

Venecia, 1 de noviembre de 2022

—¿La ruleta veneciana? Suena a sádico juego de azar —pensé en voz alta.

Los hermanos se midieron las miradas durante unos segundos, como si estuvieran valorando hasta dónde contar.

—Era una limpieza de honor legendaria propia de la zona del Véneto. Hay textos que la citan ya en el siglo XVIII, pero nunca se ha probado, con nombres y apellidos de los fallecidos —nos explicó Renzo.

—Así que implica muertos —dije.

—Varias personas, un mínimo de seis, se colocan formando una figura, hexágono, decágono, dodecágono... lo que corresponda —continuó el *ispettore*—. Todos con arma de fuego, siempre cargada.

Su hermano tomó la palabra y continuó:

—Son personas que ya han decidido morir por honor, para salvaguardar a la familia de un escándalo, para pagar una deuda, para dar fin a una rivalidad de generaciones...

—«En Venecia todo se hereda, también los agravios y las deudas» —recitaron ambos a la vez, como un mantra.

—... y en nuestro caso, también las investigaciones —susurró Renzo para sí, en un tono de voz casi inaudible.

Carraspeó y volvió a la isla, con nosotros, desde donde fuera que se había evadido su cerebro.

—El delito de suicidio —prosiguió— implicaba no ser enterrado en el cementerio de San Michele y eso era un escarnio para un linaje, así que un primer vértice dispara en la cabeza al vértice que tiene delante, después le dispara a este primero el que queda a su espalda, y así, hacia atrás. En el caso de un hexágono, el segundo dispara al primer tirador, el tercero al segundo y el cuarto al tercero.

—Pero el quinto no puede disparar al cuarto y continuar la cadena, ya que el sexto es el primer muerto y no puede, por motivos obvios, disparar. Y si no quiere quedar solo y suicidarse... déjame adivinar —me adelanté—: el cuarto y el quinto vértice se disparan a la vez.

—Al rostro —puntualizó—. Es sangriento, pero era un ritual y en Venecia las formas siempre han tenido mucha importancia. Incluso la estética de la muerte. Era importante borrar el rostro de los vértices, por lo que tiene de *damnatio memoriae.*

—*Scusa*? —preguntó Mencía, sin comprender.

—Era una fórmula usada en la antigua Roma, el «olvido de la memoria». Cuando se decretaba contra un emperador o una figura pública, se destruían las pinturas y los frescos con su imagen, se borraban a golpe de cincel y martillo los rasgos de su rostro de las esculturas, y se quemaban todos los documentos en los que se le nombrase. La idea era pretender que esa persona no hubiera nacido nunca y no hubiera dejado ni una sola huella de su existencia: *damnatio memoriae* —repitió Renzo, mientras se encogía de hombros, como si fuera lo más obvio del mundo.

—El resto de los vértices —continuó—, aunque no recibían un balazo en el rostro, también resultaban borrados de un tiro en la cabeza. Las distancias eran cortas, por lo que el cráneo solía estallar en mil pedazos.

—Queda claro —atajé.

—Entonces, hace treinta años, aquí mismo, en este mismo escenario, hubo una carnicería —concluyó Mencía.

—Es un caso frío, sin conclusiones —dijo Renzo—. Total hermetismo con respecto a las motivaciones de las víctimas y, a la vez, autoras. Respecto a su identidad, nadie las reclamó y nunca se supo quiénes eran. ¿Cómo investigas seis suicidios cuyas perpetradoras están muertas? Nuestro padre llevó el caso, recibió mucha presión por parte de la prensa para que se resolviera, pero cero ayuda desde las instituciones para que indagara más. Y es cierto que hubo un incendio, y la hipótesis fue que ellas mismas lo comenzaron antes de dispararse para quemar sus cadáveres y que no pudieran ser identificadas, pero los bomberos llegaron pronto y lo cierto es que solo prendió el salón del recibidor. El caso se enquistó, no hubo avances. Y cuando digo que no hubo avances, hablo de que no hubo ningún hilo del que tirar y muchas prisas por pasar página. Y él se obsesionó.

—Suele suceder con los casos no resueltos —se me escapó. No pude evitar mi… ¿confesión?

—En cuanto ha visto las noticias se ha alterado mucho, está mayor y estamos un poco preocupados por él, no creo que hoy haya dormido. En cuanto acabe con esto, voy a pasarme por su casa para calmarlo —dijo Silvano.

«Los fantasmas», pensé, «han pasado treinta años y aún le reclaman explicaciones».

—De acuerdo —intervine—, pero, a no ser que tengáis más datos que no hayáis compartido, como perfilador solo puedo decir que, más allá de que el escenario es el mismo, que hay un incendio y que el número de supuestas víctimas coincide, no hay más elementos comunes ni tienen por qué estar relacionados. El margen temporal es muy dilatado, tres décadas. Y este suele ser el límite para relacionar casos, no solo de seriales sino de cualquier asunto delictivo. En el suceso de las damas del hexágono fue un suicidio colectivo, previamente pactado. El incendio parece secundario. Pero en el caso que ahora nos ocupa, el incendio es todo lo que tenemos, probablemente intencionado, con seis individuos que, de momento, y hasta que no encontremos los cadáveres, oficialmente son personas desaparecidas. Por otro lado, ¿no hay restos de los libros? En este palacio se estaban reuniendo seis bibliófilos para organizar la Feria de Libros Antiguos, ¿estaban ya aquí, habían llegado los volúmenes?

—Mi equipo no ha encontrado libros quemados, por lo que me han dicho, ni restos que nos hagan suponer que estaban —negó Silvano con la cabeza—, pero es tarea de los técnicos que están procesando todas las salas. Ellos nos dirán.

—Mencía, ¿qué te han dicho en la Biblioteca Nacional? —le pregunté.

—Como hoy es festivo, mañana podré hablarlo con más calma, pero, desde luego, los libros salieron de la Biblioteca Nacional y se los supone aquí. Alistair y Gaspar estaban al mando y eran los contactos con el equipo de Madrid. Y sus móviles no están operativos desde ayer —dijo ella.

—¿Podéis triangular los móviles hasta antes del incendio? —le pregunté a Renzo.

—Mañana enviaremos una petición a las operadoras de los últimos movimientos y llamadas, al menos de los cinco identificados por la cámara, pero tardará varios días.

—Y el laberinto, ¿podemos verlo?

—Claro —dijo Renzo—. Vayamos.

Los cuatro nos acercamos a la parte trasera del inmueble, bordeando el perímetro del edificio.

No se veía mucho, los setos eran altos, medían cerca de metro ochenta, se adivinaban senderos estrechos, pero suficientes como para esconderse o esconder un cadáver, o incluso seis.

—¿Y esas estatuas? —pregunté.

En los ángulos que formaban los límites del laberinto se perfilaban las siluetas de varias estatuas de mármol de estilo clásico.

Estatuas de tamaño natural erguidas sobre sus columnas.

—Son las Cariátides, ¿verdad? Lo digo por el número. Las Cariátides eran seis —se adelantó Mencía.

—La verdad es que no —la corrigió Renzo, aunque le sonrió con complicidad—, las Cariátides hacen función de columnas, de sujeción de un techo en un edificio, y no es el caso. Son las Musas, cada una lleva su atributo.

—No pueden ser las Musas, Renzo —intervino Silvano—. Las Musas originarias eran nueve, finalmente fueron siete. Faltaría una.

—Pues esa es Talía, musa de la comedia. Lleva su máscara y su bastón en la otra mano. Euterpe, esa de la izquierda —señaló su hermano—, musa de la música, lleva una corona de flores. Urania, de la astronomía, con un globo terráqueo y un compás.

—¿Y si nos centramos, es tan importante? —les rogué.

—Tienes razón, perdona. Decía que si montamos ahora una inspección técnica ocular tendría que enviar a agentes a traer focos y este laberinto está lleno de esquinas y recovecos. Nos llevaría toda la noche y se nos haría de día. Voy a enviar a dos de mis agentes con linternas para que hagan un primer barrido por todo el laberinto, por si hubiera algún cuerpo o alguien escondido, o incluso inconsciente si inhaló el humo del incendio. Pero seamos realistas y resolutivos, el primer escenario es el palacio y en cuanto tu equipo termine —le dijo a su hermano—, entran los técnicos a procesar el resto de las estancias y buscar indicios.

—De acuerdo —dijimos todos y nos encaminamos hacia la entrada del *palazzo*, donde todavía entraban y salían varios bomberos retirando material.

—Renzo, si vas a visitar a tu padre, estaría bien que le preguntaras cómo rescatar el expediente de hace treinta años, en todo caso. Aunque no creo que tenga relación, nos vendrá bien, solo por descartar la naturaleza de los dos siniestros —le dije.

—Estará en el archivo de la oficina, no ha habido cambios ni mudanzas estas décadas, mañana os lo paso —contestó.

Pero, en ese momento, salió uno de los técnicos con su buzo azul y se nos acercó.

—Renzo, he encontrado algo en la estancia de la entrada, sobre un mueble recibidor que está casi carbonizado. He puesto los testigos y he sacado fotos, voy a meterlo en el sobre y lo voy a enviar a analizar, es de vidrio, posiblemente de aquí mismo, de Murano. Le he aplicado polvo magnético, pero parece limpio de huellas. En todo caso, no voy a insistir más ahora con la brocha, me lo llevo al laboratorio y te redacto el informe con todo lo que encontremos. Pero te lo comento ahora para que lo veas, por si te ayuda a avanzar con la investigación.

Renzo nos hizo un gesto con la mano para que lo siguiéramos.

Se acercó a un técnico y nos facilitaron unos patucos, aunque enseguida nos pusimos perdidos porque el suelo estaba empapado por el agua de las mangueras que había extinguido el incendio apenas unas horas antes.

Entramos en el *palazzo* quemado guiándonos por los focos que teníamos más adelante y por las linternas de los móviles.

Lo que había sido una magnífica sala que hacía las veces de recepción y distribución de las demás estancias, con frescos de ninfas perseguidas por faunos, ahora lucía desolada con los pocos muebles que estaban ennegrecidos por la devastación del fuego.

Incluso las cortinas todavía humeaban.

El técnico nos guio hasta un aparador que en su día fue estilo Imperio, o Tudor, o lo que fuera, algo elegante y caro con maderas traídas de muy lejos.

Y allí, bajo los focos, impoluta, descansaba una figura blanca de cristal.

El efecto, desde luego, era teatral.

Un ángel nos miraba, burlón.

Mediría unos siete centímetros, de factura preciosista, quiero decir que no era un *souvenir* a granel de tres euros para turistas.

Lo inquietante de aquel ángel era que, pese a sus alas, a su aureola, bajo su prístina y brillante túnica blanca, mostraba con una sonrisa irónica una pezuña negra.

Pero lo verdaderamente turbador de la figura, más allá de la incongruencia con el negro escenario carbonizado que la rodeaba, era que no había ni rastro de las huellas que habría dejado en ella un incendio.

Alguien la había colocado allí, y la había dejado después de terminar el fuego.

Como perfilador, ya tenía la firma del responsable.

Y una firma siempre es el inicio de un diálogo.

Aquel ángel veneciano era su presentación.

Ya teníamos escenario del crimen, aunque no hubieran aparecido cuerpos.

Así que miré de reojo las puertas abiertas del salón que hacía las veces de distribuidor y busqué una sala donde no hubiera nadie.

Allí no conocían mis rutinas de perfilador y no quería dar explicaciones.

Entré en uno de los salones, un salón de paredes verdes, y allí, a oscuras y a solas, me arrodillé y recité susurrando mi plegaria:

«Aquí termina tu caza, aquí comienza la mía».

8

NO-GO

UNAI

Venecia, 1 de noviembre de 2022

Estaba cansado del viaje, el día había sido muy largo, uno de esos días cuyo comienzo no recuerdas, y preferí tomar algo por el camino y volver directamente al Hostal San Lio.

Llamé a Alba para hablar con ella y con Deba, pero no me lo cogió. Supuse que estaba bañándola o leyéndole un cuento.

Tenía una docena de llamadas de Estíbaliz, pero había preferido ignorarlas durante mi visita a la isla y le hice una videollamada en un *campo* solitario que encontré.

Había aprendido ya que en Venecia las plazas se llamaban *campi*, excepto la Piazza San Marco. Y que casi todas tenían un pozo en el centro, ya en desuso, donde los vecinos, en el pasado, extraían el agua de lluvia para uso propio.

Me senté en un banco bajo unos árboles y esperé a que su melena pelirroja apareciera en la pantalla de mi móvil.

—Kraken, ¿no podías habérmelo cogido antes? Llevo horas llamándote —me increpó.

Estíbaliz era en su estado natural, más que nerviosa, una ardilla con cafeína, pero aquel día parecía que se iba a salir de la pantalla.

Conocía de memoria todos sus tics, y no dejaba de chupar su colgante con un *eguzkilore* que siempre llevaba encima. Nunca supe si lo llevaba como homenaje a su hermano, al que llamaban con ese mote por sus rastas pelirrojas, o porque en la cultura vasca ese cardo autóctono en forma de sol con pinchos era un símbolo ancestral de protección que se colocaba en las puertas de los caseríos para no permitir la entrada de los *gauekos*, los espíritus chungos de la noche.

A su espalda se veía la ventana de su despacho en la comisaría de Lakua.

En ese momento me dio un ramalazo de nostalgia y añoré aquel despacho y todos nuestros años de camaradería resolviendo entuertos mano a mano.

—¿Qué haces en el despacho un uno de noviembre? ¿Es que no tienes casa? —le pregunté.

—He pasado por la planta del Alzheimer de la residencia de Txagorritxu a visitar a mi padre. Aunque no se entere y no me acompañe a llevar flores a mi madre, me siento mal si no lo veo este día. Y después me he acercado al despacho, no tenía más planes con nadie, hoy todo el mundo está en familia, no te voy a mentir.

Tenía mérito que Estíbaliz visitase religiosamente a su padre después de pasar toda una infancia recibiendo sus malos tratos. No había nada de síndrome de Estocolmo en su decisión: Estíbaliz había superado el trauma a base de terapia y trabajo interno, pero decía mucho de un alma noble a quien yo tanto admiraba.

—Pues yo sí que he estado ocupado desde que he llegado a Venecia —le dije—. Me han arrojado por un puente, he visitado palacios abrasados... Y, por cierto, el incendiario ha dejado su firma: un elegante ángel de cristal de Murano. Me he acercado a las tiendecitas que hay junto al puente del Rialto y las piezas similares cuestan ciento diez euros. No es una firma barata, como puedes ver.

—¿Maniobra de intimidación territorial? —preguntó.

—¿Cómo?

—Lo de que te hayan arrojado por un puente el primer día suena a que alguien te está marcando el territorio, su territorio, para que no le pises el callo. Suele pasar en barrios *no-go* de grandes ciudades. Desde el primerísimo momento reciben a los policías infiltrados con todo tipo de pequeñas agresiones, tirones, empujones, les roban el móvil, la cartera...

—Eso es lo curioso. No fue un hurto. Me empujaron al canal, pero dejaron la maleta sin tocar.

—En todo caso, Venecia tiene un índice de criminalidad bien bajo. Apenas hay robos a turistas porque la misma fisionomía de la ciudad es una ratonera para un delincuente. Quiero decir que es una península con un solo punto de conexión a tierra firme, una operación jaula tiene que ser pan comido en esa ciudad. Y quien tenga lancha para huir es de la zona y estará más que fichado. No es un buen lugar para reincidentes ni para sospechosos habituales. Como no tenía papeleo atrasado, he estado velando por ti en la distancia y he accedido a las estadísticas del Véneto, por si te podía ser de utilidad. Tampoco tienen homicidios. De nada —me informó.

Sonreí para mí, agradecido por tenerla en mi vida como compañera.

Estíbaliz lo hacía muy a menudo, eso de cuidar siempre de mí aunque yo no se lo pidiera.

—Puede que no los tengan últimamente, pero hace treinta años tuvieron un séxtuple suicidio con conato de incendio en el mismo escenario que hoy. Aunque tengo que examinar los informes, para ver si encuentro algún nexo en común. Pero no voy a poder rastrear la identidad de las víctimas, porque, ya en su momento, no lograron identificarlas. No creo que haya más paralelismos, en treinta años las motivaciones que pudieran tener aquellas suicidas no se habrán mantenido —descarté.

Después le conté todas las hipótesis de Renzo y Silvano acerca de qué podía haber ocurrido con los cuerpos de las seis personas que habían desaparecido.

—Entonces, los bomberos no han encontrado restos de los cadáveres —resumió.

—No. Así que, o alguien los retiró, o los lanzaron al agua, o se los llevaron en lancha, algo imposible porque la cámara del embarcadero, según el *ispettore* Scarpa, descarta que nadie entrara o saliera de la isla. Otra opción puede ser que los cuerpos estén enterrados en un laberinto vegetal que tiene el palacio en su patio trasero, como esos de Versalles, pero, hasta mañana, con la luz del día, no se van a poner a buscar nada.

—No te vayas tan lejos, volvamos al palacio y al incendio —me interrumpió—. Que el incendio esta vez prosperase, que haya focos en varios puntos, quiere decir que el incendiario posiblemente utilizó acelerantes.

—Sí, los técnicos tomaron muestras en todos los textiles, imagino que buscarán gasolina o algún producto similar.

—También pudo volatilizar los cuerpos con el uso de algún químico —me dijo.

—Para convertir un cadáver en cenizas bajo las llamas se necesita un horno crematorio, o en su defecto alcanzar una temperatura altísima, y hacerlo de forma casera tiene su trabajo —le recordé.

—Estoy pensando en una conversación que tuve en septiembre con una amiga, la directora de Magialdia, el Festival Internacional de Magia. Me habló de un truco que estaba arrasando en Estados Unidos. Sabes que los magos de primer nivel gastan mucho en investigación y que compran y venden las patentes de sus trucos por auténticas millonadas. Por lo visto, han desarrollado un compuesto químico que volatiliza cualquier sólido en segundos, un libro, por ejemplo. Luego está el oficio y el teatro que el mago le ponga al número en cuestión, pero ese compuesto hace que no queden residuos de materiales que sean relativamente blandos. Quiero decir que no sirve con metales, pero habían probado con huesos de animales y los volatilizaba. Imagino que la carne también. Es una probabilidad remota, pero te lo digo para que no descartes que esas seis personas hayan podido morir en el incendio y no dejar rastro.

—¿Sabes si ese compuesto es rastreable? —quise saber.

—Ni idea, no me puse científica con ella, pero puedo pedirle que me amplíe la información y me dé el nombre del compuesto por si necesitáis descartarlo. Lo que ha sucedido en esa isla ha de tener una explicación. Solo intento aportar más puntos de vista.

—Y yo te lo agradezco. Habla con ella, a ver si consigues darme un nombre o una fórmula química y yo se lo comento al jefe de bomberos, por si él ha oído hablar antes del tema —le dije.

Consulté la hora, el día había sido demasiado largo y comenzaba a pesarme y decidí que era mejor poner rumbo al Hostal San Lio, aunque todas las callejuelas me resultaban muy parecidas, así que me guie por las tiendecitas que recordaba.

—Y ahora, ¿puedes explicarme lo de tus veinte llamadas? —pregunté.

Estíbaliz suspiró y me miró con cara de circunstancias.

—Pues he dudado en contártelo mientras estás a un mar de distancia, metido en otro caso, pero eres tú y me lo vas a echar en cara en cuanto vuelvas, así que prefiero contar con tus espaldas anchas y cargarte con otra preocupación más. Ahí va: esta tarde se ha presentado un tío en comisaría preguntando por Kraken.

Lo de Kraken era un mote que me pusieron de adolescente los de mi cuadrilla, cuando comencé a crecer hacia arriba y a lo ancho, y mis hombros y mis brazos se veían tan desmesurados que me comparaban con esos calamares gigantes mitológicos de la cultura nórdica. A mí me gustaba como tótem: era un animal flexible al que no puedes derribar a puñetazos.

—Vaya, otro más —la interrumpí.

—Sí, otro más. Aquí nos estamos planteando poner una ventanilla con tu nombre —contestó con ironía—. El caso es que no sabía que ahora ejerces de profesor de perfilación en la Academia de Arkaute y que no trabajas aquí. Se negaba a hablar con nadie que no fueras tú, hoy solo estaban los de guardia, pero decía que se trataba de un asunto personal y muy confidencial, así que finalmente me lo han pasado a mí porque les ha escamado que viniera con tanta insistencia en un festivo. Es nieto de Ricardo Ruiz de Azúa.

—¿De qué me suena ese nombre?

—Fue vicerrector del Campus de Álava, catedrático jubiladísimo, tendrá más de noventa años.

—Lo habré visto en prensa, imagino —dije—. ¿Y qué quiere de mí?

—Ayer grabó a su abuelo en el móvil, por petición del propio señor. Decía que está mayor, que siente que puede morir en cualquier momento, y que le pesa mucho un secreto que ha guardado durante décadas. El nieto, Markel, quería que vieras la grabación, así que te la paso después de darte contexto.

—Pues dime, ¿qué dice el hombre? —pregunté, sin demasiada convicción.

Desde que el caso de «los doble crímenes del dolmen» me lanzó a los titulares de la prensa de medio mundo y mi apodo dejó de ser territorio privado para mi entorno más íntimo me había acostumbrado a duras penas a una fama que nunca busqué.

Era más que habitual que en Vitoria me parasen por la calle desconocidos contándome mil asuntos familiares o laborales.

Cuando esto sucedía, era para que los resolviera dándome tres pistas, como si fuera una especie de Sherlock Holmes autóctono y tuviera una suerte de interruptor con el don de la deducción encendido las veinticuatro horas.

Muchos me lanzaban sus acertijos vitales como quien te da un sudoku y espera un par de minutos a que se lo devuelvas resuelto.

Estaba acostumbrado a todo tipo de reacciones cuando se daban cuenta de que simplemente era humano y que habían proyectado en mí unas esperanzas tan falsas como estériles.

Otros, en cambio, acudían a la comisaría de Lakua, donde había trabajado toda mi vida.

Cuando esto ocurría, y solía ocurrir un par de veces al mes, era para asuntos más serios y más fundamentados, así que Estíbaliz les solía dar más credibilidad.

—Dice que él sabe por qué mataron a tu padre.

9

EL CASINO VENIER

ÍTACA

Venecia, enero de 1992

Te giras, Filippo ha desaparecido, maldito.

—Y además —prosigue Leone—, siento que estos días me ha imbuido el espíritu de Dalí, porque realmente me he obsesionado con el cuadro de Millet, pero no consigo entender por qué me desasosiega tanto.

—El cuadro oculta un secreto bajo la última capa de pintura —le contestas, mientras ambos observáis cómo sus vecinos juegan, ganan y pierden con tanta alegría que es difícil distinguir cuándo sucede qué.

—¿Qué secreto? —insiste.

—El cesto con fruta, a los pies de los campesinos. Es un último añadido. Una capa que no estaba prevista.

—No comprendo.

—Dalí tampoco, pero intuía que algo sucedía con aquel cesto. Como pintor, observaba que la perspectiva y las miradas desoladas de ambos campesinos se dirigían al cesto.

—Qué poco sentido.

—Había que despojar de capas al lienzo para comprenderlo —prosigues—. La obsesión de Dalí fue tal que le llevó a buscar entre los descendientes vivos de Millet a alguno que supiera del cuadro. Y lo encontró. Este le confesó que el cuadro original fue un fracaso, que turbaba demasiado a quienes lo miraban, y que tuvo que pintar un cesto con vegetales para, finalmente, poder venderlo.

—¿Y qué ocultaba el cesto?

—Dalí pidió a los técnicos del Museo del Louvre que pasaran el lienzo por rayos X, y entonces descubrieron que el cesto está tapando un pequeño ataúd negro. El matrimonio de labradores estaba rezando a su hijo mortinato. La Iglesia no permitía que los recién nacidos no bautizados fueran enterrados en un cementerio, en tierra sagrada, así que los campesinos tuvieron que enterrarlo en aquel sembrado. Pero cuando se ve el cuadro desde esa nueva perspectiva y se comprende, el dolor que emanan los padres es tan profundo y tan turbador que se entiende que nadie quiera llevarse ese testigo a su casa.

Miras de reojo a Leone, que sujeta un vaso que parece lleno de agua, y no de *spritz* o Campari como los demás.

—Dalí quedó muy impresionado cuando descubrió que aquel cuadro enraizaba con su vieja obsesión por los niños muertos, y dedicó varios óleos a la pintura de Millet. Ocho, concretamente. Los lienzos están en la National Gallery de Canadá, en el recién estrenado Reina Sofía de Madrid, en el Museo Dalí de San Petersburgo de Florida, en la Fundación Dalí de Figueres, en el Museo Ludwig de Colonia —recitas de memoria—, pero tengo el permiso de sus directores para montar una exposición que explique el origen de esos lienzos de Dalí. Nunca antes en la historia han estado los ocho lienzos reunidos y he conseguido también el permiso del Museo de Orsay, en París, para ceder por un par de semanas el cuadro de Millet.

Leone saborea, ahora sí, la propuesta.

—Esto tiene que exponerse en Venecia. Es demasiado bueno como para dejarlo pasar.

Tomas nota mental de que ha dicho «Venecia», y no el Guggenheim, para el que, en principio, trabaja.

—Mi madre escucha poco, como has podido comprobar, y a muy pocos. Permíteme que la convenza, te ruego que hoy no lances tu propuesta ni a la Ca d'Oro ni a la Gallería —dice, mientras señala a sus directores con el vaso.

—Tengo unas fechas, tu madre, me temo, fue muy categórica. No sé si podré perder más tiempo en Venecia.

El Guggenheim te tienta. Es, además, el encargo que te han pedido las Egerias.

No sabes por qué quieren específicamente ese museo, pero pensabas conseguir igualmente otro lugar donde exponer los cuadros y ejecutar lo que habías venido a hacer.

El plan es elaborado, el círculo de las Egerias es un organismo muy bien engrasado y ya lo habéis llevado a cabo antes con buenos resultados.

Charlotte es quien negocia las cesiones temporales de museos o salas con algún pintor que esté de moda entre los coleccionistas privados.

Tú consigues que otro museo muy mediático, pero sin mucha seguridad, acepte tu propuesta de exponer los cuadros.

Ava se encarga de los titulares de la prensa que atraen a esos coleccionistas.

Madison contacta y tienta a los que están en su radar. Conoce sus gustos y sus anhelos. Los ronda, ha trabajado ya con muchos, tiene una buena reputación. Les propone la pieza estrella, en este caso no es el Millet, sino los Dalíes, mucho más apetecibles en una colección privada. Fijan la cifra, hablan de los millones.

Kora se encarga de los asuntos mundanos como billetes, documentos.

Después Harper lavará todo el dinero sucio para que no todo entre en el sistema legal.

Los coleccionistas se pasean por la exposición que tú has diseñado, comprueban la autenticidad y el origen de los lienzos.

Madison les vende la tentación de que cuelguen el lienzo original en los salones de sus tríplex de la Quinta Avenida o de sus *palazzi* en el lago Como.

Ellos creen que a los museos de origen volverán tus falsificaciones.

Todos, si se deciden, disfrutan de la sensación de pensar que darás el cambiazo el día que termina la exposición temporal, en el momento de embalar los cuadros.

No es así, es un doble engaño.

A los museos vuelven las piezas originales, a los coleccionistas en la sombra les llegan tus falsificaciones, tan perfeccionadas después de toda una vida de imitación que ninguno llega jamás a sospecharlo.

La ventaja de estafar a estafadores es que ninguno va a comprobar con tecnología avanzada la edad de los pigmentos.

—Dame hasta el final de esta semana para convencerla. Si no lo consigo, y no lo sé, porque es terriblemente testaruda y orgullosa, me comprometo a llevarte de la mano a todas las puertas a las que se puede llamar en todo el Véneto.

—Hecho. —Le tiendes la mano. Él la aprieta, tan firme como su madre.

—Tú no juegas —observo en voz alta.

—No, recaudo.

Ante tu mirada, responde:

—Me meto en la partida cuando llevan horas, han bebido, o están desconcentrados. Pero no me juzgues, el dinero que saco se queda en la ciudad, por y para la ciudad. Hay varias góndolas que necesitan reparación, la recaudación de esta noche contribuirá a pagar algunas facturas. Y es importante que se siga celebrando la Regata Histórica, no ha dejado de hacerse en un milenio, pero algunos años no hay dinero para los trajes y las embarcaciones.

—Leone —os interrumpe una de las pocas mujeres de la sala. Tiene tu edad, morena de pelo largo, una nariz igualmente larga y traje de pantalón negro.

—*Come stai?* Te presento a Jimena Garay, historiadora del arte. Ella es Chiara Corner, directora del Hospital Civil, una muy buena amiga. Estamos sufriendo una pequeña epidemia de gripe este invierno, me temo.

—Desbordados. Estamos desbordados —confirma ella—. Algunos días parece la Gran Peste. O *La muerte en Venecia*, cuando los turistas abandonaban el Lido. Es una gripe estacional. El año pasado ya comenzó a ser preocupante, pero no sabemos por qué este invierno la mortalidad está siendo tan alta. Es cierto que hay mucha humedad y que el frío no ayuda, pero, créeme, Leone, hacía años que no veía algo así.

—Este invierno está siendo terrible, lo leo en las esquelas —comenta él—. Entre el éxodo de venecianos y los que están muriendo, la ciudad va a terminar desierta de habitantes locales.

La directora se despide de ambos, también se está haciendo tarde para ti, pero Leone tiene una conversación fluida, a ratos hipnótica.

—Tanto mi madre como sus padres están empeñados en casarnos desde críos —te confiesa—, pero ni Chiara me ve de ese modo ni yo la veo a ella de *fidanzata*. Creo que se confunden porque es lo más parecido a una hermana que he tenido. Ella cuida de mí, yo de ella y ambos cuidamos de la ciudad, dentro de nuestras posibilidades. ¿Has visto todos esos *palazzi* que jalonan el Gran Canal?

—Quién no —contestas—. Por fotografiar esas fachadas viene gente de todo el mundo, ¿no?

—Carcasas vacías, pero orgullosas.

—¿Nadie vive tras esas fachadas? —te extrañas.

—Heredamos los lugares, pero el mantenimiento es tan costoso que lleva a la ruina a cualquier economía. Ricos americanos, empresarios franceses, británicos... Todos ellos nos las compran. Luego vienen dos semanas el primer año, cuatro días el siguiente y tal vez el tercer año inviten a socios al Carnaval, con sus amantes. Odio las amantes. No soporto la mentira y no soporto las multitudes. Una esposa y una amante son multitud y son mentira. En cuanto a los *palazzi* comprados, en menos de un lustro, nadie, absolutamente nadie, los visita y habita. Sus propietarios vuelan a lugares más exóticos o se pone de moda una isla en algún mar lejano. Y lo que no se ve, no se ama. —Y te clava los ojos.

Conoces el ciclo del galanteo de memoria: confesiones, intimidad física, huida o compromiso.

No te han faltado ocasiones. Muchos hombres cultos encuentran atractivas a mujeres cultas.

Pero en tu eterna maleta no te caben más amores que los que, brumosos, quedaron en Vitoria hace más de tres lustros.

Unai, Gael.

Fantasmas que duelen, que vuelven en sueños echándote en cara tu ausencia. Tu mejor amiga de aquella época vitoriana, Goya, es cada vez más reacia a darte información o enviarte fotos de Unai en la distancia.

Respecto a Gael, Goya te responde siempre con un vago «todo bien, sin novedades».

Asumes que lleva una vida monótona, nada que Goya pueda reseñarte.

¿Es feliz con su mujer y sus dos hijos?

¿Continúa regentando la librería?

Asumes que así es. Que a su pasaporte, si lo tiene, no le pesan los cuños de mil aduanas. Que su vida es estática y predecible, no como la tuya.

Tu mente vuelve al Casino Venier, Leone se ha despedido suavemente de ti para acercarse a la primera mesa.

Lo observas jugar.

Todas las mesas le hacen un hueco, pese a que todas las mesas, al cabo de un rato, pierden y él gana. Pequeñas cantidades. Siempre se retira en racha. Efectivamente, parece más un recaudador que un ludópata, como el resto de los jugadores.

De vuelta a casa te acompaña Filippo.

Serán las tres de la madrugada.

Podrías pasar la noche deambulando entre las callejuelas, cada vez más estrechas, y volver al punto de partida una y otra vez, pero no estás segura de que todavía sepas volver a tu taller por tus propios medios.

—Siento la emboscada —te comenta, y lo miras y sabes que es sincero.

—Necesitabas un aliado —dice—. Nada pasa en los seis *sestieri* si Pietra no lo permite. Pietra es más controladora, Leone es más benefactor. La mano dura y la mano caritativa de la ciudad. Pero tienes que estar a buenas con los dos.

10

LA LIBRERÍA DE LA ALMENDRA

UNAI

Venecia, 1 de noviembre de 2022

Me quedé clavado en una encrucijada de calles y varios turistas se chocaron conmigo. Me disculpé y me aparté, después de buscar un lugar más íntimo donde poder hablar con más tranquilidad. Me senté en las escaleras de un embarcadero solitario, no sin antes asegurarme de que ningún individuo de gafas escandalosas me seguía.

Mi padre…

Pero, entonces, los vi, solo podía ser Mencía, su pelo blanco era tan reconocible como un semáforo entre las sombras. En la acera de enfrente, tras un puente, Mencía y… ¿era Renzo o era Silvano? Eran tan parecidos que me agaché y me acerqué al puente, que en este caso me favorecía y me ocultaba.

—Esti, te llamo en un segundo —dije, y corté la llamada.

—Pero ¿has escuchado lo que te he…?

No escuché lo que seguía porque quería sacar una foto para después poder ampliarla y asegurarme. Alcé el brazo e hice una ráfaga.

Después, amplié la imagen y la aclaré. Las gafas eran rojas y blancas. Era Renzo. Alcé de nuevo el móvil con el brazo y grabé en su dirección, procurando que no me vieran.

Aunque por la distancia iba a ser imposible recuperar el sonido y la conversación, Renzo y Mencía discutían entre ellos. Pero no era una discusión entre profesionales que habían trabajado juntos. O tal vez se parecía mucho a la confianza que yo podía tener con Estíbaliz después de décadas siendo amigos y compañeros.

No era nadie para meterme en la vida privada de Mencía, pero quería descartar de una vez a Renzo o a Silvano como sospechosos de haberme arrojado canal abajo. Después se alejaron, cada uno por su lado, me agazapé tras el sólido arco del puente y me quedé solo de nuevo.

—¿Me has colgado? —preguntó Estíbaliz, un poco atónita cuando volví a hablar con ella a través de una videollamada.

—Lo siento, de verdad, necesitaba el móvil para grabar algo que he visto.

—¿Al tipo que te lanzó puente abajo?

—No, o sí..., no lo sé. Podría ser él, desde luego, no me cuadran sus gafas, pero puede habérselas cambiado. Esta ciudad está repleta de ópticas *boutique* y me he fijado en que todo el mundo lleva monturas llamativas. No lo sé, prefiero ser prudente. Respecto a lo último... ¿de verdad has dicho que el vicerrector afirma que a mi padre lo asesinaron, con esas palabras?

—Sí, ahora te paso la grabación, a mí también me extrañó. El abuelo siempre te ha contado que la policía le dijo que había sido un atraco con resultado de homicidio, por lo que me dijiste.

Me froté la frente, demasiado por un día. Mi madre, mi padre... Tantos años en el cementerio, descansando sin hacer ruido, y últimamente ambos se levantaban de sus tumbas y me reclamaban con urgencia.

—¿Qué más dice, Esti?

—Aporta datos concretos, como el día del atraco y la hora. También habla de la Librería de la Almendra, y da la dirección y el portal, en el cantón de la Soledad número cinco.

—Ese dato sí que concuerda, el abuelo no recordaba la dirección exacta, y Germán la buscó en el Registro de la Propiedad. Está junto al Caño de los Tejos.

Germán era mi hermano, cinco años menor, y como abogado siempre me ayudaba cuando necesitaba que indagase entre el papeleo de las instituciones de la ciudad que dominaba como nadie. Su acondroplasia no lo había amedrentado nunca. Muy sociable y muy querido en Vitoria, era mi confidente también.

—Eso es, junto al Caño de los Tejos —confirmó Estíbaliz—. Da más detalles, como que había un cartel de madera con la forma de la Almendra Medieval.

—Lo talló el abuelo —le dije—, pero es cierto que todos los vecinos de Vitoria de la época lo sabrían. Más me escama que recuerde el día y la hora, aunque imagino que en aquellos tiempos un robo de una librería con un muerto tuvo que ser la comidilla de la ciudad, todos esos detalles serían de conocimiento público.

—Lo sé, pero cita a «el viejo Olivier». Y eso no era de conocimiento público. La relación de tu padre con Ítaca Expósito, con tu madre, fue secreta, y no hay manera de relacionar a tu padre, Gael López de Ayala, con Casto Olivier, salvo porque su nieto Diego y él fueron amigos en su juventud antes de que este muriera. Por eso le doy credibilidad, o pienso que sería interesante ir a hablar con el anciano vicerrector. Puedo ir mañana, si es que me dices que quieres investigar este tema. Como inspectora, la grabación no es suficiente para abrir ningún caso, y más cuando han pasado varias décadas. Dime, Unai, ¿me meto a investigar o lo dejo pasar?

Me quedé pensativo, mi padre estaba muerto desde que yo tenía cinco años.

Y aunque hubiese pasado tanto tiempo, no, desde luego que no daba igual que hubiera sido por un atraco que salió mal o por otras causas, y más relacionadas con «el viejo Olivier», el todopoderoso empresario de la famosa fábrica de naipes vitorianos que hundió la vida de mi madre.

El sentido común me decía: «Está muerto, nada te lo va a traer de vuelta».

Pero una voz que había estado aquí dentro durante décadas clamaba justicia.

Mi obsesión por ser perfilador y frenar muertes tenía una semilla que se plantó el día que lo perdí y fue el abuelo quien vino a buscarme al colegio en lugar de él.

—¿Y papá? —pregunté.

—A partir de ahora te recojo yo, hijo —me contestó, y me levantó a pulso y me dio un abrazo que nunca entendí porque era un hombre criado en una cultura sin abrazos y aquel, creí recordar, fue el primero.

Lo entendí mucho más tarde.

Aquel abrazo era un pésame.

Aquel abrazo era una declaración de intenciones, un «yo no pienso morirme antes que tú» que el abuelo estaba cumpliendo al pie de la letra.

Mi padre estaba muerto. Y aunque el que lo hizo posiblemente también, no era justo para mi padre que nadie lo investigase.

—Yo no sé cuánto me va a demorar esta investigación en Venecia, pero intentaré volver a Vitoria cuanto antes... —por no hablar de lo culpable que me sentía por involucrarme en casos activos y provocar que los síntomas del estrés postraumático de Alba no remitieran—... pero sí, Esti. Te agradecería mucho que te acercaras a preguntar. Lo que más me escama es que hable de «el viejo Olivier». Así que, cuando hables con él, céntrate en preguntar cómo ha establecido su relación entre mi padre y el empresario. Y a qué se refiere con que se siente culpable. Para sentirse culpable has tenido que hacer algo malo, algún daño a alguien, por acción o por encubrimiento.

—De acuerdo, entonces mañana me acerco a primera hora. Vive en la calle Postas, frente a la plaza de los Fueros. Hablaré con Markel, el nieto, e iré con él a visitar a su abuelo. Odio este trabajo —me dijo, con un guiño—. Si estoy activa, significa que alguien ha muerto, y si me aburro, significa que todo está bien y que no hay asesinos en la ciudad, pura paradoja.

«Por esa paradoja dejé el servicio activo», callé.

11

EN LA OTRA CIUDAD NORTEÑA

ÍTACA

Venecia, enero de 1992

Dos días después, Pietra Da Riva da el visto bueno a la exposición.

Te cita de nuevo en el Guggenheim. Esta vez no llegas antes de tiempo, solo estrictamente puntual. A la misma hora exacta en que entras por la puerta, que es en sí misma otra obra de arte moderno con sus enrejados negros que aprisionan grandes piedras de colores, Pietra sale a recibirte a un jardín que ya conocías. Hay un trono vacío que ya has visto antes y varias esculturas en forma humana que en tu primera visita te perdiste. Giacomettis y Moores habitan entre la hiedra y alguna que otra secuoya.

—Esta vez te dejaré hablar —dice, a modo de disculpa.

En todo caso, prefieres ser concreta y centrarte en los lienzos de Dalí que las Egerias han logrado sacar de sus museos.

Pietra accede después de escuchar tu historia, aunque sabes que ha sido Leone quien se la ha contado primero y la decisión ya estaba tomada antes de vuestro encuentro.

Conseguido el Guggenheim, llamas a Charlotte en ese estado de euforia que ya conoces por encargos anteriores y haces los preparativos para trasladar el Millet y los demás cuadros a Italia.

También hay trabajo por tu parte, llamas a tus proveedores habituales y les pides que te envíen los lienzos en blanco. Los has elegido con mucha anterioridad.

Sobre ellos pintarás las falsificaciones de Dalí, pero es importante que los lienzos sean de la época del pintor. Los consigues en los talleres de restauración de los sótanos de los grandes y antiguos museos, como el Louvre o el Prado. Material de derribo. Has estudiado a Dalí y conoces los pigmentos que manejaba, has hecho mil pruebas antes hasta dar con los tonos exactos. Sabes que pasarían la prueba de un colorímetro.

Tus días transcurren entre las compras matutinas y las charlas con el anciano Nicola en el mercado del Rialto. Los mediodías transcurren plácidos mientras descubres la gastronomía más alejada de las guías en los restaurantes que él y Filippo te recomiendan. A veces comes en la Antica Sacrestia con el librero. Deambulas con tu Canon mientras escuchas Nirvana y Bryan Adams, pero también te haces con Gabibbo y Marco Masini.

Has retomado tus costumbres fotográficas y encuentras que muchos timbres tienen forma de cara. Sabes que tienes tendencia a la pareidolia y que ves rostros y figuras humanas donde solo hay tuberías y puertas con agujeros, pero te permites, por una vez, fantasear con que montas una exposición: «Los rostros ocultos de Venecia» con todas las imágenes de buzones que te sonríen.

Venecia te comienza a dar algo que nunca habías tenido: rutinas que amas. Todo está por descubrir y los recovecos son incontables. Hay algo de anciana dama, recia y bellísima en esa ciudad y lo permea todo.

Por primera vez, después de tanto viaje, te planteas dejar las maletas y llenar un armario de uno de tus nidos transitorios con ropa de más de una temporada.

Pero el pasado tira hacia el oeste, hacia otra ciudad norteña de letras parecidas, un día te decides y llamas a Goya.

Estás acostumbrada a sus evasivas, lleva unos cuantos años respondiendo a tus preguntas con vaguedades.

—Sé que no tengo derecho a seguir pidiéndote favores después de tantos años, es solo que necesito saber cómo están Unai y Gael. ¿Podrías enviarme alguna foto actual? —le insistes.

—¿A dónde, Ítaca? —responde, parece cansada del tema—. ¿Esta vez me puedes decir dónde vives?

—Sabes que no puedo implicarte. Sabes que es mejor que no lo sepas.

—Entonces sigues metida en lo de siempre. ¿Nunca piensas en dejarlo?

«Todos los días», callas. «A todas horas».

—Es un último encargo.

—Suenas como un adicto.

—¿Y cómo suena un adicto?

—Poco creíble —responde, rotunda.

Cambias de tercio, vuelves a ellos.

—¿Podrías, por favor, enviarme esas fotos?

Al otro lado de la línea escuchas un largo silencio. Como quien se está decidiendo a romper una vida.

—¿Qué está pasando? —preguntas, ahora te está inquietando.

—Supongo que no puedo ocultártelo toda la vida —dice por fin.

—¿Ocultarme qué?

—Gael murió.

Son dos palabras, pero tardan en llegar al cerebro, por lo inesperadas y por lo inverosímiles que resultan.

—Gael murió —repites.

No «Gael ha muerto», en pasado reciente.

«Gael murió», en pasado remoto.

—¿Cuándo?

—Hace casi diez años, en el ochenta y dos, creo.

—¿Qué?

No responde, no hay nada que repetir. Seguirías preguntando: «¿Por qué?». Pero temes que te cuelgue, y eliges otra pregunta:

—¿Cómo?

—Un atraco, en su librería.

Ante tu silencio, es ella la que habla.

—No le des más vueltas, no cogieron al que lo hizo. Unai era muy pequeño, la familia se apañó y siguieron adelante.

—¿Sigue en Vitoria? —quieres saber.

—Sí. No vuelvas, Ítaca. Ya ha pasado por demasiado. Él y toda la familia. No vuelvas a Vitoria.

12

—

OGNISSANTI

UNAI

Venecia, 1 de noviembre de 2022

Estíbaliz me envió el vídeo y me despedí de ella.

La grabación no duraba demasiado, estaba realizada en horizontal. En el centro pude ver a un anciano de rostro chupado por la edad, muchas manchas en la frente y esa calvicie que da el tiempo a los que se acercan a los cien.

Estaba sentado, aunque frente a él, a la altura de su pecho, se veía un tacataca. Pero por mucho que el hombre dijera que se veía morir en breve, lo cierto es que se le notaba ágil de mente y su voz era firme.

Tras él había una biblioteca de nogal con estanterías repletas de libros y de maquetas de madera de pequeñas iglesias. De las paredes colgaban varios títulos enmarcados. Imaginé que hablaba desde su despacho, en su propio domicilio.

No dio, en todo caso, más detalles que los que Estíbaliz me acababa de proporcionar.

Día y hora del atraco, dirección de la librería y mencionó, con tensión en el rostro y una mueca de amargura, o de desagrado, no lo supe en ese momento, a «el viejo Olivier». Quería hablar conmigo, le urgía conversar conmigo, mantenía firmemente.

Hablaba de «cargas y cuentas atrás».

Respiré hondo, la cabeza me explotaba. Cada uno de mis progenitores tiraba de mí en una dirección opuesta.

Vitoria. Venecia.

Finalmente abandoné las escaleras del embarcadero y me dirigí al Hostal San Lio. Tuve que seguir las indicaciones del móvil, por la noche era muy fácil perderse y alejarse de una zona si no estabas atento.

Cuando por fin encontré el portal, miré la hora. Se había hecho tarde y quería hablar con Alba y con Deba, así que les hice una videollamada.

—Por fin, ¿cómo estáis? —pregunté cuando las vi aparecer en la pantalla.

Estaban en la cocina del hotel palacio de Alba en Laguardia. Cuando abandonó su piso en Vitoria decidió instalarse en la planta baja del mismo edificio donde trabajaba y había habilitado una cocina y un par de dormitorios para nosotros y para Deba.

Nuestra hija pintarrajeaba unos folios con dedicación, era su actividad favorita antes de dormir. Me saludó con una sonrisa de cuento, se lanzó a la pantalla y la besó como si yo pudiera recibir sus besos en dos dimensiones.

Hablamos de que aquel día no había tenido clase, de las castañas asadas que le había llevado el abuelo, de que había pasado el resto del día con su madre por Laguardia.

Después, distraída, volvió a sus pinturas y continuó dibujando como si nada.

—Todo bien por aquí, Unai. Hemos visitado a mi madre en el cementerio y le hemos dejado la corona que encargamos los tres. Cuéntame —me dijo Alba cuando recuperó su móvil, pero se la notaba cansada y tenía las ojeras muy marcadas.

—Estoy llegando a la habitación del hostal —le conté mientras subía por las estrechas escaleras después de saludar a Marcantonio, que estaba distraído con su móvil—. Venecia por estas fechas no está llena de turistas y, a estas horas, la verdad, la ciudad se queda bastante vacía. Incluso hoy, que aquí es el día de *Tutti i Santi* o de *Ognissanti*. Esto está lleno de pastelerías, he visto unos *crozzi í mottu*, son como los huesos de santo. Mañana para ellos es el Día de los Muertos, el *Giorno dei Morti*, y es cuando los italianos van a misa de los difuntos y llevan ramos de flores a los cementerios. Como curiosidad, te diré que hay un montón de farmacias antiguas que anuncian remedios venecianos ancestrales. El aceite de escorpión y también la teriaca, que dicen que servía para contrarrestar los efectos de cualquier veneno. Por lo demás, hace frío, más bien por la humedad de los canales.

La fui poniendo al día de los mil y un detalles turísticos de la ciudad, como si hubiera tomado aquel billete a Venecia para disfrutar de un puente de invierno, y no porque mi madre pudiera estar muerta.

Me resultaba antinatural no contarle los detalles de la investigación a Alba, pero no quería que sus pesadillas, aquella noche, estuvieran pobladas de ángeles con pezuñas y de cuerpos calcinados.

Llegué al rellano y abrí la puerta mientras continuaba la videollamada.

Durante un par de segundos me quedé congelado, aunque logré disimular.

La ventana estaba abierta.

Mi habitación estaba en un primero y estaba seguro de que la había dejado cerrada. Eso lo recordaba pese a que llegué mojado, me cambié con prisas y me fui en cuanto Mencía me avisó de que la lancha me esperaba.

En el alféizar de la ventana alguien había dejado un objeto que, cuando cerré la habitación con llave, no estaba allí.

13

TORCELLO

ÍTACA

Venecia, enero de 1992

El teléfono emite unos tonos, hace rato, de hecho. Te has quedado con el auricular pegado a la oreja. Diez años. Gael lleva casi diez años muerto. No ha llegado a cumplir los treinta, será un eterno veinteañero.

Siempre te has considerado casada, por algún motivo, pese a que le insististe en que buscara una madre para Unai y que él no recordara ninguna ausencia.

Gael obedeció, a regañadientes, pero Unai tuvo la familia que merecía.

Sales al jardín de tu casa, ese día no te percatas de que llevas semanas llamándola «casa», no «taller», ni «residencia temporal», ni «alojamiento».

No sabes a dónde mirar, así que avanzas con la mirada perdida en algún punto en el horizonte, un poco por instinto primario. Necesitas salir al exterior y pasear, que la belleza y la novedad te abstraigan de tanto dolor.

Así debe de verse la vida desde tu nueva mirada de viuda.

Movida, borrosa, irreal.

Cruzas el puente que te separa de tierra firme y sales al *campo* frente a tu casa, caminas unos pasos.

No lo ves venir, pero te detiene una figura blanca.

—¿Estás bien, Jimena?

Enfocas y comprendes que es Leone Da Riva. Te mira, dirías que preocupado.

—Sí. Todo bien —respondes, y sigues andando, más allá de él.

—¡Jimena! —tiene que gritar a tu espalda, tú sigues avanzando, solo quieres perderte en el laberinto que tienes enfrente. Meterte en el vórtice. Que nadie te encuentre—. ¡Te has dejado la puerta abierta de tu casa!

Es verdad, te miras la mano y aparece una llave.

No sabes cómo ha llegado hasta ahí.

Te obligas a volver y a parecer humana.

—Cierto —dices, y sonríes.

Cruzas el puente del estrecho río de San Vidal.

Leone te observa en silencio, con la cabeza un poco ladeada y los labios apretados, guardando para sí sus conclusiones, como ya has aprendido que suele hacer.

Cierras la puerta a tus espaldas, doble giro de llave.

Vuelves al *campo*, donde te espera Leone.

—Me diste tu tarjeta con esta dirección, disculpa que sea tan expeditivo y me haya presentado así, pero te he llamado varias veces al teléfono de la tarjeta y no contesta nadie. El tiempo apura, mi madre tiene mil cuestiones pendientes y ha delegado lo del Millet en mí. Deberíamos reunirnos y cerrar todos estos flecos —te apremia—. ¿Prefieres que hablemos aquí?

—No, eh... Aquí no, ¿conoces algún lugar donde comer?

Por nada del mundo puede entrar en tu taller, donde ya ha llegado uno de los cuadros de Dalí y estás trabajando con una de tus falsificaciones a medio terminar.

—Sí, sí. Por supuesto, no estaba intentando entrar en tu casa con ninguna excusa —carraspea—. Podemos hacer una reunión de trabajo en Torcello, en la laguna, en una *osteria* donde entre semana se está muy tranquilo.

—Adelante, vamos —dices, y avanzas.

—No… ¿no vas a tener frío así?

—No, he vivido en Nueva York. —Entre otros muchos lugares, quieres decirle—. Esto no es frío.

Media hora después desembarcáis en Torcello.

Es un pequeño pueblo, te viene bien ver la vegetación, hace tiempo descubriste que caminar en un paisaje verde te calma y te alivia.

Conoces a Goya desde que entró en el colegio de la Veracruz con cinco años.

Fue cruel contigo al principio, es cierto, pero desde que le salvaste la cara con una carta falsificada de su padre y le evitaste el predecible castigo en forma de sopapo paterno te ha hecho tantos favores que has perdido la cuenta.

Lo de hoy no ha sido una crueldad gratuita.

La omisión estos diez años, tampoco.

«No vuelvas a Vitoria», no sabes lo que pasa, pero tu instinto la obedece. Sin preguntas.

Porque has escuchado entre líneas y has comprendido su súplica muda: «Nada de preguntas».

¿Quién está en peligro? ¿Ella, Unai o tú?

14

LA LEYENDA DEL DIABLO Y EL PUENTE

UNAI

Venecia, 1 de noviembre de 2022

Pese a todo, fingí una sonrisa con la débil esperanza de que fuese creíble.

—La habitación es modesta y muy normal, mira —le dije a Alba e hice un barrido por la estancia cuidando de que no viera la pequeña escultura de la ventana.

—¿Y tienes la ventana abierta, loco? —dijo, riendo.

—El aire estaba un poco cargado cuando he llegado. Ahora la cierro, no te preocupes. Alba…

—¿Qué?

—¿Cómo has dormido? Quiero decir…

—¿Quieres saber si he tenido pesadillas a altas horas de la madrugada?

—Sí, eso es lo que quería preguntarte.

Calló durante un segundo, como si no hubiera decidido todavía qué decir.

—Pues sí. Han vuelto, pero no quería decírtelo. También los pensamientos intrusivos. Estoy en bucle. Imagino que visitar cementerios no ayuda, es uno de mis detonantes, me devuelve al momento del trauma. Mañana pediré cita con la doctora Leiva para otra sesión de EMDR.

¿Merecía la pena? ¿Aquella investigación? ¿Seguir los pasos de mi madre, comprobar si estaba viva, si se llevaba por delante la salud mental de Alba?

—¿Quieres que vuelva?

—No quiero nada, Unai —dijo, como si estuviera harta del tema—. O sí. Quiero que los síntomas paren, esta no es manera de vivir. Pero no tiene sentido que estés aquí si tu cabeza está allí. Aunque estés en Vitoria seguirás pendiente del caso, la inspectora Madariaga te pondrá al día si hay novedades de tu madre. Y lo compartirás conmigo, ¿cómo no hacerlo?

Y, entonces, di el paso. Las mentiras, las omisiones, el «todo bien».

No le dije que me habían arrojado por un puente.

No le hablé de la inspección técnica ocular ni de mis reticencias con Renzo Scarpa, como lo habría hecho en el pasado, cuando fue mi subcomisaria, mi superior, y después mi pareja.

No le hablé de cuerpos enterrados en un laberinto de cipreses ni de ángeles de Murano convertidos en la firma de un incendiario.

No le hablé tampoco de que, en Vitoria, Estíbaliz había encontrado a un anciano que afirmaba que mi padre no había sido solo la víctima colateral de un atraco.

Me ardían las mejillas cuando me puse de espaldas a la figura que alguien había colocado en la ventana abierta.

No quería tocarla, tenía que pasar por una exploración lofoscópica.

—Aquí voy al día, aportaré lo que pueda como perfilador para agilizar la investigación, pero en cuanto sepa qué ha sucedido con mi madre, vuelvo a Vitoria, si no antes —dije.

—Lo sé. Vamos a dormir, ¿de acuerdo? —casi rogó.

—Claro. Un beso. *Maite zaitut.*

—Yo también te quiero, Unai. —Y la pantalla quedó en negro.

Iba a sentarme en la cama, pero preferí no tocar nada.

Me acerqué a la ventana, la humedad y el frío entraban sin nada que los detuviera.

La figura era un ángel, también blanco, con pezuñas negras. Bailaba feliz sobre un pequeño puente, claramente veneciano.

Mediría unos diez centímetros, todo el conjunto era mayor que el del *palazzo*, pero parecían obras salidas de la mano del mismo artesano, o al menos, del mismo taller.

Llamé a Mencía y la puse al corriente. En menos de diez minutos se presentó en el hostal.

Mientras tanto, bajé a recepción, donde Marcantonio, que continuaba distraído con el móvil, levantó la cabeza, sobresaltado.

—¿Todo bien? —me preguntó en italiano. Tenía la voz ronca y el pelo teñido de un amarillo muy *centennial*.

—¿Ha entrado alguien en mi habitación?

—No, imposible. He estado todo el día y has sido el único huésped. En noviembre no viene mucha gente, a veces hasta cerramos. Y hoy es festivo, pero una fecha muy familiar.

Miré el portal y las escaleras. Era un local muy estrecho, el mostrador de recepción ocupaba un espacio ganado al entresuelo, pero, si alguien entraba, pasaba por delante del chico.

—¿Y hay alguna otra forma de subir a la habitación que no sea entrando por el portal?

—No, no hay manera. Pero ¿qué ha pasado? ¿Te han entrado, te han robado? ¿Tengo que llamar a la policía?

—Sí, me han entrado. Y no, no hace falta que llames a la policía, ya la he llamado yo —contesté sucesivamente.

—De verdad que lo siento. Vamos a verlo —dijo, se levantó y lo seguí escaleras arriba.

Miró alrededor y puso cara de extrañeza cuando vio el ángel.

—¿Esto es un *souvenir* que has comprado y lo han dejado en la ventana? Qué raro, no son baratos. Si han entrado a robar, o a por algo de valor, se lo habrían llevado. Por el tamaño, serán unos doscientos euros.

—No, no lo he comprado yo. Por eso sé que han entrado. Alguien lo ha puesto aquí. O el anterior huésped se lo olvidó en un armario o debajo de la cama y el que ha entrado lo ha colocado ahí —especulé.

—Qué va, hace semanas que nadie se hospeda aquí y no había nada. Es mi *ragazza* la que hace la limpieza y abre siempre los armarios y lo mira todo. Mucha gente se deja las guías de Venecia en papel porque le pesan en la maleta de vuelta y ella las colecciona.

—Tal vez la tengas que llamar para que la policía le tome las huellas y la descarte —le comenté.

—Pero ¿ha habido un robo? —insistió—. ¿Sabes si te han quitado algo de la maleta?

La había comprobado antes de bajar. El candado estaba intacto, la había abierto y no faltaba nada, tampoco la había cargado demasiado en mi viaje apresurado.

Negué con la cabeza, el chico se acercó a la ventana.

—No entiendo por qué han dejado esta figura. No la había visto antes. Lo normal es el Diablo y el Rialto. Ya sabes, el Diablo de la leyenda.

—¿Qué leyenda? —quise saber.

—En Venecia sobran las leyendas acerca del Diablo. No es que los venecianos seamos especialmente supersticiosos, pero nos encantan los cuentos truculentos. El del Diablo y el puente del Rialto es uno de los más conocidos, por eso me lo sé.

—¿Este puente es el Rialto?

—Es su versión más esquematizada. Hay figuras, en las fábricas de Murano, mucho más grandes con el Diablo, el puente del Rialto con sus trece arcos, el arquitecto y el gallo.

—Pues vas a tener que explicármelo.

—Dicen que cuando se construyó el puente del Rialto, en el XVI, el Diablo exigió al arquitecto, que tenía además nombre de puente, Antonio Da Ponte, el alma del primer ser vivo que lo cruzara. En caso contrario, amenazaba con todo tipo de desgracias para impedir que se finalizara la construcción. Esto es muy común en Venecia, lo de los edificios inacabados, como el *palazzo* donde ahora está el Guggenheim. Así que el arquitecto tuvo que aceptar el pacto con el Diablo, pero pensó durante mucho tiempo en un modo de que nadie perdiera la vida por terminar su obra. Finalmente, un día bajó al mercado que está al lado y compró un gallo vivo. Pensaba hacerlo pasar el día de la inauguración, pero siempre se ha dicho por aquí que el Diablo tiene oídos por toda la ciudad y es imposible que suceda una sola transacción sin que él se entere, así que, efectivamente, el Diablo se enteró de lo que el arquitecto pretendía hacer. Poco antes de la inauguración del puente del Rialto, el mismo Diablo, tomando una de sus formas humanas, se presentó en la casa del arquitecto, donde descansaba su mujer, a punto de dar a luz. Le dijo que su esposo la esperaba en lo alto del puente para que fuera la primera veneciana en observar el Gran Canal desde aquella vista privilegiada, la esposa acudió y fue el primer ser vivo que cruzó el puente.

—Vaya —susurré.

—El arquitecto le suplicó al Diablo que le perdonase la vida a su mujer y el Diablo lo hizo, quería llevarse bien con los venecianos, pero también quería que le tuvieran respeto, así que se llevó la vida del bebé mortinato de la pareja. Cuentan mis abuelos que sus abuelos escuchaban siempre el llanto de un bebé cuando cruzaban el Rialto. Siempre se ha dicho que, si no hay nadie en el puente, el rumor que se escucha no es el del agua, sino el lamento de un bebé. Se dice también que, tiempo después, un gondolero, que no pudo soportar la pena de escuchar al bebé cada vez que pasaba por debajo del Rialto, prefirió inmolarse y suicidarse justo debajo para contentar al Diablo y llevarse con él el alma del bebé para que descansase eternamente, y también la ciudad.

—¿Más leyendas, Marcantonio? —nos sorprendió una voz a nuestra espalda.

—¡Mencía! *Se non è vero, è ben trovato,* ya lo sabes —farfulló, como disculpándose.

—Es lo que dicen por aquí cuando se marcan una leyenda urbana. «Si no es cierto, habría que inventarlo». Más o menos —me aclaró—. ¿Qué ha pasado?

—No ha subido nadie por las escaleras, pero han dejado la ventana abierta y este regalo —le resumí.

—Vaya, un ángel y el Rialto. Yo solo había visto antes la figura del Diablo y el Rialto —murmuró cuando se acercó. Cruzamos la mirada con preocupación.

—Van a tener que procesar este escenario y voy a tener que llamar a Scarpa. Marcantonio, ¿tienes otra habitación para mi compañero?

El chaval desapareció escaleras arriba mientras Mencía y yo nos quedábamos a solas en mi efímero alojamiento.

—Mencía, esto tiene una importancia capital. Porque quien ha dejado la figura del ángel y el Rialto ha sido el mismo o sabe lo de la figura del ángel del *palazzo.* Esto me relaciona directamente con el caso, o —como me había adelantado Estíbaliz— me están enviando una advertencia. Es como si quisieran decirme que desde que he llegado a Venecia estoy vigilado y conocen todos mis pasos.

—Totalmente de acuerdo, Unai. Y podemos hablar con Renzo para que te ponga protección.

—No quiero protección, si me hubieran querido matar podrían haberlo hecho mil veces hoy. Solo quieren enviarme un mensaje. O dos.

Mencía vaciló durante un momento, pensativa, y me miró con rostro serio.

—¿Qué pasa, Mencía?

—Tengo que decirte algo.

—Define «algo».

—Algo malo, algo serio. Algo preocupante.

Me revolví un momento en mi sitio.

—Adelante.

—Me he enterado hace una hora y te iba a informar cuando me has llamado.

«¿Ese algo es lo que estabas discutiendo con Renzo?», quise preguntar, pero preferí callar, no procedía.

—Me han llamado de Madrid. Del ministerio. Han intentado mantenerlo oculto durante varios días, por si lo localizaban, pero oficialmente está en búsqueda y captura y la orden ha llegado a la Interpol. Se cree que ha salido de España.

—¿Quién ha salido de España? —No comprendía nada.

—Calibán. Se ha fugado de prisión. Una fuga improbable, no han podido dar explicaciones oficiales todavía porque no tienen muy claro cómo ha podido suceder.

—¿Calibán se ha fugado hace unos días? —repetí, sin querer creerlo.

Calibán había sido el origen de todo.

15

IL PONTE DEL DIAVOLO

ÍTACA

Torcello, enero de 1992

Leone te guía hacia un puente sin barandillas, está construido con ladrillos antiguos y no es apto para borrachos o días de lluvia.

—Es el Ponte del Diavolo —te informa cuando lo cruzáis—. Por favor, no lo cruces el veinticuatro de diciembre, ¿me lo prometes?

—Claro, no vendré en Nochebuena, te lo prometo —respondes, no muy acostumbrada a que se preocupen por ti.

—¿Te gustaría escuchar la leyenda? —te tantea, con precaución.

Has sido incapaz de hilar más allá de los monosílabos durante todo el trayecto en lancha, no sabes cómo vas a ser capaz de terminar toda una comida y una reunión de negocios en tu estado.

Escuchar supersticiones locales es una buena opción para que él lleve toda la carga de la conversación.

—La leyenda habla de una joven, un oficial austríaco, una bruja y el mismo Diablo —te cuenta, mientras entráis en la *osteria* del mismo nombre que se encuentra nada más cruzar el puente.

—Apunta maneras —comentas.

—Nunca desestimes nuestra imaginación cuando se trata de diablos y de puentes.

Os indican una mesa apartada, no hay nadie más en toda la sala. Se dirigen a él por su nombre de pila, hay familiaridad y palmadas.

Tú observas otras vidas, las querrías vivir todas.

Todas, todas menos la tuya.

—Dicen que una joven se enamoró de un oficial durante la invasión austríaca. Su relación estaba mal vista, así que a ella la alejaron de Torcello y no se enteró cuando una mano anónima mató a su amado.

Cierras los ojos, ha dolido demasiado.

—Jimena, ¿estás bien? —te habla bajito, como a los niños.

—Sigue. —Es lo único que puedes decir. «Sigue».

Leone te observa, preocupado. Tú recuerdas que está ahí y asientes, con la cabeza, invitándolo a continuar.

—La joven dejó de comer y se abandonó, así que un amigo de la familia le consiguió una cita con una *strega*, una bruja.

Llegan los *antipasti*, te obligas a morder unos *crostini*.

—La bruja se apiadó de la joven al verla en aquel estado y estipuló un pacto con el mismo Diablo. Este le pidió las almas de siete niños cristianos, ya bautizados, muertos prematuramente, y el lugar acordado de encuentro fue el puente de Torcello, el que acabamos de cruzar. Las dos mujeres llegaron en barca a la isla y la bruja le dio a la joven una vela encendida y una moneda de oro. Se colocaron en la parte derecha del puente, la anciana le pidió que cruzara el puente e invocó al Diablo. Este apareció y, cuando vio a la joven, escupió al agua la llave del tiempo y del espacio, en el mismo momento en que le arrancaba a la *ragazza* la codiciada moneda de oro. En ese instante, en la parte izquierda del puente, apareció el oficial austríaco, ella lo abrazó y apagó la vela. Frente a ellos, en la oscuridad, apareció la entrada a una vida en común.

Escuchas esas palabras.

«En la oscuridad, apareció la entrada a una vida en común».

Y tú no conoces a *streghe* ni a diablos, aunque podrías conseguir muchas monedas de oro y probar si Gael y Unai aparecen al otro lado de aquel puente.

—Pero... —continúa.

—Siempre hay un «pero» —le cortas. Leone se sobresalta, acostumbrado ya a su monólogo con la convidada de piedra en la que te has convertido.

—Así es. Y más con el Diablo. A la *strega* todavía le quedaba cumplir con su trato de entregarle a los siete infantes muertos, así que la fecha pactada fue el veinticuatro de diciembre a la medianoche. Ese día el Diablo aparecería para reclamarle las siete almas.

Habéis pedido ambos un *fegato alla veneziana* con polenta *grigliata.* No tardan en traerlo, entras en calor con la polenta. El hígado te recuerda los gustos culinarios de Leopold Bloom, el protagonista del *Ulises* de Joyce.

Notas un frío de años en los huesos.

—¿Y las consiguió? ¿Las almas de los niños muertos?

—Paciencia. La bruja volvió a su casa, pero un joven que había sido testigo de lo sucedido en el puente acabó con su vida para salvar a los siete niños. El Diablo jamás lo supo, así que la esperó, Nochebuena tras Nochebuena, en su forma de gato negro, en lo alto del puente. Dado que la *strega* nunca le entregó las almas de los niños, el Diablo se cansó y, desde entonces, se dice que es mejor no cruzar el puente ese día, porque el Diablo se llevará con él tu alma.

16

LA SONRISA DEL ÁNGEL

UNAI

Venecia, 1 de noviembre de 2022

Calibán había secuestrado a mi madre, a quien yo había creído muerta durante cuarenta años.

Calibán me había extorsionado y exigido que encontrase una improbable joya bibliográfica, el *Libro Negro de las Horas*, a cambio de su vida.

Por el camino de bajada a los infiernos había descubierto que mi madre era considerada la mejor falsificadora de libros antiguos del mundo.

Cacé a Calibán, conocí el endogámico mundo de los libreros de viejo y había trabado amistad desde entonces con varios de ellos.

Alistair Morgan, el mejor amigo de mi padre y su jefe, el que le dio trabajo en su librería madrileña cuando lo necesitó.

Gaspar Abad, librero de viejo. Dueño de las librerías Hubris, Hamartia y Némesis y de un puesto en la mítica Cuesta de Moyano de Madrid. El lugar de referencia desde hacía casi un siglo donde bibliófilos y libreros de viejo intercambiaban ejemplares y charlas literarias. Experto en Aristóteles y en el mundo clásico. Gaspar era un hiperconector, se enteraba de lo legal y de lo ilegal en el mundo de la bibliofilia. Por suerte, tenía conciencia y era un apreciado confidente de la Brigada de Patrimonio Nacional.

Alicia Lasarte, de la librería La Maga, en Vitoria, una especie de librería-joyería, tan exquisita como ella, junto a la torre de Doña Otxanda. Experta en libros antiguos de alta época. Estíbaliz era su casera desde que heredó el local de su hermano, el Eguzkilore.

Y todos ellos, los que me ayudaron a meter entre rejas a Calibán, estaban ahora desaparecidos en un incendio provocado a unos pocos canales de aquel hostal.

—Sí. Y hay más —me dijo Mencía—. Antes de ayer, un día antes del incendio, recibí una llamada de Gaspar. Fue una llamada muy corta y no entendí muy bien la situación.

—¿A qué te refieres?

—Me dijo que estaba en Venecia, que la Biblioteca Nacional les había encargado a unos cuantos libreros la organización de la muestra de libros que pondrían en exposición en la Feria del Libro Antiguo de este año en Venecia. Eso ya lo sabía, son muestras que se organizan con mucha antelación y trabajo con la Biblioteca Nacional a menudo. Pero me hizo una pregunta muy específica que no entendí muy bien. Me dijo: «¿Sabes si Calibán ha salido de prisión?». Le contesté que no, que no iba a tener derecho a un permiso en siglos. Le pregunté: «¿Por qué lo dices?», y contestó: «No es nada». Y cambió de tema.

—¿Cómo podía saber Gaspar que Calibán estaba fuera de prisión, Mencía? No puede ser casualidad, no es algo que se pregunte al azar.

—He estado pensando los posibles motivos durante esta hora, pero me has llamado con esto del ángel y el Rialto.

—De acuerdo, hagamos aquí mismo una puesta en común —le pedí.

—Primera opción: que haya visto a Calibán, pero Gaspar ya estaba en la ciudad cuando me llamó —dijo ella—.

Así que pudo ser tanto en Madrid como en Venecia. Segunda opción: que Calibán se haya puesto en contacto con él y, desde luego, no de forma amistosa. Yo creo que Calibán guardaba y guarda mucho rencor a los presentes en la feria por todo lo que nos ayudaron en su detención.

¿Me estaba sonriendo el ángel desde la ventana? Me pareció que el vidrio se volvía líquido y el rostro esbozaba una sonrisa de satisfacción.

—Un perfilador te diría que la personalidad de Calibán, por lo que yo lo pude conocer, es muy mal pronóstico para futuros delitos o de cara a que reincida —dije—. Calibán era muy obsesivo y mantuvo la motivación contra mi madre durante muchas décadas. Ahora hay más agravios en su saldo de deudas pendientes.

—Si te soy sincera, Gaspar parecía preocupado. Recuerdo el tono cuando me hizo la pregunta, cambió de registro. De despreocupado a serio.

Mencía se acercó al ángel y lo miró con detenimiento.

—Y recuerda que hay una sexta persona, una mujer, por los vídeos, que no hemos podido identificar —prosiguió—. Renzo me envió esos minutos, cuando los seis desembarcan y entran en el *palazzo* a través de la pasarela de madera del muelle.

—Y, por lo que viste, esa sexta persona puede ser mi madre.

—Sí, siempre cambia de peinado y de estilo, pero estoy ya acostumbrada a esos cambios. Lo que más me preocupa, en todo caso, es que tu madre no me contesta a los mensajes que le he enviado desde que me dieron el aviso del incendio. No sé cómo explicártelo, Unai, pero teníamos un sistema, ella es una mujer muy libre acostumbrada a lidiar sola con mil complicaciones, pero me preocupo mucho por ella y siempre controlo que esté bien, y ella lo sabe. No me haría esto. Le he escrito mil veces desde el incendio y le he dicho claramente que temo por su vida y que me responda, porque en caso contrario comenzaré a buscarla y a incluirla en la investigación oficial, y tengo maneras de averiguar su identidad actual, tiene sus patrones y la conozco bien.

Me miró como si fuera una hermana mayor.

—No te he dicho esto antes porque no quiero preocuparte de más, pero eres su hijo y tienes derecho a saber sin paños calientes lo grave que es la situación actual: si no me ha respondido ya, Ítaca está en peligro o está muerta.

17

—

LEONA

ÍTACA

Torcello, enero de 1992

—Te he querido traer aquí porque a mí esta leyenda, que me la contaba mi madre, siempre me impresionó mucho, sobre todo por los niños muertos. Y existe otra en Venecia, la del Diablo y el puente del Rialto, que también incluye el alma de un mortinato. Tal vez por eso la historia que me contaste de Dalí me impactó de esta manera, tan profunda. Y tal vez por eso he insistido tanto para que se quede aquí la exposición. Siento que Venecia está extrañamente hermanada con esa historia.

Asientes, por primera vez lo escuchas con atención.

—Yo... yo también nací después de que mi hermana mayor, la primogénita, muriera. Las matriarcas Da Riva siempre han tenido primogénitas, puede resultar increíble, pero ahí está nuestro árbol genealógico, bien documentado, para atestiguarlo. Murió a los seis meses por una gripe, un mal invierno, similar a este, por lo que dicen. No comprendo cómo, pero mi madre se quedó embarazada de mí en ese mismo momento. Esperaba una niña, de nuevo, para llamarla Leona, de nuevo.

—Puede que seas invisible para ella, pero no para la ciudad. Aquí todo el mundo te tiene en cuenta. Yo lo llamaría... respeto. Sí, diría que es respeto —le sueltas a bocajarro.

No sabías que las malas noticias actuasen como suero de la verdad, porque jamás le habrías hablado con tanta franqueza. Hasta ahora Leone ha sido un eslabón en esa cadena interminable que supone tu trabajo con el círculo de las Egerias y temes haber cruzado la línea y haber resultado tan ferozmente honesta.

Te mira con esos ojos que lo estudian todo, intentando interpretarte.

—No la culpo, el duelo perinatal debe de ser durísimo, y llevar adelante un embarazo con tanto dolor va más allá de lo inhumano. Quiero decir que siempre he estado agradecido de que me trajera al mundo, a pesar de unas circunstancias tan duras para ella.

Te gusta que no busque culpables, te gusta que elija la vida y elija seguir adelante sin guardar rencor a sus circunstancias.

«No vuelvas a Vitoria». Tal vez, lo has pensado con los años, ese es el momento en que te rindes a la vida y decides quedarte en Venecia.

18

—

LA BRUMA

UNAI

Venecia, 2 de noviembre de 2022

Desperté de madrugada, no había pasado una buena noche, y me resultaba imposible conciliar de nuevo el sueño, así que me puse las mallas de *running* y salí a correr por las calles de una Venecia somnolienta y brumosa.

Los técnicos habían llegado media hora después que Mencía. Habían procesado la habitación de la primera planta en busca de huellas o de pisadas, y se habían llevado la figura del ángel y el Rialto al laboratorio.

Descartada la posibilidad de que el intruso hubiera entrado por el portal, tal y como Marcantonio afirmaba, solo quedaba la opción de que hubieran abierto la ventana desde la calle y hubieran colocado la figura.

Era factible, un primer piso no muy alto y con tejados cercanos.

Incluso una persona subida a los hombros de otra o con una pequeña escalera podría haberla colocado. Las ventanas eran de madera blanca, de marcos muy finos, y comprobamos que no cerraban bien cuando se llevaron al ángel.

En todo caso, troté escaleras abajo y di la espalda a Hostal San Lio.

Avancé a buen paso por *fondamente*, puentes, *rivas* y *campi*.

Corrí paralelo a las góndolas atracadas ordenadamente en la orilla, ocultas bajo sus recias fundas azules.

Visité por primera vez en mi vida la Piazza San Marco, que estaba desierta y gélida a aquellas horas, y me recordó a aquellas imágenes durante el confinamiento, cuando la ciudad se desbrozó de turistas y solo quedó la arquitectura y la belleza.

De todos modos, iba en hipervigilancia. Me sobresaltaba cualquier sombra entre la niebla y evitaba acercarme demasiado a la orilla, también a los puentes y a las esquinas sin visión.

Comprendí a Alba cuando decía que esa no era manera de vivir.

No, no lo era.

Tenía demasiados frentes, sabía que me tocaba elegir. Mi padre, mi madre. Alba, Calibán. Venecia, Madrid, Vitoria.

No iba a llegar a todos.

El miedo a perder de nuevo a mi madre me había cegado y me había puesto rumbo a Venecia, pero en Venecia ya había una investigación en marcha con gente sobre el terreno y estaba Mencía, práctica y eficaz, y con experiencia en colaborar con la policía veneciana.

Me senté en un banco en una parada desierta del *vaporetto* y comprobé los vuelos del día. A primera hora de la tarde salía uno a Madrid. Esa misma noche podría dormir en Vitoria si me alquilaba un coche.

Así que volví al hostal, me cambié, desayuné en la primera cafetería que abrió y compré el billete a Madrid, solo de ida.

Hablé con Mencía de mis intenciones.

Me había pasado la noche elaborando un plan y necesitaba sus contactos. Cuando se lo comenté, estuvo de acuerdo y me dio los datos que necesitaba.

No eran ni las diez de la mañana cuando Estíbaliz me hizo una videollamada.

—Kraken, malas noticias. Tengo trabajo —me dijo.

Esti caminaba a toda prisa por el parque de la Florida en dirección al centro, lo supe por los árboles centenarios que dejaba atrás.

—Me ha llamado Markel, el nieto del vicerrector. Esta mañana han encontrado a su abuelo muerto en la cama.

—¿Muerto? —exclamé, sorprendido—. ¿Cómo ha muerto?

—Por la edad, podría ser una muerte natural y no habría que hacer autopsia, pero la mujer que cuida de la abuela de Markel ha acudido, como cada mañana, al domicilio, y se lo ha encontrado ya muerto. Ha llamado al padre de Markel y también a urgencias. El facultativo que tenía que confirmar el fallecimiento tiene dudas de que haya sido una muerte natural, por lo visto ha detectado algunos indicios. No ha sido muy específico, puede ser autolisis con fármacos, envenenamiento, suicidio... En todo caso, es sospechosa de criminalidad y ha enviado el parte médico al juzgado de guardia. Markel solo ha sabido decirme que la cuidadora le había dicho que el vicerrector había babeado mucho y que tenía el pijama empapado y en noviembre no es normal sudar en la cama, la verdad. Y que había manchas en las sábanas. Su padre, el único hijo de Ricardo Ruiz de Azúa, dice que quiere llamar a la funeraria y que lo incineren ya, pero el juez ha iniciado el procedimiento judicial y ha enviado con urgencia a los técnicos para que hagan su informe. Markel me ha llamado para informarme. Estoy yendo para el domicilio, él está allí ahora. Quiero averiguar qué me cuenta. No sé, no me cuadra que el hombre quisiera hablar antes de ayer, después de tantos años, de que a tu padre lo mataron y esta noche precisamente se haya suicidado.

—De acuerdo —dije—, yo voy para allá. Llego a Madrid en unas horas y de allí a Vitoria, pero antes tengo que hablar con alguien en Alcalá Meco.

Estíbaliz frenó en seco su carrera y se recolocó el mechón que le caía sobre el rostro.

—¿Qué ha pasado?

—Calibán se ha fugado, hace días, en realidad, pero no se ha hecho público hasta ahora. Tengo una entrevista esta tarde con el preso sombra que le asignaron. Está buscando beneficios penitenciarios, dice que tiene información que compartir.

19

LOS BARROTES

ÍTACA

Venecia, enero de 1992

Vuelves a casa, entras en el taller. La luz lateral deja una sombra en forma de barrotes en el suelo.

Por primera vez en tu vida, ves el espacio que habitas como si fueras una extraña que te juzga. Eres una falsificadora que huye, huye, huye.

De un país a otro, cambiando de continente, de lengua y de apariencia.

De pasaporte, de color y corte de pelo, de ropa, incluso de personalidad.

Te adaptas como el agua, pero nada permanece.

Estás viviendo la vida de la primera Jimena Garay, hasta ella tuvo una segunda vida como la hermana Aquilina.

En un caballete tienes un auténtico cuadro de Dalí, la *Reminiscencia arqueológica del ángelus de Millet.* Ha llegado desde el Museo Salvador Dalí, en el San Petersburgo de Florida. Es un óleo pequeño, de treinta por cuarenta.

Tú también te has obsesionado un poco, debes admitirlo, con los detalles.

Tal vez por eso te demoras y te resistes a entregarlo al Guggenheim, que no comprende la demora y quiere comenzar a ver realidades, no promesas.

Porque a los pies del matrimonio de campesinos en el cuadro de Dalí, convertidos en edificios tambaleantes de ladrillos por obra y gracia de alguno de sus delirios oníricos, el de Figueras pintó la figura pequeña de un hombre que da la mano a un niño de unos cinco años. El diminuto hombre, apenas unos trazos, señala con el brazo la figura materna, inmensa como una torre.

Y sientes que esas sombras, esas figuras en las que nadie va a reparar, son la familia que ya nunca seréis: Unai, Gael y tú.

Por eso no las terminas nunca, esgrimiéndote a ti misma mil excusas de perfeccionista.

Y tomas el lienzo que estás falsificando y te diriges con él a la chimenea de tu dormitorio, donde te has acostumbrado a dejar siempre brasas que caldeen el relente de la mañana.

Avivas las llamas hasta que tienes una buena hoguera y lo lanzas al fuego.

20

EL PRESO SOMBRA

UNAI

Madrid, 2 de noviembre de 2022

Llegué por la tarde al centro penitenciario con un coche de alquiler, directamente desde el aeropuerto.

Pasé por todos los controles, tuve una breve charla en dirección y me entregaron el escueto informe de la fuga de Calibán. Muy escueto. Lo estudié y memoricé algunos datos.

Después un funcionario de prisiones, un chico muy voluntarioso y enérgico, imaginé que un novato, me condujo a una sala.

Allí encontré al preso sombra de Calibán.

Era un tipo llamado Olmedo de unos sesenta años. Con gafas redondas, un poco John Lennon, mandíbula ancha, rostro muy anguloso. No me habían pasado su expediente, no tenía ni idea del delito que le había llevado hasta aquella silla de aquel despacho desangelado.

Parecía un gestor de banca, la verdad, un hombre tranquilo y sonriente, pulcro.

Pensé que le pegaba mucho a Calibán tener a su lado a alguien como él.

Los presos sombra eran internos de confianza, gente estable y madura que conocía bien los entresijos de cada módulo.

Tenían que cumplir una serie de requisitos irrenunciables como pasar por una formación para esa labor en concreto, no tener previsto un traslado, no tener problemas de drogas, acompañar al nuevo preso las veinticuatro horas, compartir celda, ganarse sus confidencias y estar a su lado en los momentos más delicados, como, por ejemplo, el ingreso en prisión.

Con un preso como Calibán se había activado el protocolo antisuicidio, que solía durar un par de semanas, pero era común que los presos sombra continuaran en contacto y fueran su apoyo durante toda su estancia en la cárcel, que, en el caso de Calibán, estaba destinada a ser extraordinariamente larga.

—Unai López de Ayala —me presenté.

—Como para no conocerte —sonrió, como si le hubiera contado un chiste.

—¿Perdona? —dije, sin comprender.

—Te conocía ya por la prensa, quién no. Pero mi compañero no ha dejado de hablar de ti, de tu madre, de tus amigos los libreros y de todo el Barrio de las Letras desde que entró.

—¿Y qué decía de todos nosotros? —quise saber.

—Nada bueno, como puedes imaginar. Mucho rencor y mucha obsesión.

—¿Tanto rencor como para acabar con su vida?

—Con la suya propia no, desde luego. Enseguida me percaté de que el protocolo antisuicidio estaba de más con él. No es la primera vez que me ocupo de un homicida mediático, y muchos se quedan en *shock* cuando su mundo cambia y entran aquí. Este es un microuniverso con nuevas reglas. Yo tengo una teoría, la teoría del control. Tú eres perfilador criminal, me gustaría exponértela.

Miré el reloj que colgaba de la pared. No iba muy sobrado de tiempo, pero Olmedo parecía una de esas personas que adoraban conversar y yo necesitaba que me contara algo más que los escuetos detalles que me había dado Mencía respecto a la fuga de Calibán.

—La teoría del control, sí, me gustaría escuchar un punto de vista como el tuyo. Pocos libros de criminología se escriben desde dentro de un penal —le animé.

—Yo creo —dijo Olmedo—, por lo que he observado en los homicidas y asesinos con los que he tratado aquí, que ellos tenían un control total de su mundo y de sus vidas fuera de prisión. Y, en determinado momento, o en el caso de familias, desde siempre, había alguna persona que estorbaba en ese control de sus vidas. Les sobraba, les incordiaba. Hay algo muy irracional y muy estúpido socialmente en matar a alguien hoy en día, en un mundo donde la violencia no es necesaria para comer ni para sobrevivir. Lo que quiero decir es que, la mayoría de nosotros, cuando alguien nos estorba, nos molesta, nos sobra en la vida, o lo alejamos, o nos alejamos, o aprendemos a soportarlo. Pero no lo matamos. En la práctica, matar y que te condenen por ello supone también la muerte de tu vida, tal y como la conocías. Por eso muchos de estos asesinos mediáticos entran en *shock* cuando comprenden que su asesinato ha servido para eliminar a esa persona que les estorbaba, pero no tienen la vida que esperaban después de su acción. Y lo que esperaban era el control, continuar su vida sin esas personas.

—Y por eso el suicidio.

—Sí, por muy naíf que te parezca, muchos me revelan que no contaban con pasar una vida entre rejas después de su crimen. Simplemente no lo veían como una posibilidad real. Creo que siempre confían en librarse.

—Bueno, si quieres que te dé mi opinión, ese perfil cuadra en el caso de que tengan un diagnóstico de psicopatía. Los psicópatas no piensan en el mañana, son muy cortoplacistas. No sienten miedo cuando se les dicta una sentencia de décadas porque son incapaces de imaginarse a su yo del futuro. En ese sentido, sí que puede suceder que hasta que no entran en prisión no son conscientes de que su vida ha cambiado y, sobre todo, de que no se han salido con la suya. En el caso de la psicopatía, todo se basa en el control. Son obsesivos en ganar siempre, a todo el mundo, y sí, son muy rencorosos. Y muy vengativos. Te diría que se llevan el rencor a la tumba si consideran que alguien les ha ganado.

—Calibán desde luego que os guarda mucho mucho rencor —afirmó con la cabeza.

—¿Y qué hay de su nombre auténtico? Teníais confianza, pero lo llamas Calibán. Y me han dicho que aquí se hizo llamar así desde el primer día.

—No era tonto, pero eso ya lo sabes. Un mote como ese le ayudaba a ganarse el respeto, que aquí no es poco.

—Tú no lo veías suicidándose, por lo que deduzco.

—No se comportaba como un futuro suicida —dijo Olmedo—. Lo sueles notar, uno o dos días antes. A veces es apatía, tiran la toalla, les es indiferente lo que suceda alrededor. Se abstraen. Otros son pura desesperación, a veces paroxismo. Y aunque te parezca increíble, las horas de luz cuentan. Si la semana está nublada y hay pocas horas de sol, olvídate. Yo he escrito varias peticiones pidiendo lámparas antidepresión, como las que usan con escolares en los países nórdicos.

—¿Y tú crees que una terapia de luz blanca acabaría con los suicidios en la cárcel?

—¿Y qué se pierde por probar? ¿Sabes?, lo que he aprendido aquí es que cualquier microdecisión puede tener un impacto tremendo. Los hábitos, las rutinas. Ya sabes.

—Háblame de sus hábitos.

—Tomaba notitas de todo. Se pasaba el día observándolo todo y apuntando horarios, cámaras, nombres del personal, afinidades de las bandas aquí dentro. Y haciendo sus croquis.

—¿Croquis?

—Dibujitos, tal vez de ángulos muertos.

«Suena a plan de fuga desde el primer maldito día», pensé.

—Los memorizaba cada noche, después convertía las hojas en diminutos trocitos y los arrojaba por el inodoro. Te estoy dando mucho, ¿estás tomando nota?

—Continúa hablando de sus hábitos. Los días aquí son muy largos y los tipos cultos como él se matriculan enseguida en alguna carrera universitaria. ¿Lo hizo?

—Ya sabes la respuesta —se rio Olmedo.

—Estaba enfocado en el corto plazo, entonces.

Él lo confirmó con un asentimiento de cabeza.

—¿Con qué llenaba sus horas, entonces? —continué.

—La biblioteca, el lugar menos visitado del penal, como podrás imaginarte.

Sonreí.

—No me digas.

—El primer día vino a la celda desolado —contó.

—¿Y eso por qué?

—«Qué colección más obvia, solo hay clásicos universales. Me he leído todas y cada una de las malditas novelas que hay en esas baldas..., ¡con doce años!», me dijo. «Pero ¿quién se encarga de las adquisiciones? Qué gusto tan poco trabajado». Así era él —añadió—, un sibarita de los libros que pretendía que tuvieran alguna exquisitez literaria en un penal.

«Muy propio de Calibán», pensé.

—¿Cambió su físico durante estos meses? —pregunté, cambiando de tercio. De sus gustos literarios sabía demasiado.

—¿Cómo dices?

—¿Iba al gimnasio? ¿Entrenaba? —insistí.

Olmedo se echó hacia atrás en su silla y cruzó los brazos con una amplia sonrisa, como disfrutando.

—Curioso que lo preguntes. Tú eres bueno, jodido.

—¿Puedes responder?

—Ha estado pocos meses, pero sí, quería ganar masa muscular.

—Ha estado más de doce semanas, le ha dado tiempo para un ciclo de esteroides. ¿Se ciclaba?

De nuevo la sonrisa, se estaba divirtiendo, pero ya se mostraba un poco tenso.

—Ni confirmo ni desmiento.

—¿Se le notó?

—Mucho.

21

CHARLOTTE

ÍTACA

Venecia, enero de 1992

Te despiertas con el olor a óleo quemado impregnando toda la habitación, te acercas a la chimenea, han quedado los bastidores, totalmente chamuscados, pero la tela ha ardido, se ha retorcido, ahora es una masa que ha tomado una forma deforme y se ha endurecido.

Has soñado con Gael, hacía tiempo que no veías su rostro. Goya te enviaba solo fotografías de Unai, siempre lejanas, apenas conoces los rasgos de tu hijo.

Has decidido que vas a empezar una nueva vida.

Hasta ahora tu plan era ejecutar el encargo en el Guggenheim y después irte de Venecia sin dejar demasiadas huellas de tu paso. Ahora el plan Z pasa al plan A: abandonar el encargo y quedarte en Venecia.

Averiguar qué tiene para ti, cuánto te puede aportar un lugar si te quedas el tiempo suficiente como para llamarlo hogar.

Llevas toda la vida cargando con el síndrome de Ulises, el del eterno retornado a una Ítaca que no reconoce. Es momento de parar.

De entre todas las Egerias, prefieres hablar con Charlotte. Sabes que ella lo va a entender, que convencerá a las demás, siempre se le dio bien la persuasión y os unen una miríada de secretos y confesiones de madrugada. De todas las hermanas, es la más cercana a ti.

Esperas hasta las tres de la tarde, en Nueva York serán las nueve de la mañana.

—¿Todo en orden? —te pregunta en inglés, un poco sorprendida por tu llamada.

La paranoia es supervivencia para las que formáis parte del círculo.

—Gael ha muerto. —Te derrumbas. Es tu hermana y necesitas contárselo a alguien que comprenda lo que supone para ti. Que existió una vez y ahora no.

Sorprendentemente, decir en voz alta que ha muerto te hace sentirlo más vivo que nunca, como si pudieras invocarlo solo con citarlo.

—Lo siento, lo siento muchísimo. ¿Cómo ha pasado? —Y sabes, por su voz, que ella también lo siente.

—En realidad lleva casi diez años muerto, voy a necesitar un tiempo para procesar todo esto… —comienzas.

—Entonces termina cuanto antes y vuelve —te dice, dulce—. Nos iremos juntas un par de semanas y nos olvidaremos de todo. Yo también necesito descansar.

No quieres unas vacaciones con una amiga, no quieres olvidarte, no ha entendido nada.

—No voy a poder terminar el encargo. De hecho, he destruido el lienzo de la *Reminiscencia*…

—¿Que has hecho qué? —pregunta, incrédula—. ¿Por qué?

—Os dije que lo quería dejar. Os reunisteis mil veces, votasteis otras cuantas. No hay precedentes. Lo sé. Nadie ha trasgredido la décima ley. Lo sé.

—Y por primera vez, vamos a permitir que una de nosotras se retire. ¿Eres consciente de que solo a ti, por ser tú, por todo lo que has hecho, por todo el pasado común, por una vez, vamos a arriesgarlo todo por dejar que te vayas?

—Soy yo, de todas vosotras, quien más arriesga. Siempre. La menos sedentaria, la que no tiene vida propia.

—Era la vida que querías, la que siempre te ha gustado.

—Pues ya no. Estoy cansada.

—Lo sé, son los mismos argumentos que esgrimiste en las reuniones. Un último encargo, acábalo y lo dejas.

—Es que ya no le encuentro el sentido a muchos encargos. Engañar a un museo, poner en riesgo su reputación, para comprar una adquisición o parchear una sala en la Biblioteca Morgan, siempre en la Morgan. Antes eran excepciones, medidas extremas. Ahora solo me llamáis para esto. No somos mecenas del arte, somos mercenarias.

Eres consciente de que estás hablando demasiado, pero hay algo muy liberador en romper con los silencios.

—Estás afectada. Nos vas a arrastrar a todas por un mal día, voy a colgarte —susurra, casi furiosa.

—¡No es un mal día, maldita sea! ¡Es una mala vida, no conozco otra manera de vivir!

—No puedes dejarlo ahora. En cuanto conseguiste el museo nos hemos movido rápido y ya hemos apalabrado tres lienzos. No es gente a la que ahora se le pueda decir que no. Están acostumbrados a ganar. Nos vas a poner en peligro a todas. No me contestes, no hables más, hoy no. Todo sigue adelante. Haz lo que solo tú sabes hacer.

Y te cuelga, sin derecho a réplica.

Te sientes más cautiva que libre. Has dejado, de nuevo, que todo el mundo explote tu talento. La sensación de pertenencia a una hermandad de mujeres te ha salido cara, te has acostumbrado a no preguntarte cómo quieres vivir, improvisando cada vez que los acontecimientos te empujaban hacia adelante, en una huida constante, pero caes en la cuenta de que nunca te has planteado otra vida más pausada, pertenecer a un lugar, conservar unos amigos.

Pero una entidad viva necesita leyes físicas para no caer en el caos. La Egeria fundadora, Erin Morgan, dictó las diez leyes de las Egerias.

Haces recuento de las que vas a quebrantar.

Has llegado a Venecia con un último encargo después de reunirlas e informarlas de que ibas a romper la sacrosanta décima ley: «Una Egeria lo es toda su vida».

Es un puesto vitalicio.

Ninguna se retira.

Cuando te dicen «para siempre» no imaginas que va a durar tanto.

Y hoy Charlotte te ha recordado, sin citarla, la cuarta ley, uno de los pilares del círculo: «Una Egeria protege siempre su reputación». Es decir, nunca dejes un encargo a medias. No ha sucedido nunca. De eso ha dependido siempre la solidez de vuestro círculo.

Sois profesionales, cada una ha encontrado su lugar en este organismo bien ensamblado que se asemeja a un cuerpo humano.

Ojos, boca, oídos, riñones, pies y manos.

Charlotte es el ojo, vuestro servicio de inteligencia. Ella rastrea adquisiciones por todo el mundo, bajo su radar omnisciente no se le escapa nada en el mundo del arte y de la cultura. Museos, subastas, galerías. Todo lo ve. Digamos que huele lo que podría llegar a ser un buen encargo.

Madison, vuestra boca. Nació para las relaciones públicas. Su pasado y su familia son la mejor de las fachadas compensatorias.

A su lado, Ava, vuestros oídos. La maestra de los rumores. Tiene contactos en todos los medios especializados y en los mentideros no oficiales. Fundamental para anticiparos a los imprevistos.

Harper viene a ser vuestros riñones. Se encarga de la limpieza. Con familia de banqueros y sus estudios de economía en la Ivy League, es la lavadora que limpia los billetes negros y os los devuelve en cuentas legales.

Los pies, Kora. Consigue pasaportes, pisos francos, vuelos.

Tú eres las manos. La ejecutora. La que falsifica. La que más arriesga. La que viaja trescientos sesenta días al año.

Querías dejarlo de manera amistosa.

Perfil bajo, no picar a las avispas.

Se llaman «hermanas» entre sí. A ti también te llaman «hermana», hay abrazos, confidencias, pero en toda familia disfuncional hay niños dorados que se quedan y chivos expiatorios a los que expulsar. ¿En qué momento, sin apenas percibirlo, se torció todo?

¿O siempre fuisteis, simplemente, unas delincuentes con cultura y diez mandamientos?

22

EL LEVE MOMENTO

UNAI

Madrid, 2 de noviembre de 2022

Cuando llevas muchos interrogatorios a las espaldas conoces ese punto en el que llegas a la verdad.

Es un momento, una leve microfacción en el rostro del sospechoso o del interno. Y entonces lo sabes: ha hablado de más. Y él lo sabe, en ese momento tienes que ser rápido, porque la ventana de oportunidad se cierra pronto, muchas veces de manera definitiva, y se vuelven herméticos. Algunos son más lentos, y tardan unas cuantas preguntas más en reaccionar y responden, por inercia, a todo lo que les preguntas.

—Me están contando que la fuga ha sido «sobrenatural» —le dije, y saqué de la carpeta marrón que me habían entregado con el expediente de Calibán varias fotos de su celda y las galerías adyacentes vacías—. Como de un mago: nada por aquí, nada por allá. Desaparecido, sin dejar rastro. Volatilizado. Las horas previas a la fuga ya no aparece en ninguna actividad común. Ni rastro de un recluso con sus gafitas y su barba.

—¿Y cuál es tu teoría, Kraken? Te llaman Kraken, ¿verdad?

—Estás intentando pactar un beneficio penitenciario, y anticipo que será pedir un traslado, por si cazamos a Calibán y vuelve a la Meco. Vas a tener que dejar de contestar a mis preguntas con más preguntas. Dime, ¿en el supermercado tenéis una sección de monturas de gafas, de esas premontadas muy escandalosas, u opción de adquirirlas?

—Al contrario. Cambió a lentillas los últimos... Nada. —Hizo un ademán con la mano, frustrado, como para que lo olvidase.

—Los últimos días. Y apuesto, y esto solo lo sabéis tú y el barbero, a que el último día fue a la peluquería para que le afeitaran la barba y le cortaran el pelo. En estos documentos solo cuentan vaguedades. Puedes decírmelo y que yo escriba en mi informe que has colaborado, o puedo perder un poco el tiempo, entrevistarme con el peluquero de la prisión y sacárselo. A mí me da igual, a ti no.

Tamborileó un poco con los dedos y apretó los labios, pero al final cedió.

—Sí. Se cortó el pelo y se afeitó.

—A última hora, pocos guardias lo vieron con su nuevo aspecto, sin esa barba morena tan cerrada. Nadie conoce en realidad su rostro afeitado, sus facciones. El uniforme ayuda a homogeneizaros a todos. Y respecto al pelo... déjame adivinar... ¿un degradado, tal vez también teñido, el pelo más claro?

Abrió los ojos, que tras sus gafas de miope eran diminutos.

—Vaya... mis respetos, Kraken. Ahora entiendo la leyenda. Estos panolis lo han tenido delante y ni se han enterado. Y llegas tú...

—La última oposición a prisiones terminó hace unos meses —le interrumpí, él tenía todo el tiempo del mundo, yo no—. Estas semanas estáis con nuevas incorporaciones, ¿verdad? Chavales jóvenes, muy verdes.

—Impresionables, manipulables. Comprables —prosiguió él.

—Ya, está el tema, por supuesto, de los uniformes. Quién se lo proporcionó, cómo se cambió y salió fingiendo ser uno de los funcionarios nuevos.

Empezó a carraspear, incómodo.

—¿Alguien le ayudó desde dentro? —le apreté.

Uno sabe también cuándo el de enfrente tiene miedo.

No sé si es químico o simplemente es animal, pero está en el aire.

—No me metas en esto, Kraken. Ya te he dado mucho —lo dijo con un hilo de voz.

Me lo rogó más bien, clavando sus ojillos en la mesa.

—Ya está, por favor, considera firmar ese informe favorable en cuanto al traslado. Lo sé todo acerca de los suicidios. No quieras cargar con ese peso.

—Olmedo, no me hagas chantaje emocional, anda. ¿Tanto miedo te da quien le ha ayudado?

—No lo has entendido. Calibán no necesita ayuda, no es ninguna supuesta mano amiga a quien hay que temer. Se ha bastado solo, no sabéis aún lo que os espera —susurró para el cuello de su camisa, con la voz casi inaudible.

El preso sombra se levantó, hizo un gesto al joven funcionario y se largó con la cabeza baja sin despedirse.

23

LA CUARTA LEY DE LAS EGERIAS

ÍTACA

Venecia, enero de 1992

Al día siguiente, mientras desayunas, oyes un sonido insistente que proviene del exterior. Te das cuenta de que debe de ser el timbre, nunca antes lo han usado.

Te pones una chaqueta sobre el vestido de punto, cruzas el jardín y abres, extrañada.

Un individuo un poco mayor que tú espera con paciencia fuera del recinto de la finca, en el puente. Va vestido pulcramente, parece más un funcionario. Os separa la cancela en forma de arco con la hiedra, pero mira insistentemente hacia el interior y eso te pone nerviosa.

—¿Jimena Garay?

—*Chi vuole saperlo?*

—*Polizia locale*—dice, y te enseña la documentación.

—¿Puedo pasar? —continúa en italiano.

—Espero que no se moleste, pero prefiero que no. ¿Qué sucede? —continúas en su idioma.

—Mire, hemos recibido un aviso de la Interpol. ¿Podría enseñarme su documentación?

La Interpol. No ha pasado nunca.

No estás fichada, nunca ha habido denuncias, no tienes causas pendientes ni estás en busca y captura, que tú sepas.

—¿Estoy siendo investigada por algo?

—Usted no se preocupe por eso, solo quiero comprobar su documentación.

—Está bien. Espere un momento, ahora se la traigo.

No quieres resultar hostil, así que añades:

—Puede pasar al jardín y esperar en un banco, si lo desea. Estaba desayunando y aún no he recogido la casa.

Asiente, al menos ha sonreído un poco.

Le permites entrar, va vestido de paisano, cuando elige un banco y se sienta junto al muro de hiedra, sacas la llave del bolsillo de la chaqueta y entras en casa.

Una vez dentro, corres al taller y quitas el cuadro de Dalí del caballete y lo escondes dentro de uno de los armarios de la cocina.

Sabes que no te vas a perdonar el sacrilegio, tal vez al genio le parecería de su agrado una situación tan surrealista, pero las sienes te palpitan y casi olvidas que tienes que mostrarle tu pasaporte.

Sacas también los papeles del alquiler, el billete de llegada. Todo lo que acredite que eres Jimena Garay, aunque seas Ítaca Expósito.

Se lo entregas y aguardas de pie. Él mira la foto, comprueba todas las marcas del falso pasaporte que parece verdadero, también mira con atención el contrato de arrendamiento que Kora te envió.

Tiene su propio expediente, pero lo oculta para que no veas de qué se trata.

—¿Todo correcto? —preguntas.

—¿Para qué ha venido a Venecia? ¿Ocio o trabajo?

—Trabajo. Soy historiadora del arte.

Parece que ha quedado satisfecho o, al menos, que ha hecho todo lo que le han dicho que haga.

—Pues entonces, este es sin duda el mejor lugar del mundo para usted. Ya me voy. Disculpe las molestias —dice, y se levanta.

—Oiga, ¿puede decirme qué ocurre con la Interpol? ¿Estoy siendo investigada? —insistes.

—No estoy autorizado para decirle nada. Espero que disfrute de nuestra ciudad. —Parece un buen tipo que solo intenta mantener un tono neutro.

Sabes que no vas a sacarle más sin resultar demasiado insistente, así que desistes.

Tres días después recibes un paquete a tu nombre, al de Jimena Garay en realidad. Por el tamaño puedes adivinar de qué se trata. Es un lienzo en blanco, enviado, lo sabes ya, para reemplazar el que lanzaste al fuego. No hace falta que lo estudies con detenimiento. Sabes cuándo fue fabricado y en qué taller.

Le das la vuelta, atrapado en la madera clara del bastidor encuentras un sobre.

El papel que contiene está escrito a máquina, nada de dejar pistas de la caligrafía con una tarjeta escrita a mano. No sabes cuál de ellas lo ha escrito, o si lo han escrito las cinco:

«Si quieres romper la décima ley,
tendrás que cumplir la cuarta ley».

Otra manera de decir: «Si quieres ser libre, termina el encargo».

24

ALL ALONG THE WATCHTOWER

UNAI

Laguardia, 2 de noviembre de 2022

Conduje tres horas desde Madrid hacia la Rioja Alavesa, casi solo por la carretera, repitiendo todas las versiones que encontré de *All along the watchtower* en bucle para no dormirme.

Desde que llegué a Venecia, tenía la impresión de que alguien me observaba, como en la canción de Dylan, desde lo alto de su atalaya.

¿El tipo que dejaba como firma un ángel? ¿El que me había lanzado al agua? ¿El que entraba en mi habitación cuando sabía que yo no estaba?

Para cuando llegué a Laguardia la noche ya estaba bien entrada.

Fui directamente a la casa de Alba, a la planta baja del hotel palacio.

Las demás plantas contaban con diez habitaciones para los huéspedes, todas con el nombre de alguna fábula de Samaniego.

Deba estaba ya dormida, entré en su cuarto y hablé un poco con ella a susurros. Mi hija no se despertó, pero yo siempre había pensado que, cuando hablas al oído de una persona que sueña, tus palabras entran igualmente en su cerebro y quedan registradas en algún lugar del subconsciente.

Tal vez Deba, en un futuro, se sorprendería a sí misma hablando de *fondamente* y de leyendas venecianas sin haber pisado en su vida Dorsoduro.

Alba me observaba, con los brazos cruzados, apoyada en el quicio de la puerta. Le di un beso en la frente a nuestra hija y cerramos con cuidado para no despertarla.

Me hizo un gesto de «ven» en silencio y la seguí hacia la torre octogonal por las escaleras helicoidales de madera donde tantas veces, con el castillo cerrado al público, habíamos hecho el amor en el tercer escalón, y en el del medio, y en el último, en posturas tirando a peligrosas.

La seguí giro tras giro hasta que llegamos al exterior.

Todo el paisaje de viñedos que teníamos enfrente era un mar negro en el que pocas luces se distinguían, alguna bodega hacia el oeste, y enfrente mi sierra, oscura y omnipresente.

Alba parecía, como tantos otros días últimamente, más allá del cansancio.

Se sentó sobre una de las pequeñas almenas de piedra.

Había algo en su forma de mirarme que me estaba inquietando mucho.

—En condiciones normales, te pondría al día de todo lo que ha pasado las últimas cuarenta y ocho horas. Ahora, no estoy seguro, no quiero hacerte daño. No sé cómo manejar esta situación, Alba —comencé, mientras me sentaba a su lado y la rodeaba con un brazo.

—Tal vez deba empezar yo —murmuró, mirando al frente.

—¿Un mal día, de nuevo? —pregunté.

—He entrado en barrena. Como en los peores tiempos. Me vienen recuerdos a la cabeza de 2016, de todo lo que pasé con el caso de los crímenes del dolmen. Son pensamientos muy intrusivos. He aprendido con la doctora Leiva a reprocesar muchos de los *triggers*, de los detonantes. Las mismas fiestas de Vitoria me desencadenaban los *flashbacks*.

—Por eso has evitado ir este año. No te insistí demasiado, pero Estíbaliz sí que te insistió y me comentó que te habías cerrado en banda.

—No sé si quiero dar explicaciones de esto a nadie, Unai. Ni siquiera a una buena amiga como Esti. Es... es vuestro mundo laboral el que me provoca que el trastorno de estrés postraumático vuelva una y otra vez. Hace un tiempo le pedí que nunca más me hablara de trabajo, que encontraríamos otros temas de conversación, y ella lo ha cumplido, pero contigo...

—Conmigo no puedes obviar lo que hago cuando me meto de nuevo en una investigación —terminé.

—Llevo años intentando dejar atrás esa vida. Ya no la quiero, por poco me mata y me sigue matando ahora, pero sigo contigo y me pregunto cuánto de lo que ahora queda entre nosotros es por inercia de algo que tal vez nunca tuvo que empezar.

Me quedé en silencio unos segundos, procesando lo que acababa de decir.

—¿Me estás diciendo que te arrepientes de todos estos años juntos?

—¿Y si lo que nos unió fue aquel caso, si nos llevó por delante, a ti y a mí, que estábamos más que implicados, y nos agarramos el uno al otro para sobrevivir juntos? ¿No lo has pensado? Siempre dicen que la gente se enamora durante secuestros, naufragios, guerras, situaciones extremas, de vida o muerte. Que esas experiencias compartidas unen más que años de amistad o de matrimonio. Tal vez hemos seguido estos años porque éramos los tres. Tal vez estemos solo enamorados de Deba, pero no de lo nuestro.

—No puedo creer que estés diciendo que solo somos una familia, pero no una pareja —contesté, incrédulo.

—Con Deba estamos hasta arriba de oxitocina. Eso puede enmascarar que ya no estemos enamorados como pareja.

—No me hables de neurotransmisores ahora, Alba. Lo que quiero es averiguar la fórmula, la manera, de seguir adelante con nuestras vidas y seguir juntos sin ser el causante de esta vida de mierda que ahora tienes. Lo que quiero saber es si lo ves posible, cómo estás de fuerzas o si es el momento de plantearse otra decisión. Lo que estás pasando es un infierno, y el trastorno de estrés postraumático no se cura solo, dura años o toda la vida, hay que tratarlo siempre, sí o sí. —Suspiré, frustrado—. Pero creo que lo que me estás intentando decir es que yo soy el detonante.

La miré a los ojos, ya me había acostumbrado a la oscuridad.

En más de un sentido.

Se tomó un tiempo para contestar, miró hacia un lado, evitando mi roce.

—Me temo que sí. Podría pasarme la vida haciendo sesiones de EMDR y acudiendo a terapia, reprocesando todos y cada uno de los recuerdos y de los estímulos desencadenantes, pero son una tirita si la causa persiste una y otra vez. Vuelvo a la casilla de salida…

—… porque yo te traigo nuevos traumas cada vez que me pongo a investigar —concluí—. De acuerdo, pues lo dejo. Lo dejo todo. Dejo de buscar a mi madre cada vez que me digan que ha desaparecido. Hago contacto cero con Mencía, con Alistair, si es que está vivo, con Gaspar, ídem…, con todo ese mundo. Y dejo la Academia de Arkaute, dejo la docencia, dejo la criminología. Vengo contigo a Laguardia, a tiempo completo. Me busco la vida aquí, doy la espalda a todo, como tú has hecho.

Alba me miró con una mezcla de cariño e incredulidad.

—Ni se me pasa por la cabeza pedirte que dejes de buscar a tu madre. Te lo dije una vez, si me dijeran que mi padre está vivo, lo dejaría todo y dedicaría el resto de mi vida a buscarlo.

—Entonces no hay una fórmula para resolver esta ecuación —dije.

—Sí que la hay, y ya lo sabes.

—No, Alba —me salió sin pensar, aterrado ante la idea—. Hemos pasado por mil perrerías para ser una familia de tres.

Me tomó la mandíbula con la mano y giró mi cabeza.

—Eso no va a cambiar. Vamos a seguir siendo una familia de tres, los padres de Deba. Estoy hablando de ti y de mí. Estoy hablando de la pareja.

«¿Tanto te duele?», quise preguntarle.

Pero no quise insistir.

Estaba exhausta.

De luchar, estaba cansada de su cerebro y de su pasado.

Necesité un momento. Uno de los miles que quedaban por venir.

—Jamás pensé que no te pelearía lo que acabas de proponerme —dije al fin—, pero te entiendo. Demasiado dolor. Y soy el detonante. Te estás salvando, y te admiro, como siempre. Admiro tu fortaleza para hacer lo que estás haciendo. Sabemos que vamos a cambiarle la vida a Deba y, aun así, tenemos que hacerlo.

—Nos organizaremos para que le cambie lo menos posible.

—Lo sé.

—Pero necesito, ahora mismo, estar muy lejos de lo que estás viviendo. Al principio voy a necesitar contacto cero, no verte, que nos comuniquemos solo por WhatsApp, que todo lo que tratemos tenga que ver con Deba, hasta que no te asocie con nada de tu trabajo.

—Hablaré con Germán y con el abuelo, ellos pueden encargarse de traer y de recoger a Deba.

—Espero que esa etapa pase y pueda volver a verte físicamente. Pero ahora mismo no puedo —dijo, y se levantó. Ocultó su rostro, creo que lloraba.

Me quedé un buen rato, en su atalaya, con la canción de Dylan en mi cabeza. Un poco en *shock.* Un poco bastante en *shock.*

Dos de noviembre de 2022.

Maldito día, ese día terminó un ciclo de mi vida que había comenzado en 2016, cuando me crucé por los Arquillos a una corredora misteriosa de madrugada que afirmaba llamarse Blanca.

Yo también mentí, le dije que me llamaba Ismael.

Tal vez lo nuestro empezó ya torcido, con mentiras, cadáveres, infidelidades, embarazos no planeados, y más y más cadáveres. Muchos más de los que podíamos digerir.

Era la segunda vez en mi vida que intentaba crear una familia. La primera vez fue con Paula y nuestro doble embarazo. La segunda, con Alba y con Deba, había resultado desde el principio un encaje de bolillos. Nos habíamos empeñado en lo improbable, contra viento y marea, creyendo que, si lo intentábamos más allá de lo razonable, la vida nos daría un premio. Tal vez nada debería ser tan difícil, tan extenuante.

Tal vez no era mi signo, tal vez mi signo era cazar. A Calibanes o a ángeles. Tal vez lo mío, igual que cuando Germán renunció a volver a tener novia después de enterrar a dos, fuera también la agamia.

Me levanté y miré aquel paisaje por última vez. Era poco probable que volviera a subir a aquella torre, al menos por un tiempo bastante extenso. Seguía enamorado de Alba hasta la médula, lo cual convertía todo gesto de despedida de aquel lugar, que por unos años había sido común, en un adiós mucho más doloroso.

Bajé por las escaleras helicoidales con la luz de la linterna, trastabillando un poco, me metí en el coche de alquiler y conduje hasta Vitoria hasta que caí fulminado sobre mi cama.

Probablemente aquel fue el día más largo del año.

25

SEGUNDA VIDA

ÍTACA

Venecia, abril de 1992

Han pasado un par de meses, apenas sales del taller. Uno a uno, han llegado todos los lienzos originales. Una a una, has imitado las dos figuras del *Ángelus* en todas las perspectivas que imaginó Dalí.

Al otro lado de las paredes que vuelven a ser prisión, Venecia se despoja de su bruma matutina y la luz comienza a entrar a raudales entre las hojas de las hiedras del jardín.

Según avanza el año los turistas van tomando, góndola a góndola, *vaporetto* a *vaporetto*, toda la ciudad hasta arrinconar a los vecinos en Cannaregio y sus *campi*.

Tú también te acostumbras a abrevar en sus bares y pasas las tardes observando, abstraída, a los niños jugando con sus balones.

Has pintado unos cuantos lienzos de perseidas, la noche de San Lorenzo, la noche que te hizo madre y conociste y te despediste de Unai. No has vuelto a hablar con Goya, no sabes si volverás a llamarla de nuevo, tanto miedo te dio su propio miedo.

La primavera se deja sentir en el ambiente, descubres que en la Venecia del buen tiempo el silencio hay que ganárselo, no se da por hecho en cuanto pones un pie en sus vías.

Tienes que conocer sus escondites menos concurridos para huir del tumulto que traen los monstruosos cruceros y las banderitas de los guías que pastorean sus rebaños de japoneses con sus Nikon y sus sombrillas blancas para evitar el sol.

Leone te ayuda con el montaje de la exposición. Embalajes, cajas, tótems verticales y *displays.* Él domina las salas, tú dominas los lienzos.

Hay tiempo también para el esparcimiento. Habláis de *Twin Peaks* y de *Simple Minds,* del pase previo de *La linterna roja* en el Festival Internacional de Cine de Venecia y de la escena final de *El rey pescador.*

La prensa veneciana se vuelca gracias a que Leone está en buenos términos con todos los directores de los periódicos locales. De que quede constancia y difusión en los periódicos internacionales se encarga Ava. Sus contactos se tragan el dorado anzuelo y redactan reportajes relatando la fascinante historia de un Dalí obsesionado con el Millet y el pequeño ataúd infantil bajo el cesto de vegetales.

El día de la inauguración, un caluroso día de mayo, acudes con un vestido geométrico de Mondrian, quieres hacer un guiño al pintor favorito de Pietra, que ha organizado su propio espectáculo.

Su llegada al museo desde el Gran Canal es todo un montaje teatral por sí mismo. Su hijo y tú la esperáis junto a la escultura de *El ángel de la ciudad* con todos los nombres del mundo del arte del Véneto y del norte de Italia.

Pietra Da Riva llega a la terraza del museo montada en la góndola que usaba Peggy Guggenheim con unas gafas en forma de mariposa y un vestido azul claro con una pequeña capa sobre sus hombros, como si quisiera ser la reencarnación de su predecesora. El gondolero es el silencioso Gennaro, el hijo de Nicola, que ese día en su puesto de pescado cuenta a todo el que quiera escucharlo que su hijo es el gondolero privado de Pietra Da Riva.

La matriarca del arte está radiante, estrecha manos, ríe las gracias, alaba tu vestido y te presenta a coleccionistas. Algunos, los de más edad, alzan la ceja cuando escuchan el nombre de Jimena Garay.

Ese día Pietra es espléndida con todos, también contigo.

Tú miras tu reloj de pulsera una y otra vez. Es el gran día para ella, pero es un día aún más importante para ti. El final de un ciclo de vida.

Al día siguiente te vas a levantar y vas a ser, por fin, libre de todo encargo de las Egerias. Has cumplido. Les has entregado ocho lienzos que ellas han encajado con sendos coleccionistas con no demasiados escrúpulos.

Adivinas que muchos de esos ocho coleccionistas han acudido a la inauguración por el placer del engaño, por el morbo de pensar que ellos se llevarán a casa los lienzos que otros solo pueden admirar de cerca una vez en su vida.

Sonríes mientras rechazas la enésima copa de *spritz* que un camarero te ofrece. Porque tu cabeza ya no está en el Guggenheim, está en llegar a tu casa, hacer limpieza de los pinceles y los caballetes. Te vas a tomar un tiempo indeterminado sin pintar, de igual modo que, después de la experiencia con Olivier, dejaste de falsificar libros de horas.

Unas horas más y comienza tu segunda vida.

26

LOS FUEROS

UNAI

Vitoria, 3 de noviembre de 2022

Me despertó la llamada insistente de Estíbaliz.

—¿Estás ya en Vitoria? Ayer no hubo manera de localizarte —dijo.

Me incorporé de la cama, me acerqué al ventanal y miré hacia la plaza de la Virgen Blanca. Las furgonetas de reparto subían ya hacia los bares del Casco Viejo.

Lo de despertar en Venecia el día anterior ahora me parecía un sueño confuso, me di cuenta de que no había sido una invención porque vi la maleta abierta a los pies de la cama.

—¿Qué hora es? —le pregunté, todavía desorientado.

—Las nueve y media.

—¿Tienes novedades en el caso del vicerrector?

—Se lo han llevado a hacer la autopsia, sí que había indicios de muerte por intoxicación o envenenamiento. Y han procesado el escenario.

—Cuéntame.

—La cuidadora que se encarga de la viuda tenía razón: en la sábana bajera había unas manchas amarillas, tirando a ocres, a la altura de la cabeza del fallecido. Desde luego, me inclino a pensar que ingirió algo, o se lo hicieron ingerir, y que murió envenenado, pero han peinado el dormitorio y no hay ningún hallazgo destacable. También la cocina, el baño… No parece que haya nada fuera de lugar. No sé qué se le puede dar a alguien para que le salga espuma por la boca, deje manchas y lo mate en unas horas.

»Pero ya sabes —prosiguió—, hasta dentro de un par de días no tendremos resultados y toxicología puede tardar más o puede tardar menos, según lo que encuentren.

—¿Le tomasteis declaración a la viuda?

—Lo intentamos. Tiene demencia, la mujer no se enteró de nada. Era don Ricardo quien cuidaba de ella. Cuando la cuidadora fue por la mañana a levantarla de la cama, ella no era consciente de que el marido estaba muerto. Todavía no lo es, y pienso que no va a llegar a enterarse nunca. No habla desde hace un tiempo, creo que su demencia está mucho más avanzada de lo que dicen en su casa. A veces sucede, los hijos o los nietos no quieren verlo y fingen durante demasiado tiempo que los enfermos pueden continuar en su domicilio, con sus rutinas, con algo de ayuda externa, pero para nada es así. En todo caso, la actitud de Ricardo hijo es muy hostil hacia nosotros y hacia el mismo Markel. Los técnicos me han dicho que les montó un conato de escándalo, pero llevaban la orden del juez y no ha podido hacer nada. Él quería incinerar a su padre cuanto antes, su mujer estaba con él y se lo llevó para calmarlo.

—Algunos se toman muy mal cualquier injerencia en su vida familiar en un momento tan duro como la muerte de un padre, y a muchos otros las fuerzas de seguridad les ponen nerviosos —sugerí—. Agrega al cóctel un vídeo donde un padre afirma que quiere contar algo relacionado con un asesinato por lo que se ha sentido culpable durante décadas y lo que tienes es un cóctel molotov, ¿no crees?

—Pues eso es lo que voy a tratar de averiguar, porque ahora he quedado con Markel, el nieto. Es diseñador de aplicaciones de móvil y teletrabaja, así que puede atendernos esta mañana, si es que quieres venir.

—¿Dónde has quedado con él? —quise saber.

—En el So Wood, en Postas. Ahora no habrá mucha gente.

—Queda mejor en el piso de su abuelo, que está al lado —le sugerí—. Me gustaría ver el despacho desde donde grabó el vídeo y el dormitorio, ¿crees que podrá ser?

—Creo que Markel tiene muchas ganas de hablar. Además, con quien quería contactar en un principio era contigo, así que tal vez al verte nos dé información de más —dijo.

Veinte minutos después llegué al portal frente a la plaza de los Fueros, un hemiciclo de hormigón donde se daban conciertos, se celebraban campeonatos de deportes vascos en Fiestas de la Blanca e incluso alguna vez participé en un concurso de tortillas con cocinas improvisadas.

Traía muy mal cuerpo, había dormido poco e intranquilo y, desde luego, no había digerido —y me quedaba mucho por hacerlo— la ruptura de Alba. No tenía ni idea de cómo iba a gestionar el día a día con Deba y tenía tal sensación de irrealidad que casi dudé de que hubiera ocurrido.

En cuanto a Estíbaliz, opté por no comentarle nada de momento y centrarnos en el caso del vicerrector en lugar de romperme si comenzaba con las confidencias.

—Qué mal te trata Venecia —me comentó al verme, preocupada—. ¿Estás bien?

—Solo necesito una buena siesta —mentí—. Demasiados kilómetros para un par de días.

—Por ahí viene Markel —me avisó.

—Kraken, imagino —me dijo a modo de saludo.

Markel tendría unos treinta, tenía el pelo castaño y una barba tirando a rojiza, venía fumando uno de esos cigarrillos electrónicos, llevaba una chaqueta vaquera negra, una riñonera y tenía las piernas un poco arqueadas, lo que le daba un aire muy peculiar cuando lo veías caminar.

—Siento lo de tu abuelo —le dije a modo de saludo.

—Estaba mayor, pero de ahí a morir así... —Miró el móvil y dio un vistazo a ambos lados antes de abrirnos el portal enrejado—. Es que mi padre ha dicho que esta mañana se pasa a por la abuela, que hoy no ha ido al centro de día, está con la mujer que la cuida a veces. Tiene demencia —me informó, como si yo no lo supiera—. Ya sabes, a ratos mejor, a ratos peor. Y prefiero que mi padre no os vea, no ha llevado muy bien lo de la autopsia. No lo entiendo, la verdad.

Miré a Estíbaliz de reojo, pensando en su propio padre y su Alzheimer.

Le guiñé el ojo para infundirle ánimos y subimos por el ascensor hasta la última altura del edificio.

El amplio piso había sido señorial en sus tiempos y, aunque se notaba que estaba decorado con mucho dinero, los muebles de madera de nogal, las estanterías a la medida, todo tenía cierto olor a dinero viejo. *Old money is scary*, recordé, no sé por qué.

Nos invitó a pasar al salón, desde el que se veía la terraza con una de las vistas más codiciadas de Vitoria.

Miré alrededor, buscando la biblioteca.

—¿Puedo pasar al despacho de tu abuelo? —pregunté.

—Ayer ya estuvieron procesándolo, ¿se dice así? Pero, claro, podéis pasar. Voy a ver a la abuela, siempre está en el balcón.

Y salió al exterior, a una terraza repleta de geranios.

Entré en el despacho con Estíbaliz y me acerqué a las estanterías de la biblioteca. Quería comprobar si Ricardo también había sido un bibliófilo como don Casto Olivier, pero todos los volúmenes que vi eran material técnico, ninguna joya bibliográfica por la que morir.

Lo que sí había eran álbumes de fotos. Muchos, y con las tapas muy descoloridas por la exposición a la luz de años.

—¿Tienes guantes? —le pedí a Estíbaliz.

Desde que no estaba en activo no los llevaba siempre encima, como ella. Me tendió unos que me quedaban un poco pequeños y comencé a hojearlos.

Eran fotos de familia, pasé las más antiguas rápidamente, hasta llegar a las últimas décadas. Me hice una idea de que Ricardo Ruiz de Azúa ya tenía unos padres con posibles, con muchos posibles.

—Tenemos que investigar el tema económico. El del abuelo, el hijo y el nieto. Aquí hay mucha tela que cortar —le dije a Estíbaliz.

Parecía haber sido un hombre con muchas aficiones. Algunos álbumes testificaban su amor por la cocina, con docenas de fotos de cenas en lo que parecía ser alguna sociedad gastronómica. Muchos hombres con delantal mostrando a cámara sus bacalaos al pilpil.

Por suerte, el listado de los presentes aparecía siempre en el pie de foto escrito a mano con una elegante cursiva.

Hice fotos de todas las imágenes que vi con los nombres y apellidos.

En cambio, otro álbum, que parecía más familiar, dejaba constancia de su gusto por las excursiones. Aparecía siempre con un chaval muy parecido a él, asumí que era Ricardo hijo, en la chabola de la Hechicera, o en las cuevas de Mairuelegorreta, o junto a lo que parecía el silo de Okina.

—Ni que estuvieran buscando el tesoro —comentó Estíbaliz, mirando por encima de mi hombro—. ¿Ves algo que lo relacione con Casto Olivier?

—No, ni rastro de él —dije.

—Inspectores —carraspeó Markel—. ¿Cómo va todo? Les presento a mi abuela Asun. Pilar se la lleva al centro de día, no quiero que hoy esté aquí sola.

La viuda del vicerrector era una anciana, muy consumida, en una silla de ruedas empujada por su cuidadora, una mujer robusta y mofletuda.

—La acompañamos en el sentimiento —murmuramos a la vez, tanto Estíbaliz como yo, pero enseguida comprendimos que Asunción no podía entendernos. Su demencia parecía más avanzada de lo que Markel nos había dicho.

Tenía la mirada perdida y no parecía ser consciente de lo que pasaba a su alrededor.

—Markel, yo me la llevo, que se altera si ve gente nueva —dijo Pilar, con voz dulce.

—Claro, esta tarde la recojo yo, por si ha pasado mal día —le contestó el nieto.

Después nos quedamos los tres, un poco sin saber cómo romper el hielo.

—No sé si habéis mirado en la parte baja de la biblioteca, pero mi abuelo tenía una afición que a mí me resultaba muy morbosa y nunca supo darme una explicación razonable. ¿Podéis abrir ahí? —nos señaló.

Abrí las puertas con los guantes y saqué unas cuantas carpetas, de esas de tapas duras color añil que se quedan muy feas con el tiempo. Dentro de las carpetas había páginas del periódico. Pero era siempre la misma sección: las necrológicas. Parecía que el hombre recopilaba sistemáticamente, todos los días del año, todas las esquelas de la gente que moría en Vitoria. Abrí más puertas y todas ellas guardaban lo mismo: carpetas con esquelas.

—Pues sí que era morboso. O no sé qué explicación darle a esto, pero… parecen unos cuantos años.

Comencé a mirar las fechas y saqué una foto de la primera carpeta: noviembre de 1976.

Curioso, yo tendría unos tres meses.

Revisé el resto de las carpetas. La última: mayo de 1982.

Curioso, cuando murió mi padre.

Tal vez el tal Ricardo no había dejado rastro de su relación con Casto Olivier, pero desde luego, había controlado todas y cada una de las personas que habían muerto en Vitoria desde meses después de que mi madre me trajera al mundo hasta que mi padre falleció en un atraco. El mismo atraco que él afirmaba, un día antes de morir, que no era fortuito.

Abrí la carpeta del ochenta y dos y miré la última página recortada del periódico.

Nunca había visto la esquela de mi padre. De hecho, habían publicado dos. Una con los datos de la familia y, otra, más general, imaginé que encargada por parte de amigos, el abuelo siempre dijo que tenía muchos y era muy querido.

«Sus afligidos padres. Sus hijos, Unai y Germán. Su esposa, Marta Gómez, fallecida», etcétera. Desde su pequeña foto mi padre, siempre joven, siempre risueño, reclamaba sus respuestas.

27

FIOR DI LATTE

ÍTACA

Venecia, mayo de 1992

Los primeros días después de dejarlo los pasas en un estado de euforia permanente. Como si llevaras un filtro ante los ojos, Venecia te parece más bella que nunca, los venecianos, más amables, los turistas, más silenciosos.

Te deshaces de todo lo que te recuerde a la pintura excepto de tus cuadros de las perseidas. Durante un tiempo dejas de llamar a las Egerias.

Asumes que no vas a poder visitar en varias décadas todo lo que te puede ofrecer Venecia, porque cada día descubres en un *sestiere* una pequeña tienda de guantes de cuero, de patitos de goma para la bañera, de zapatillas de terciopelo que llaman *friulane*. Venecia te bombardea de colores y belleza, y paseas aturdida y feliz.

Un día, en un *campo* donde solo se juntan los venecianos, ves una espalda ya conocida. Está sentado en una *riva*, con las piernas colgando sobre el canal, despreocupado, saboreando un *gelato* blanco, parece de *fior di latte.* No lleva ninguno de sus trajes que le imponen tanta seriedad.

Curiosa, te acercas y te sientas a su lado.

Él te mira, sorprendido.

—Pensé que estarías en cualquier otro país del mundo menos en este —comenta.

Cuando terminó la exposición le hiciste creer a Pietra Da Riva que tenías más exposiciones que organizar, preferiste que no supiera que te quedabas en Venecia.

—Creo que la ciudad no me deja salir —te confiesas, sin saber muy bien a qué viene tu arrebato de sinceridad.

—Hay venecianos por derecho de nacimiento y hay venecianos por derecho de convencimiento. Se enamoran de esta ciudad y se quedan aquí, saben que después de esto, ninguna ciudad del mundo les va a hacer sentir lo mismo. Lo notas, ¿verdad?

—Sí, es como una hipnosis. No quiero salir de este laberinto.

Leone te mira, más bien te desgasta con la mirada.

—Esto lo cambia todo —murmura para sí.

—¿Cómo dices? —preguntas, sin comprender.

—¿Puedo ser directo? —te dice.

—Adelante —respondes, pero, cuando lo has visto de espaldas, has vuelto a notar una patada en el estómago, después de más de diecisiete años sin sentir nada parecido por nadie.

—Ya no tenemos un vínculo laboral y te hacía viajando eternamente. Te quería haber llamado estas semanas, pero me parecía inapropiado. Mira, yo vivo en Venecia y espero morir en esta ciudad, estoy totalmente encadenado a ella. Que ahora tú también estés aquí...

Por una vez eres tú quien se lanza. Frenas su verborrea, que no lleva a ninguna parte, buscándole una lengua que sabe a nata.

La boca de Leone te acoge y descubres que con él todo es fluido, sensual, casi artístico.

Hace el amor muy lento, como si tuviera la cadencia del tiempo en sus manos.

Con él tienes el mejor sexo que recuerdas, quemáis todos los rincones de tu casa y os falta noche para recorrerla.

Es la primera vez en tu vida que sientes que lo tienes todo, y cada mañana, al despertar con Leone al otro lado de la cama, te preguntas, muerta de miedo, por el precio que tendrás que pagar por tanta felicidad.

28

LA FUNDACIÓN

UNAI

Vitoria, 3 de noviembre de 2022

Una hora después me presenté en la Fundación Sancho el Sabio, a la salida de Vitoria.

En un antiguo convento de carmelitas, atrapado dentro de un cubo de cristal, trabajaba la que había sido la mejor amiga de la infancia de mi madre cuando todavía se llamaba Ítaca Expósito. Goya dirigía una fundación encargada de recopilar todo tipo de archivos, documentos, mapas o manuscritos que tuvieran que ver con la cultura vasca.

Su marido, Edmundo, era un librero de viejo que había sido una de las víctimas en el caso de *El Libro Negro de las Horas,* y durante la investigación tuve que recurrir a ella en varias ocasiones.

Pregunté por ella en la recepción y me dijeron que la encontraría en la planta baja, así que descendí por las escaleras hasta la sala enmoquetada donde algunos archiveros trabajaban frente a unas mesas donde se desplegaban desde pegatinas de las cuadrillas de blusas y *neskas* hasta revistas ya extintas de la vida cotidiana en Vitoria.

La encontré, con su bata blanca y sus finos tacones, enfrascada en un pliego amarillento.

Goya era morena, de ojazos verdes rasgados y una eterna falda de tubo. Me miró con sorpresa en cuanto me vio y se acercó a darme un contenido abrazo.

—¡Unai! Qué alegría que me visites —dijo, sonriente—. Sé que prometí que nos veríamos más a menudo, pero he tenido un pico de trabajo estos meses. Demasiadas exposiciones. Dime, ¿qué te trae por aquí?

Miré a ambos lados, no estábamos solos y yo necesitaba hacerla hablar.

—¿Podemos ir a algún lugar más privado?

Goya asintió, imaginé que asumiendo que iba a preguntarle por mi madre.

—Claro, vamos a pasar al interior del depósito —dijo.

Abrió una puerta que daba a un pasillo que contenía estanterías blancas de metal repletas de documentos y archivos y cerró a sus espaldas.

—Estoy metido en un par de investigaciones —comencé, sin perder el tiempo—, así que iré al grano. ¿Tu padre era amigo de don Ricardo Ruiz de Azúa, el que fue vicerrector del Campus de Álava?

No se esperaba la pregunta, se giró un momento, dándome la espalda, y se tomó unos segundos en contestar.

—Mi padre… mi padre falleció hace un tiempo, no me acuerdo demasiado de sus amistades —comenzó.

Me saqué el móvil y le mostré varias fotografías donde aparecía con delantal y blandiendo una inmensa cuchara de madera de boj, de las que todavía tallaba el abuelo y mil abuelos más en sus pequeños talleres de ebanistería caseros.

—Era una pregunta retórica, Goya. Aparecen en tres imágenes en la Sociedad Gastronómica La Florida. Y, por lo que transmiten las imágenes, con abrazos incluidos, siempre se fotografían juntos. Eran amigos, durante décadas se reunieron.

—Puede ser, Unai. Mi padre era muy sociable y estaba en mil salsas. Lo que me preocupa es que vengas hasta aquí para preguntarme por esa amistad. ¿Qué ha pasado?

—Don Ricardo Ruiz de Azúa ha fallecido. Y de muerte no natural, hemos abierto una investigación. Verás, un día antes de morir, hizo a su nieto grabar este vídeo.

Se lo mostré, Goya me pidió que le permitiera visualizarlo por segunda vez.

—Comprendes el motivo por el que he venido, ¿verdad? En el vídeo habla de Casto Olivier y también habla de la muerte de mi padre. Establece una relación y, nadie, en principio, sabía que mi madre y Gael López de Ayala estaban juntos. O pocas personas, entre ellas, tú. Y en el registro de la biblioteca de don Ricardo encuentro fotos que me demuestran que tu padre y él eran amigos. Por eso te ruego que me cuentes todo lo que recuerdes de él que me pueda ayudar con lo que le pasó a mi padre. Tú lo conociste, eres de las pocas personas que puede darme algo de luz de aquella época.

—Me encantaría ayudarte, Unai. Pero no sé cómo podría hacerlo, porque no conocí personalmente a don Ricardo. Puedo hablarte de la familia, eso sí. Tenían bastantes locales comerciales en el Ensanche y se dedicaban a gestionar esos alquileres. Él heredó una economía más que solvente. En su momento era una de las personas con más patrimonio en Vitoria. También gestionaba el suelo de algunos polígonos industriales cuando la ciudad se expandió, en los setenta, por Ali-Gobeo o por esta misma zona, en Betoño. Sé que él era el dueño del terreno donde se erigió la fábrica de naipes de Casto Olivier y sé que eran muy buenos amigos y estaban en buenos términos. Y poco más te puedo contar de él, de su vida pública, como ves. Sé que estudió y le fue bien en el mundo académico y llegó a vicerrector. No sé qué sabrá de los trapos sucios de Olivier, todo el mundo habló mal de él cuando cayó en desgracia y todo el mundo renegó de él cuando entró en la cárcel. Pero eso ya lo sabes.

—¿De verdad no puedes contarme nada más? Esperaba algún dato más personal o algún detalle que me ayude a establecer la conexión entre don Ricardo Ruiz de Azúa y la muerte de mi padre.

—No era de mi generación, Unai, ni de mi entorno, solo del de mi padre. Y los padres de antes no hablaban con sus hijas de las vidas privadas de sus conocidos. No puedo serte de más ayuda, de verdad. Voy a mirar entre los papeles de mi padre y entre sus álbumes y, si encuentro algo, te llamo. ¿De acuerdo?

—De acuerdo —asentí, y me giré, dispuesto a abandonar el gélido depósito cuando la pantalla de mi móvil se iluminó con la imagen de una llamarada.

—¿Silvano? *Volevo farti una domanda sull'incendio nel palazzo.* —Quería consultarle una duda acerca del incendio en palacio.

Le había pedido a Mencía que hablara con el hermano bombero de Renzo.

Estaba ávido de novedades, porque en Vitoria todas las puertas de la investigación de mi padre se me cerraban, y necesitaba, como un yonqui con mono, que alguien me diera un avance.

Me despedí de Goya con un gesto y salí del depósito mientras hablaba con Silvano y le explicaba la existencia de una sustancia capaz de volatilizar cuerpos sólidos en varios segundos.

Estíbaliz había investigado, gracias a su contacto en el mundo de los espectáculos de magia, y tenía varios nombres para el huidizo compuesto químico.

En algunos lugares lo llamaban *Fadeoff,* en otros ambientes se le conocía como *Vanish.*

—¿Qué opinas, lo ves posible, Silvano? —le pregunté cuando terminé mi exposición.

—Son seis cuerpos de adultos, unos setenta kilos cada uno de media. Por mucho que una sustancia pudiera volatilizar sólidos sin dejar residuos... —comenzó.

—En realidad hablamos de volatilizar un cuerpo y de repetir el proceso seis veces —le razoné.

—El problema de lo que me has dado es que esos nombres no arrojan ninguna pista de su composición química, y en mi entorno profesional no hemos oído nunca hablar de nada parecido. Deja que pregunte a compañeros de otras ciudades. En todo caso, hemos tomado muestras de los tejidos textiles y de las superficies inflamables y el acelerante para el incendio fue gasolina vulgar y corriente. Y el análisis del laboratorio no nos da positivo en ningún químico más. Yo descartaría esa opción.

—De acuerdo —me rendí.

—Hoy estamos buscando cuerpos en el perímetro submarino de la isla, no nos va a llevar mucho tiempo, pero, de momento, el resultado es negativo —me informó.

—¿Pudo habérselos llevado la corriente?

—Si los hubieran lanzado con algún lastre, seguirían en el lecho de la laguna, en las inmediaciones de la isla, que no es muy profunda, y no se habrían movido de ahí. Y si fueron arrojados sin ningún peso, a estas horas ya habrían emergido por efecto de los gases que intervienen en la putrefacción. Y estamos peinando la zona con lanchas, habríamos visto todos y cada uno de los seis cuerpos si eso hubiera ocurrido.

—Entiendo que en el Laberinto del Hexágono no habéis encontrado nada, se lo habríais notificado a la inspectora Madariaga —dije.

—No, se hizo una primera batida a oscuras, las horas posteriores, y no había nadie entre la vegetación, ni vivo ni muerto. Y se procesó todo el laberinto al día siguiente, pero parece abandonado. Da la impresión de que nadie lo ha visitado en décadas.

—¿Y tú tienes alguna explicación? —le tanteé.

—Absolutamente ninguna, pero tampoco mi padre encontró ninguna lógica a lo que sucedió en el mismo palacio hace treinta años, y yo nunca he querido acabar como él, obsesionado con un caso y amargado. No me malinterpretes, si soy bombero es porque me gusta salvar vidas y patrimonio, pero no soy como Renzo, o como Mencía, tan obsesivos y tan empeñados en cerrar todos los flecos de sus casos. Por eso no podría ser policía. Mira, hay veces que todo lo que podemos hacer humanamente es apagar el fuego e irnos a otro lugar a apagar otro fuego. El qué, el porqué, el quién, el cómo es para gente como vosotros.

Me despedí de recepción con un gesto y salí al jardín exterior de la fundación.

—Además —prosiguió—, esto es Venecia, si vives en esta ciudad el tiempo suficiente te darás cuenta de que somos tan opacos como el agua de los canales. Muchas situaciones se resuelven entre la gente de aquí y las instituciones están de más. Hay una especie de sistema de desagüe paralelo, como cuando llega el *acqua alta*. Hemos aprendido a achicar el agua estancada por nosotros mismos en lugar de esperar a que los estamentos oficiales lleguen y nos salven.

—Eso estaría muy bien si no fuera porque, cuando hablas de desaguar, estás hablando de seis personas, alguna de las cuales son realmente cercanas —le interrumpí—. Y pasan las horas y los días y siguen desaparecidas sin rastro.

—Y por eso mi equipo y yo llevamos cuarenta y ocho horas sin dormir, y las que nos quedan, no te confundas. Solo intento darte contexto —me aclaró.

—Y te lo agradezco, prefiero que seas realista conmigo.

—Estoy de acuerdo. Y también quiero que conste que agradezco tu ayuda. Un perfilador siempre da una visión más panorámica de los hechos y te reconozco que soy demasiado resolutivo como para salirme de mi visión en túnel. Soy más de puntero láser, me centro en un punto, apago la llama y no veo alrededor. Te voy a dejar, me reclaman en la lancha —dijo, y colgó.

Iba a salir del recinto del césped cuando la voz de Goya, a mi espalda, me sobresaltó.

—¿Estás investigando el incendio del palacio de Venecia? —preguntó, diría que pálida.

—¿Cuánto tiempo llevas escuchando? —quise saber.

—¿Tiene relación con tu madre?

—Sí, Goya —dije, por terminar el ciclo de preguntas sin responder—. Tiene relación con mi madre. Y si puedes ayudarme, si ella contactara contigo por algún milagro, por favor, házmelo saber.

—No, no lo ha hecho. No sé nada de ella, por eso te lo pregunto a ti.

Me giré, un poco cansado de aquel laberinto estéril de palabras del que era tan difícil salir.

—Mira, Goya. Me alegra haber dado con ella hace unos meses. Me alegra saber que tengo una madre viva, aunque ella no quiera estar en contacto conmigo. Pero el coste personal que estoy pagando desde que está en mi vida es altísimo, a todos los niveles —respondí, por una vez, sincerándome.

Goya asintió, como si me comprendiera.

—Es lo que suele suceder con Ítaca. Pese a que no quiere involucrar a nadie, pese a que quiere proteger a los que ama, acaba llevando la desgracia a sus vidas.

—¿Os distanciasteis por eso?

Goya dudó un momento.

—Sí, fue por eso —respondió al fin.

«¿Por qué me mientes?», quise increparla, pero Goya estaba hermética aquella mañana y yo no podía parar mi día por ella.

29

EL PABELLÓN DE LOS ESPÍRITUS

ÍTACA

Venecia, julio de 1992

Una mañana de julio despiertas y el teléfono suena. Es Leone, lo notas serio y monosilábico, como si sopesase cada una de sus palabras. Te propone visitar el Pabellón de los Espíritus, en Cannaregio. Dice que te espera en el jardín. Te cuenta que allí vive una comunidad de monjas a las que ayuda y te explica cómo has de llamar a la portería para que te permitan acceder al interior.

Acudes, sin saber muy bien qué clase de cita te espera. Es un palacio que hace esquina y desde el que se atisba la isla de San Michele, el legendario cementerio de los venecianos. Recorres el jardín, frondoso y bien cuidado, plagado de estatuas. Leone te espera junto a una de ellas, igual de estático. Te has acostumbrado a su físico de alabastro, pero, a veces, cuando se queda quieto, temes que se convierta en una figura de piedra o de sal.

—¿Conocías este lugar y lo que dicen de él? —te pregunta, a modo de saludo.

—Fantasmas y susurros, imagino —respondes.

—Cuentan que es mejor no acercarse por aquí, dicen que hay espectros que mugen y hacen ruidos espantosos. Algunos creen que son las almas de los que murieron aquí mismo cuando este terreno era el Ospedalle della Misericordia y la peste acabó con la mitad de los venecianos. Los llevaban directamente a San Michele. Pero ¿sabes? Es todo una farsa, una historia inventada para que nadie se acercase a este jardín. Dicen que esto fue un casino donde jugaban hombres de letras y de las artes como Tintoretto y Veronese. Otros cuentan que aquí se realizaban orgías, incluso que se reunían sectas que invocaban al Diablo. Tonterías. Aquí mismo, sobre el suelo que pisas, había un taller de falsificadores de monedas. Esparcieron toda clase de cuentos para que nadie se acercase y se descubriera la realidad —te explica, pero algo ha cambiado. Te da la espalda y mira a la laguna mientras te lo cuenta.

—Y aprecio que compartas conmigo el folclore de tu ciudad, pero no entiendo qué tiene que ver con tu enfado —contestas.

—No estoy enfadado —replica—. Estoy desconcertado.

Y saca una varilla de madera del interior de su chaqueta.

Por un momento no sabes reaccionar. Es tu tiento, tu varilla de apoyo. Lo has usado desde que eras niña para apoyar tu mano y que tu pulso fuera firme sobre el lienzo. Te lo fabricó la hermana Aquilina, no te has separado de él desde entonces.

—¿De dónde lo has sacado? —preguntas.

—Es un *mahl stick,* como el que usan los falsificadores, ¿verdad?

30

LA RENUNCIA

UNAI

Villaverde, 3 de noviembre de 2022

Me alejé de la fundación rumbo a Villaverde, había quedado allí a la hora de comer con el abuelo y con Germán y quería ver por la tarde a Deba.

Aparqué bajo el balcón de la casa del abuelo y di un silbido cuando subí por las escaleras, anunciando mi llegada.

Ambos me esperaban con la mesa puesta y nos sentamos los tres en silencio. El abuelo había preparado alubias pintas con guindillas y había asado pan de Bernedo en las brasas de la cocinica vieja, así que entré en calor rápidamente.

—Vamos, hijo —me apremió el abuelo, una vez que acabé con el plato de alubias—. Que nos tienes en ascuas. ¿Qué nuevas nos traes de Italia?

—De Italia, pocas novedades te puedo contar. No aparecen los cuerpos, no sé si mi madre estaba en el incendio y no da señales de vida. De Alistair, me temo, no puedo decirte nada. Su móvil no está operativo, y tardarán unos días en rastrear sus últimos movimientos. Están haciendo todo lo que pueden, y estoy en contacto permanente, pero aquí hemos tenido demasiadas novedades como para quedarme en Venecia. Pero antes, tengo que...

Había llegado el momento de romper la burbuja. Hasta entonces, no hablarlo con nadie, no verbalizarlo, me había ayudado a superar el día.

Había temido que, si lo decía en voz alta, todo cristalizaría y se convertiría en verdad.

Pero el tiempo apremiaba, quería ver a Deba esa tarde, necesitaba pasar un rato con ella y asegurarme de que era real, de que quedaba algo de lo construido los últimos años. Al menos ella.

—Alba está teniendo síntomas de trastorno de estrés postraumático desde que volví a investigar hace unos meses, cuando recibí la llamada de Calibán —comencé, con ciertas dudas.

—Hijo, o me hablas en cristiano, o no sé qué dices que tiene Alba, ¿está bien? —me interrumpió el abuelo, sin mucha paciencia para mis circunloquios.

—¿Te acuerdas cuando volvisteis de la guerra, cuando muchos quintos volvieron violentos, otros bebían…?

—Todos tocados, sí —resumió.

—A eso me refiero. Volvisteis traumatizados, y muchos desarrollaron síntomas como ataques de ansiedad, pesadillas, depresiones, adicciones… En la Primera Guerra Mundial en Europa lo llamaban «el mal del soldado», hoy se llama trastorno de estrés postraumático.

—Locura de trinchera —dijo él—. Haber empezado por ahí.

—Alba está acudiendo a terapia desde hace meses. A una terapia específica, pero yo he vuelto de Venecia y está peor. Quiero decir que, mientras yo siga metido en esta vida, ella no se va a recuperar. Y ha roto conmigo. Y lo entiendo. Ahora necesito que me ayudéis con Deba.

—Hijo, con Deba y con lo que sea —dijo el abuelo, poniéndome la mano inmensa sobre el hombro—. Yo sigo siendo su bisabuelo.

Germán guardó silencio mientras terminaba con los filetes.

A mi pesar, los últimos años había cambiado, se había vuelto algo más taciturno.

Sus dos últimas novias habían terminado muertas, implicadas en casos en los que yo había intervenido.

Desde entonces se había vuelto célibe y agámico, y parecía muy satisfecho con su vida, pero cada vez que lo veía volcándose con Deba me preguntaba si, en su interior, no me encontraba culpable a su voluntaria renuncia a tener pareja e hijos.

—Nadie lo duda, pero es cierto que algunas rutinas van a cambiar. De momento, Alba prefiere no verme físicamente, así que os pido que nos ayudéis a recogerla de Laguardia y traérmela para que Alba pueda recuperarse.

—No tienes ni que pedirlo —dijo Germán—. Y sé que te va a doler, pero era algo que esperábamos, tarde o temprano.

—¿Cómo que lo esperabais? —dije, sorprendido.

Ambos cruzaron una rápida mirada, como si lo hubieran hablado cientos de veces en el pasado.

—Que ya antes de que te lanzaras a buscar a tu madre, a Alba y a ti se os veía como una pareja muy forzada, muerta. Y disculpa la expresión en este contexto —me explicó mi hermano.

—¿Eso se veía desde fuera?

—Eso se veía desde cerca, hijo —intervino el abuelo—. Yo quiero mucho a Alba, y va a seguir siendo de mi familia y le voy a seguir enviando botes de manzanas asadas toda mi vida, pero me daba penica por los dos.

—Unai, es que nunca habéis tenido una relación normal, tal vez porque no tenéis ni idea de lo que son unas circunstancias normales, pero os liasteis cuando ella era tu jefa, en mitad de un caso, tuvisteis a Deba en mitad de otro y sumo y sigo porque siempre habéis estado en modo supervivencia. Puede que tú creas que todas las vidas son así, pero créeme, para nada. La gente va al cementerio una o dos veces por década. Tú vas todos los años a enterrar a alguien. Entiendo que Alba haya dicho basta.

No dije nada, tratando de digerir la comida, que se me había atragantado, y las palabras de mi familia, que también.

—¿Cómo estás? —me preguntó Germán, después de un incómodo buen rato en silencio—. De lo de Alba.

—Necesito procesar la ruptura, y soy consciente de que estar en medio de dos investigaciones no es el momento ni el lugar. Si te soy sincero, si me paro, lo pienso. Y si lo pienso, duele demasiado. Me duele por la pareja y también por la familia que estábamos creando. Pensé que era definitiva.

—Vas a tener que crearte nuevas rutinas sin ella, yo pasé por la misma situación cuando lo de Martina, aunque no es lo mismo. Pero tú vives en Vitoria, ella vive en Laguardia, hacías encaje de bolillos para cuidar de Deba y del abuelo aquí, en Villaverde.

—¡Pero si yo no necesito que un nieto me cuide! —protestó el abuelo.

—Lo sé, abuelo, lo sé —lo calmó—. Era para que viera lo que los demás vemos tan claro. Y lo de trabajar en Arkaute, disculpa, Unai, pero siempre nos pareció una solución de compromiso que nunca he creído que te haya hecho muy feliz, la verdad.

—Pues yo habría seguido luchando por esa vida —me enroqué.

—Pues a veces hay que dejar de intentarlo, de verdad. Renuncia. Ni te imaginas la libertad que da la renuncia —contestó mi hermano.

—¿Desde cuándo te has vuelto tan sabio?

—Si parases, por un santo momento, de correr, te darías cuenta de que se te está pasando la vida mientras tú juegas a tu eterno juego de pistas —dijo Germán.

31

TINTORETTO

ÍTACA

Venecia, julio de 1992

—Leone, ¿de dónde lo has sacado?

—El otro día, después de hacer el amor sobre la alfombra del salón, me quedé tumbado mientras te duchabas. Giré la cabeza y lo vi, estaba debajo del sofá.

Malditas prisas. El día después del cierre de la exposición de Millet arramplaste con todo el taller y te deshiciste de caballetes, espátulas, pinceles y paletas. Ni siquiera te percataste de que habías perdido el tiento.

—Cuando te pregunté por los pequeños lienzos de las perseidas que tienes por toda la casa me dijiste que los fuiste comprando a artistas callejeros de todo el mundo. Te pregunté si tú pintabas, ¿recuerdas?

—Sí, recuerdo.

—Dijiste que no, pero algunos rincones de tu casa siempre olieron a aguarrás. Preferí creer en ti, me dije que no tenías ningún motivo para mentirme.

—¿Y estás enfadado por un tiento? —preguntas, y se lo quitas de las manos y lo recuperas.

Leone se vuelve, con las manos en los bolsillos.

—He preguntado, con discreción, a espaldas de mi madre, a algunos viejos amigos coleccionistas que reaccionaron con cierta sorpresa durante la exposición de Dalí cuando citaba tu nombre.

Así que te ha investigado. Al menos no ha sabido disimular. Llevaba tres días evitando verte con excusas laborales.

—¿Qué has averiguado?

—Hubo otra Jimena Garay, era falsificadora de libros antiguos. Después desapareció, algunos dicen que se metió monja en un convento al norte de España. Es una extraña historia.

Para qué seguir con la mentira. Mejor continúas tú.

—Fue mi mentora —le cortas.

—¿Cuál es tu verdadero nombre?

—Ítaca.

—¿Como el destino de Ulises?

—Exacto.

—¿Qué más? ¿Cómo te apellidas?

—Solo Ítaca, no tengo apellido.

—¿Cómo que no? Tendrás padres.

—No, jamás los he tenido.

Leone te mira como si fuera la primera vez que te ve.

—Pero ¿y tu infancia?

—¿Mi infancia? Me hablas de Tintoretto y yo a los nueve años hacía exhibiciones por toda Italia imitando su *San Marcos liberando a un esclavo.*

—Eso es imposible —sentencia.

—Imposible era pintarlo en una semana, con público a mis espaldas que pagaba miles de liras que nunca vi. Imposible era pintar durante ocho horas diarias, de pie, con un reloj de arena que la directora de mi colegio volteaba cada vez que pasaba una hora. Sí, Leone. Era imposible, pero lo tenía que hacer y lo hacía.

—Si puedes imitar a Tintoretto con nueve años, puedes falsificar un Dalí y un Millet.

—Ni lo dudes.

Os quedáis frente a frente, midiéndoos las miradas.

—¿Lo has hecho?

—Sabes la respuesta.

—La quiero de tu boca.

—Sabes que sí —le confirmas lo que ya sabe desde hace días.

Se tapa la boca con la mano.

—Cuéntamelo todo —dice al fin.

Le hablas de la Veracruz, de cómo las monjas te encontraron en la puerta del colegio, de la hermana Aquilina y de tu infancia de niña prodigio explotada imitando a todos los maestros de la pintura que te ponían por delante. Le hablas de tu etapa como falsificadora de libros antiguos, de tu huida a Madrid y a la Costa Este. Le hablas de las Egerias y de cómo te acogieron, pero evitas decir nombres y citar el círculo, te limitas a contarle que son tus socias. No rompes la tercera ley de las Egerias: «Una Egeria siempre niega que lo es».

—Este era el último encargo —terminas por contarle—. Me planté. Lo dejé. Me han permitido seguir con mi vida, o más bien, empezar una nueva, a cambio de los ocho lienzos del Guggenheim.

—Entonces, ¿lo has dejado? —quiere saber.

—Sí, por eso tiré todo el material del taller, por eso has encontrado mi tiento bajo un sofá. Llevo meses sin echarlo de menos.

—¿Estás fichada por la policía?

—No. El único encuentro que he tenido con las fuerzas de seguridad fue hace unos meses.

Le cuentas la extraña visita del inspector de policía local.

—Puedo averiguar qué había detrás —dice—. ¿Algo más?

—No, siempre he sido indetectable —le aseguras.

—¿Y no te dan miedo esos coleccionistas con los que trabajas? ¿No te da miedo tratar con gente sin moral, con delincuentes, aunque sean de cuello blanco?

—Son indistinguibles —le contestas—, de ti, de mí, de tu madre. No sabrías decir cuántos de los que estaban en la exposición estafaron al museo, y lleváis toda la vida con ellos. No los distinguirías. De donde yo vengo, en todas las ciudades, Vitoria, Nueva York, Edimburgo, Londres… No hay diferencia, todos y todas son gente ilustre, benefactores, pilares de la sociedad, como tú.

—A mí no me metas en eso.

—Tienes razón. Tú eres distinto, una *rara avis*, por tu integridad. No quería saber nada de Pietra Da Riva y de su mundo cuando me retiré, quería alejarme del microuniverso del arte. Pero llegaste tú… y ha pasado todo esto entre nosotros. No creo que tengamos futuro. He sido una falsificadora hasta antes de ayer. Tú tienes unos valores que no creo que te permitan mirarme a la cara. ¿Qué vas a hacer, vas a delatarme, vas a hablar con tu madre? —quieres saber.

—Mi madre no puede enterarse, te mataría —contesta, descartando la idea.

—Espero que sea una forma de hablar.

—Me refiero a que es capaz de matar por su reputación.

—Sigo deseando que esa sea una forma hiperbólica de hablar.

Que Leone no conteste te deja intranquila.

—Jimen… Ítaca, yo quiero seguir contigo, pero no podría estar con alguien que delinque. Puedo mirar solo al presente y al futuro, pero necesito saber que no vas a volver a falsificar nada.

—Yo también amo lo que tenemos, y no dejé de delinquir por ti, lo hice porque no era yo, lo hice porque mi vida es esta. Solo han pasado unos meses, pero me parece que aquella vida le pertenecía a otra persona, no a mí. Me seguiré dedicando al arte, es lo que sé hacer y lo que me hace feliz, pero prefiero sacar fotos de buzones que me guiñan el ojo y ser yo quien, por una vez, haga arte por mí misma.

Leone se acerca, un poco vacilante. Tú también dudas. No tienes claro que lo vuestro vaya a sobrevivir, sabes que aborrece todo lo que representas, o todo lo que has representado hasta ahora.

Pero pasan los meses y se impone el día a día, y la nueva vida se llena de paseos, tertulias y confidencias. Termina el verano y el calor mece vuestra historia hasta conseguir que olvides que un día te hiciste llamar Jimena Garay.

32

EL CANTÓN DE LA SOLEDAD

UNAI

Villaverde, 3 de noviembre de 2022

—Pues me temo que la renuncia va a tener que esperar —me obligué a decirle a mi hermano—. ¿Has localizado el nombre que te pedí?

—Sí, Unai. He estado en el Registro de la Propiedad esta mañana y he seguido el rastro del antiguo dueño del local de la librería de papá.

—Hijo, ¿ya estamos otra vez con eso? —dijo el abuelo.

—Vamos a la cocinica vieja, que aquí hace frío. Os tengo que enseñar un vídeo.

Recogimos entre los tres la mesa y nos fuimos al salón, donde una chimenea de décadas nos había calentado los inviernos desde críos.

Les mostré a don Ricardo Ruiz de Azúa hablando de «el viejo Olivier» y de la muerte de nuestro padre.

Ambos se quedaron en silencio, el abuelo se levantó y se quedó mirando hacia la sierra desde la ventana del pequeño balcón.

—Así que has vuelto de Venecia por esto —dijo Germán.

—El hombre pidió a su nieto que lo grabara, decía que tenía que contar algo malo que había hecho, que se sentía culpable, y quería descargar la conciencia antes de morir. Y murió, esa misma noche. No sabemos si se ha suicidado o ha sido asesinado, pero no ha sido muerte natural. Estíbaliz está al cargo de la investigación.

—¿Y por qué no dejáis de revolver? —Se giró el abuelo, en una mezcla de súplica y de cansancio.

—Has escuchado lo que dice ese hombre. No habla de un atraco, habla de que sabe por qué mataron a tu hijo, ¿no quieres saberlo?

—Sí, Unai. Quiero saber por qué un desalmado se lo llevó por delante, siempre que otro desalmado no se te lleve a ti también por delante.

—¿Y tú, Germán? ¿Vas a estar en esto conmigo?

—Yo ya estoy en esto, he contactado con la hija del casero de papá, hemos quedado en una hora en el cantón. Te acompaño. Tú no vas a parar, prefiero acompañarte que no saber. Y quiero ver el local de la librería, llevo toda la vida preguntándome dónde trabajaba nuestro padre. Es una parte de mi infancia que quien sea me la robó. No tengo recuerdos, no sé nada de su identidad, yo también necesito respuestas.

El abuelo nos miró como cuando éramos dos adolescentes rebeldes y no le obedecíamos con la hora de llegada de la verbena de Urturi.

—Unai, hijo. ¿Tú crees que estás hoy para ir al local de tu padre, con lo que ha pasado con Alba? Bastante tienes con lo que tienes.

—Necesito que vayas a recoger a Deba a Laguardia y me la traigas. Nos vemos aquí a última hora de la tarde, ¿te parece? —tercié.

Hora y pico después Germán y yo subíamos por los escalones del cantón de la Soledad, en la Almendra Medieval, paralelos a las rampas mecánicas que el ayuntamiento había habilitado años atrás para horror de algunos y alivio de la población envejecida del Casco Viejo, atrapada en unas cuestas de inclinación imposible y cansada de caídas y roturas de caderas en los días de lluvia y tormenta.

Abrevamos junto al Caño de los Tejos y allí nos estaba esperando una chica de melena rizadísima y un chal de mil colores y abalorios.

—Naroa, soy Germán —se adelantó mi hermano—. Hemos hablado esta mañana. Gracias por venir tan pronto.

Me acerqué para presentarme y Naroa se me quedó mirando.

—Tú eres Kraken, ¿verdad?

Germán apretó los labios y miró al suelo.

—Llámame Unai. Esto es por un tema privado, ¿podrías no comentarlo a nadie, por favor? —le pedí mientras le tendía la mano.

—Sí, no te preocupes, no soy cotilla —dijo ella—. Hacía tiempo que no venía a controlar el local. Debería hacerlo cada vez que llueve, por si se filtra algo, pero la verdad es que lo tengo muy abandonado. Pasad.

Levantó una persiana gris algo oxidada que chirrió lo suyo y encendió una solitaria bombilla que iluminaba como podía en el centro del local.

—Está como lo dejó el último inquilino, tu padre, por lo que me has dicho —le dijo a Germán—. Yo era muy pequeña cuando esto era una librería, así que no tengo muchos recuerdos. El caso es que nunca se volvió a alquilar. El *aita* me contó que, bueno, que aquí apareció muerto, y que como era un local muy conocido, y parece que fue un atraco, nadie se atrevió a abrir un negocio aquí, así que se aburrió de poner un cartel de «Se alquila» y que nadie llamara, y renunció a volver a alquilarlo. Me lo dejó a mí, pero yo no quiero estar pendiente de inquilinos y de problemas, prefiero no hacer nada. Y en este estado, la verdad, no creo que nadie se meta, haría falta una buena reforma.

Nos hablaba y hablaba, pero yo estaba haciendo un viaje en el tiempo que no sospechaba cuando entré.

—El mostrador —me dije a mí mismo, olvidando que no estaba solo.

Había un mostrador de madera de nogal, detrás las estanterías. Vacías. ¿Se tuvieron que encargar el abuelo y la abuela de vaciar esas estanterías de libros antiguos? ¿Dónde fueron a parar esos libros? ¿Se los enviarían a Alistair?

Cuántas preguntas concretas me surgían al ver aquello.

El suelo de madera, desgastado, con las lamas encajadas en forma de espiga. ¿Por qué no lo había recordado y, ahora, al verlo, me parecía obvio que aquel suelo siempre fue así?

—Aquí estaba la caja registradora —dije en voz alta.

Me acerqué y, antes de hacerlo, ya sabía lo que iba a encontrarme: el cajón bajo la caja registradora donde me escondía cuando venían los clientes y mi padre fingía, en un juego entre él y yo, que estaba solo.

Y se ponía serio, pero yo le tiraba de la pernera del pantalón y él se zafaba, y yo me asomaba un poco y él asentía solemne ante el cliente, y cuando este no miraba, me hacía muecas que solo él y yo veíamos.

Repetíamos aquel juego cada tarde, cuando me recogía del colegio y me llevaba un rato con él. Creí recordar que a veces pintaba allí y que mi padre me leía un cuento, ¿qué cuento era?

Me agaché, en el hueco del mostrador yo ya no cabía, pero podía caber Deba. Toqué la madera por dentro, como la había tocado mil veces hacía mil años cuando me escondía.

—Te trae recuerdos, por lo que veo —me dijo Germán cuando se acercó.

Naroa se había ido del local, tal vez por respeto a mis recuerdos, y nos esperaba fuera, en el cantón.

—Más de los que pensaba. Era muy pequeño, y no recordaba nada de la librería, pero ahora que estoy aquí... pasaba todas las tardes, por lo que creo. Está desangelada, ¿puede ser que todavía me huela a él o es solo la madera?

—Yo huelo a madera y a local cerrado y polvo, pero dicen que el olfato es el sentido de la memoria y, si esto cerró después de que él muriera aquí, tiene sentido que su olor esté encapsulado.

Volví a Villaverde cuando ya anochecía. El abuelo jugaba con Deba, le estaba enseñando a tirar las tabas, unos huesos de cordero que llevaban siglos por la casa.

Me la comí a besos y por unas horas, hasta que se durmió en su cama, en la habitación contigua a la mía, me imaginé que nada había cambiado.

Solo por engañar un poco al dolor.

Por retrasarlo.

Unos días.

Un poco más, antes de abandonarme del todo a él.

Aquella noche tuve un sueño hermoso.

Fue un descanso, después de aquellos días tan negros, desde la *Gau Beltza*, poder, al menos, durante unas horas, aunque fuera en mi vida onírica, estar en el regazo de mi padre.

Sentí cómo paraba de leer un libro, *La vendedora de fósforos*, y me abrazaba como si temiera perderme. Cómo a veces, cuando leía que la niña se iba con su abuela hacia la luz y el calor, se le enturbiaba la voz y tenía que dejar de leer.

Fue un sueño nítido, uno de esos que recuerdas al despertar, durante la duermevela. Un regalo que le agradecí.

Soñé que mi padre volvía. Tenía acné, o marcas de acné, el pelo negro como el mío, un poco rizado, era desgarbado, como si no estuviera hecho del todo, como si no hubiera salido de la adolescencia. Se sentaba en el suelo de madera de la librería.

Ese suelo espigado que aquella tarde había vuelto a pisar.

Me desperté antes del alba, con una clara conciencia de lo que había soñado, y subí, procurando no hacer ruido con las puertas, las escaleras del alto. El abuelo, en su dormitorio, roncaba a tal volumen que ni las campanas de la iglesia de San Andrés lo habrían despertado.

En el alto, la tercera planta de la vieja casa del abuelo, docenas de cajas de cartón aguardaban apiladas junto a ruedas de bicicletas Torrot sin reparar y la máquina Singer de coser de la abuela.

Pero yo buscaba una caja en concreto. La caja de «Material escolar» que el abuelo guardó cuando terminé la EGB.

Me lancé sobre ella cuando la localicé. Saqué los libros de Barquero y de Senda y en cuanto lo vi lo tomé entre mis manos y me di cuenta de que temblaba, pero no era de frío.

El cuento ilustrado de *La vendedora de fósforos*, de Andersen.

«Maldita sea», pensé. «No es un sueño, es un recuerdo».

33

HARPER

ÍTACA

Venecia, octubre de 1992

Una noche, a eso de las tres de la madrugada, recibes una llamada. Es Harper, dice entre sollozos, casi no la reconoces. Harper es la más centrada de todas vosotras, de gestos comedidos y educación enfocada en la contención. Siempre te ha recordado a una de esas musas prerrafaelistas de mandíbula cuadrada, labios finos, un moño bajo y vestidos tan etéreos como ella.

—¿Qué sucede? —respondes, y te abrigas con una bata.

Leone se ha quedado a dormir, era un día importante, ilusionante para ambos. Aparece por la puerta del salón, somnoliento, con rostro de *«cosa succede?»*.

—Alan, y los niños… —consigue decir tu hermana, pero continúa llorando.

—¿Tu familia? ¿Qué, Harper? ¿Qué les ha pasado? —Te estás asustando, a Harper parecía que la desgracia nunca iba a alcanzarla. Tiene una de esas vidas vírgenes de infortunios.

—Volvían a casa de una recepción, la policía dice que el coche se salió de la carretera en una curva. No me lo creo, Alan es muy prudente al volante, y más si conduce con sus hijos en el coche.

—¿La policía? Pero ¿están bien?

—Ha muerto, Alan ha muerto.

No sabes qué responder, no sabes cómo reaccionar. Por instinto, te sujetas el abdomen, en un gesto que pretende darte algo de calma.

Leone te consulta con la mirada, no sabe si acercarse o mantenerse alejado de la llamada.

—¿Y tus hijos?

—Los dos están contusionados, aunque saldrán en pocas horas. Estoy con ellos en el hospital.

Haces tus cálculos mentales, podrías ir y volver en la misma semana.

—De acuerdo, voy a tomar un vuelo. Espero llegar al funeral.

—¡No! —te frena, y te extraña.

Te extraña tanto. Sabes que ellas te arroparían si tú perdieras a tu marido.

—No querían llamarte, pero tienes que saberlo —dice por fin.

Parece un poco más calmada, como si pensar en otros temas le devolviera la fuerza.

Recuerdas a Harper siempre en su papel, controlada, con sus números y sus negocios. Es la más cerebral de todas, la que mira siempre más lejos, la que nunca pierde el norte.

—La semana pasada murió la madre de Kora —te dice al fin—. Ella estaba destrozada, la enterró el viernes, prefirieron no avisarte porque sabían que te empeñarías en venir.

—¿Ha muerto Stella? —repites, sin poder creerlo. Pensabas que viviría para siempre.

Kora vivía con su madre, siempre habían sido ellas dos. Tenía algo más de sesenta, Stella era una mujer viva y muy inteligente.

Hizo un poco el rol de tía contigo. Adoraba invitarte a todas las exposiciones en las pequeñas salas del Upper East Side.

—Teníais que haberme avisado, merecía saber que Stella ha muerto, no voy a perdonarme no haber estado en su funeral —le reprochas.

—Lo sé, votamos todas y salió que era mejor no avisarte, pero yo voté por llamarte. Sé que le tenías mucho cariño.

Leone observa la escena, preocupado, desde el quicio de la puerta. El mundo de tus hermanas se está derrumbando y tú estás a siete mil kilómetros.

—¿Cómo ha muerto Stella? —quieres saber—. Estaba bien cuando me despedí de ella. ¿Tenía alguna enfermedad y Kora me lo ocultó?

—No, no estaba enferma. Se cayó por las escaleras, Kora la encontró muerta cuando llegó a su apartamento.

Al otro lado de la línea Harper exhala un larguísimo suspiro, como si estuviera tomando una decisión.

—Hay más. Sé que no están de acuerdo, pero tienes razón, mereces saberlo.

—¿Qué más, Harper?

—Hace dos semanas Madison perdió a su hermano.

Madison y Matthew, los inseparables, siempre bromistas. Siempre en el lado luminoso de la vida.

—¿Qué le ha pasado a Matthew, se ha metido en algún lío, una borrachera?

—Una noche de juerga que terminó mal, dos navajazos en el estómago. Se desangró, lo encontraron en un callejón los del servicio de basuras. Le hicieron la autopsia. Nadie ha visto nada. No hay testigos. Le robaron la cartera y el reloj. Todas pensamos que fue un atraco, que tuvo mala suerte.

—Así que habéis ido a dos entierros estas dos semanas y ninguna me ha llamado... Harper, por favor, déjame apoyarte, deja que vaya, que esté contigo.

—No, por favor, aquí ya tengo ayuda. Ahora mismo tengo que estar en el hospital con mis hijos, pero saldrán en unas horas y mañana me tengo que encargar de avisar a la familia y de todo lo relativo a las exequias. No quiero lidiar ahora con una guerra entre nosotras. Te estoy llamando a espaldas de las demás, en contra de una decisión que hemos votado. Es solo que… se me ha hecho imposible dejarte al margen de la muerte de Alan. Sé que no me lo perdonarías si no te hubiera llamado.

«Déjame apoyarte, deja que esté contigo», quieres insistirle, pero desistes.

—Harper, no me has llamado solo por esto, ¿verdad? —la tanteas con cuidado. Tú también has aprendido a ver más allá del corto plazo.

—Han sido tres muertes en tres semanas seguidas. La persona que más quería Madison, la persona que más quería Kora, la persona que más quería yo… Han sido accidentes, accidentes explicables, pero… ¿qué posibilidades hay, estadísticamente? Como contable, no puedo dejar de pensar que lo que está pasando es más que improbable.

—¿Me estás llamando para advertirme?

—¿Tienes alguna persona en Venecia a quien hayas tomado mucho cariño?

Te das la vuelta, pálida. Miras a Leone entre las luces que entran de las farolas del canal y la oscuridad que brinda el salón.

—Estoy empezando a sentir que esta ciudad es mi casa —contestas vagamente.

No les has hablado de Leone, no les has dicho que tienes una relación clandestina con el hijo de la mujer a la que habéis estafado.

—En todo caso, si alguien está yendo a por nosotras seis, la próxima semana lo sabremos —dice, y suena a sentencia de muerte.

—¿Cómo están Charlotte y Ava?

—Aterradas.

—¿Yo debería estarlo?

—Tú no, pero si le has tomado aprecio a alguien, debería vigilar su espalda.

34

LAKUA

UNAI

Villaverde, 4 de noviembre de 2022

Después de dejar a Deba en clase por la mañana conduje desde Laguardia a Vitoria, concentrado en las curvas de la carretera.

Cuando llegué a Vitoria, antes de entrar en la comisaría de Lakua, mi antiguo despacho, me quedé en un banco de la avenida y llamé a Mencía.

—¿Sabes algo de mi madre? —le pregunté, a bocajarro.

—Sigo insistiendo y ella sigue sin dar señales de vida —dijo, abatida—. Son ya muchos días, tiene que estar relacionado, Unai. Nunca me había hecho esto.

—¿Tenéis alguna novedad? Yo hablé ayer con Silvano y no parece que le emocione mucho la teoría del compuesto volatilizador. También me dijo que, de momento, no han encontrado nada en el agua.

—Ni los van a encontrar, han suspendido la búsqueda en la laguna, era un área no muy extensa y terminaron ayer por la tarde.

»Y adivina —prosiguió—: Renzo ha estado buscando en el archivo de la comisaría, donde tienen los casos desde hace más de cuarenta años, y el del séxtuple suicidio no aparece. ¡No hay expediente! Y no está digitalizado.

—¿No dijo que se lo iba a pedir a su padre?

—Eso dice que ha hecho nada más comprobar que no había nada en el archivo, y el hombre le ha dicho que no guardó ninguna copia del expediente.

—Pues para alguien que se obsesionó con el caso, es extraño —dije—. Yo lo habría guardado.

«En alguna caja en el alto de Villaverde, por ejemplo», preferí callar.

—Lo que sí tiene Renzo, como te dije, son las grabaciones de la única cámara de la isla, que está enfocada hacia el embarcadero, a las horas previas al incendio.

—Voy ahora al despacho de la inspectora Ruiz de Gauna, en la comisaría de Lakua. ¿Podrías enviarme esas grabaciones?

«Es que me encantaría ver a mi madre, si es que es ella, viva», quise decirle.

—Has visto que Renzo es colaborador. No habrá problema, creo yo —contestó.

—Pues entonces, me gustaría pedirle también las de las veinticuatro horas posteriores al incendio —le pedí.

—Sé que las han visionado mil veces y que no han encontrado ningún movimiento. Yo he estado esta mañana y tampoco hay absolutamente nada que rascar. Ninguna lancha que sale o entra en la isla, solo cuando llegan los bomberos, ya comenzado el incendio, y cuando llega el equipo de Renzo, el de los técnicos, cuando llegué yo, cuando te llevaron a ti...

—Te creo. En todo caso, si me las puede enviar también aquí, seis ojos ven más que cuatro —le pedí.

—Pues pasemos entonces al siguiente tema: la fuga de Calibán —me dijo.

—Esta noche te he redactado un informe y te lo envío ahora mismo.

—Dime en todo caso tus impresiones, en Meco me lo han reclamado, están poniéndose nerviosos —insistió.

—Es para estarlo. Me temo que todos los que lo metimos entre rejas estamos en peligro. Tal vez yo no tanto, al menos ahora, en Vitoria, pero creo que tú sí que lo estás en Venecia, y me temo que los que acudieron al *palazzo* también.

—¿Te lo dijo el preso sombra?

—Sí, me habló de su obsesión por nosotros y, desde luego, el motivo de la fuga no es estar en libertad y desaparecer del mapa.

—¿Tienes una idea de cómo ha podido salir?

—Que hablen con el peluquero del penal y que te envíen las fotos de los nuevos. Pide que hagan una simulación del aspecto de Calibán sin barba y con los peinados de los nuevos funcionarios de Alcalá Meco. Por suerte, casi todos eran tíos jóvenes que llevaban degradados, pelo rapado en la nuca y un gran tupé, peinados muy parecidos.

—¿Me puedes dibujar un plano, que me he perdido? —dijo.

—Calibán se cortó el pelo y se afeitó la misma tarde de la fuga. Nadie conoce su aspecto sin esa barba tan tupida que tenía, que le tapaba media cara y le ocultaba sus rasgos. No tenemos ni idea de cómo es su rostro lampiño. Respecto al peinado, imitó el que llevan los nuevos funcionarios de prisión que están tomando posesión de sus plazas desde la semana pasada. Sobornó a uno de los nuevos, consiguió su uniforme y su acreditación. Salió esa tarde, a última hora, como si hubiera terminado su turno. En la entrada no lo reconocieron como Calibán, pero tampoco se han hecho todavía con el personal novato —resumí—. Y también me gustaría que pidieras que te hicieran otra más con monturas de pasta gruesa azul.

—Esto… no son buenas noticias para nadie —dijo Mencía.

—Ni te lo imaginas. ¿Sabes por qué? —le dije.

—No sé si quiero saberlo.

—Porque ahora es como la bruma: no tenemos ni idea de su aspecto.

35

QUEDA LA NOCHE

ÍTACA

Venecia, octubre de 1992

Cuelgas, te quedas unos segundos mirando el auricular, y deseas que sea una pesadilla y el día venga a decirte que no es cierto.

En su lugar, Leone se acerca con cierta cautela.

—¿Qué has escuchado? —preguntas, sin girarte.

—Demasiados entierros, a mi entender. ¿Qué está pasando?

—Tres de mis socias… —comienzas.

—Las has llamado hermanas —te señala.

—Tres de ellas han perdido a sus seres más queridos en estas tres últimas semanas.

—Vas a tener que explicármelo para que lo entienda.

Le hablas del accidente de coche, del atraco, de la caída. No quieres darle nombres, pero comprende que estás hablando de personas que te importaban.

—¿La gente muere en América a ese ritmo? —pregunta.

—Nadie muere a ese ritmo, salvo en una guerra —dices en voz alta.

¿Estáis en una guerra?, te planteas por primera vez. ¿Alguien os ha declarado la guerra, el enemigo merodea a vuestro alrededor y está comenzando por vuestras familias?

Leone se sienta en el sofá donde tantas noches habéis retozado desnudos. Está más abstraído que de costumbre. Se abraza a un cojín y se queda pensativo durante un buen rato. Sabes que le está dando vueltas a algo, que su cerebro prodigioso y analítico está valorando miles de permutaciones y posibilidades. Y sabes ya que no hablará hasta que tenga claras sus conclusiones. Es un animal reposado y callado, su fuerza siempre ha estado en su aplomo.

—¿Tienes miedo? —pregunta al fin.

—No por mí, de momento, pero... ¿y por ti? Acaba de morir el marido de mi... socia.

—Nadie sabe lo nuestro. Hemos tenido cuidado. Y todas las muertes han sucedido en Estados Unidos. Si es que no hubieran sido accidentales y hubiera una mano negra detrás, de momento no ha llegado aquí —te dice.

Te sientas a su lado, tomas una manta y te tapas con ella.

—Sé lo que estás pensando —dices, al fin.

—No lo he dicho —contesta Leone.

—Pero lo piensas.

—Dilo tú en voz alta, entonces. Pesa demasiado —te invita.

Te acurrucas. Piensas en Stella, pero también en Gael, piensas en él todos los días, de hecho, la culpabilidad te está minando el ánimo, creías que podrías seguir adelante, lejos de otros pasados, pero las consecuencias de la vida que llevas están tocando en tu puerta de nuevo.

—Estás pensando en que esto es lo que pasa cuando delinques —dices, por fin.

—Me sorprende que hayas llegado tan entera hasta aquí, después de toda una vida como falsificadora. Estoy seguro de que habrá repartidas docenas de personas por el mundo que se hayan sentido estafadas por ti y que hayan fantaseado con vengarse, con que una sola pase a la acción, solo una, te puede destrozar la vida.

—Estoy harta de vivir como si no tuviera miedo —te confiesas, es la única persona con la que has hablado con tanta franqueza de tu forma de vida—. Tengo miedo, mucho miedo, por ti.

—Estoy en Venecia, no me va a pasar nada. Me enteraría de la entrada en la ciudad de cualquier extraño en cuanto pusiera un pie en el primer taxi —descarta.

—Esto viene en el peor momento —dices, y pones la mano blanca de Leone sobre tu tripa.

—Pensé que era el mejor momento —murmura—. En todo caso, tenemos que confirmarlo. Mañana iba a ser un hermoso día.

Miras hacia la ventana.

Todavía queda noche, todavía queda oscuridad.

—No voy a ser capaz de dormir, te propongo que lo hagamos ahora, y no mañana —le dices.

Te mira, no muy convencido.

—¿Segura?

—Sí, ¿por qué no? Voy a por la prueba —dices, y desapareces.

Has comprado una prueba de embarazo en una farmacia junto a la estación de Santa Lucía, en Cannaregio, donde abrevan tantos rebaños de turistas que esperas haber pasado desapercibida. Te has hecho pasar por una turista de Colonia, oculta tras un gorro de lana y unas gafas de sol de colores. Has pedido la prueba en alemán y como no te han entendido, lo has hecho finalmente en inglés.

Llevas tres faltas, no puedes demorarlo más. Estás hinchada y ya has pasado por lo mismo, hace diecisiete años.

Minutos después sales del baño y te diriges al salón. Leone te aguarda, expectante, enciende la lámpara junto al sofá.

Los dos contenéis la respiración mientras miráis fijamente la barra de plástico.

Dos rayas azules.

—Eso es que sí, ¿verdad? —dice Leone, rompiendo el silencio del que eres incapaz de salir.

—Eso es que sí, amor —le dices, no recuerdas la última vez que fuiste feliz, así, con mayúsculas y por encima de todo—. Eso es que vamos a ser tres.

36

DON RICARDO

UNAI

Villaverde, 4 de noviembre de 2022

Entré en el edificio de la comisaría de la Ertzaintza en el barrio de Lakua, una mole de hormigón circular donde había trabajado desde que salí de la academia.

Subí al despacho de Estíbaliz, que estaba junto al que había sido mío, y toqué en la puerta.

—¡Pasa! —gritó—. Si ya sé que eres tú.

Cerré la puerta a mi espalda y me miró con unos ojos de lástima que no me gustaron nada.

—¿Tú también, Brutus? —lamenté.

Asintió y me hizo un gesto de: «Pues claro».

—¿Cómo te has enterado? —le pregunté.

Se agarró el *eguzkilore* que llevaba colgando, como siempre que se ponía en tensión.

—Alba me lo dijo anoche. Le hice una videollamada para ver cómo estaba y luego le pedí hablar contigo, pensaba que te quedarías a dormir en Laguardia. Y me lo contó, ¿cómo te sientes?

—Siento algo parecido a la desolación, pero tengo el cerebro como embotado cuando pienso que la vida que llevaba con ella se ha acabado. No lo sé, Esti. Anestesiado, creo. Me temo que voy a tener mucho tiempo para asumirlo y pasar el duelo —contesté.

Con ella solía abrirme en canal a la primera pregunta, por eso, a veces, evitaba sus primeras preguntas.

—Odio las estadísticas —dijo, mientras se sentaba sobre su mesa.

—¿Alba y yo somos una estadística ahora? —pregunté, no muy seguro de querer saber la respuesta.

—Las estadísticas internas dicen que cuando en una pareja de policías uno de los dos abandona el servicio activo antes de la jubilación, es decir, por *burn out* o por alguna intervención traumática, si el otro miembro de la pareja continúa en el cuerpo, suele haber una ruptura. Además, en un período inferior a dos años.

—No, si ahora todo el mundo anticipaba esto y además teníamos fecha de caducidad.

—No es una bola de cristal, es el período en el que alguien cambia de rumbo profesional y reestructura su vida.

Suspiré, un poco cansado ya de aquello.

—¿Y qué dicen las estadísticas de las probabilidades de que un vicerrector tenga algo importante que decir de un asesinato y esa noche muera en su cama? —pregunté para cambiar de tercio.

—¿Aparte de que la broma del vídeo empezó en Halloween y el hombre ha muerto en el Día de Todos los Santos? —dijo, con una sonrisa.

—Céntrate, anda. Ese hombre ni sabía lo que era Halloween.

—De acuerdo, me centro. Pues las estadísticas no sé —dijo, mostrándome la pantalla de su ordenador—, pero el informe de toxicología que me acaba de llegar es muy claro: envenenamiento letal por nicotina líquida.

—¿Perdona?

—Las cargas de un vapeador. Hay algunos casos documentados de niños de unos cinco años, te lo digo por el peso, que han fallecido al beber un solo cartucho de cigarrillo electrónico. Y alguno debido a la ingesta de dos cargas. Dado el peso del vicerrector, que estaba en 67 kilos, y su avanzada edad, es decir, que los riñones los tenía ya a medio rendimiento, y dada la cantidad encontrada en su cuerpo, calculan que ingirió o le hicieron ingerir entre tres o cuatro cartuchos.

Me acerqué a la pantalla y leí todos los datos médicos y el análisis químico de todos los hallazgos.

—De ahí las manchas amarillas en la sábana junto al rostro.

—Sí, y de ahí que tuviera el pijama empapado por el sudor. Debió de tener palpitaciones, y salivar mucho, además de convulsiones. Pero a su mujer suelen darle un tranquilizante para dormir por su demencia y, si se enteró, no se enteró, no sé si me explico.

—Sí, te he entendido. Entonces tenemos como sospechosos a él mismo, a Markel, a su hijo, el otro Ricardo, a la cuidadora, y a su nuera, una mujer bastante invisible que no abre mucho la boca. Son todos los que han pasado por ese piso en el lapso de tiempo entre la grabación del vídeo y su muerte —dijo.

—Aquí viene ya nuestra labor de deducción. ¿Se los tomó él, por decisión propia, o alguien le obligó a ingerirlos? ¿O le metieron el líquido en la boca mientras dormía?

—A Markel lo hemos visto con su cigarrillo electrónico, pero fumó con él frente a nosotros. Si mató de ese modo a su abuelo, tenía que imaginar que acabaríamos sabiendo la causa del envenenamiento, ¿no es muy arriesgado que no nos lo ocultara? —preguntó Estíbaliz.

—No lo podemos descartar por eso, si tuviera perfil de psicópata narcisista ese comportamiento solo nos diría que no tiene conciencia de peligro y que se cree más listo que nosotros. No he hablado con él el tiempo suficiente como para hacerle un perfil, ni me acerco. Lo único que podemos adelantar es que tal vez los cartuchos que haya comprado puedan ser el arma del crimen, y que él, su propio abuelo o quien lo mató los pudieron usar. Hemos procesado todo el piso de Postas, pero imagino que los técnicos no buscaron específicamente cartuchos vacíos de cigarrillo electrónico en la basura, en la cocina, en el baño, o en cualquier lugar donde se pueda haber deshecho de ellos —dije.

—De todos modos, con Markel ya hemos hablado, me gustaría hacer una visita a Ricardo hijo, el que más pegas ha puesto a la autopsia y que quería incinerar rápidamente a su padre. ¿Sabes en qué trabaja? Podríamos acercarnos esta misma mañana.

—No lo sé, Kraken. Me pasaron los informes de la toma de las primeras declaraciones a la cuidadora, al hijo, al nieto y a la nuera, pero ahora te lo miro.

Estíbaliz rebuscó en su ordenador durante unos minutos, mordiendo su maltrecho *eguzkilore* hasta que susurró:

—Aquí estás, maldito.

Después sonrió de modo extraño y levantó la cabeza:

—Vaya por Dios, qué interesante. Ricardo hijo imparte docencia también en el Campus de Álava. ¿Sabes cuáles son sus estudios?

—Pues de todas las carreras que se imparten por aquí, por tu cara de satisfacción... déjame adivinar: Farmacología.

37

—

212

ÍTACA

Venecia, noviembre de 1992

Pasan unos cuantos días, días felices de abrazos e ilusiones. Leone sonríe sin motivo aparente cuando está a solas, a veces lo observas preparándose un café y se le escapa una sonrisa que lo compensa todo.

Conscientes del peligro, habéis pasado horas barajando todas las posibilidades, desnudos y acurrucados bajo las mantas. El embarazo pone en marcha una cuenta atrás para contarle lo vuestro a Pietra, pero todavía hay tiempo.

Estás embarazada de más de tres meses, esta vez quieres hacerlo bien y llevar un embarazo controlado. Leone consulta con su amiga Chiara, confía en su discreción. Acudís por separado a la consulta de una obstetra de su confianza en Mestre cuyo contacto os ha facilitado ella. Tal y como sospechabas, es la *fidanzata* de Chiara, la mujer que ama desde hace años y a quien Leone ha ayudado tanto a ocultar una relación que no tiene cabida en el *Libro d'Oro de la nobleza veneciana.*

Estáis juntos cuando escucháis por primera vez el latido, rápido como un colibrí, en una pantalla en blanco y negro donde parece que nieva.

Sigues con tus rutinas, aunque miras a ambos lados cada vez que cruzas un *campo*, pero no parece que nadie siga tus pasos.

El peor enemigo es el que no se ve. ¿Quién está matando a todos los que amáis?

Visitas al sempiterno sonriente Filippo y le ayudas con los pedidos en la librería. Por las mañanas continúas comprando en el mercado del Rialto. Y aunque los olores empiezan a darte náuseas, pasas por el puesto de Nicola todos los días y le compras algo de pescado, aunque lo tengas que cocinar mientras te tapas la nariz. Hay un puesto, justo a su espalda, que está tirando los precios y siempre tiene cola, el suyo cada vez tiene menos género, intentas alegrarle el día con tus bromas y tus carantoñas, que él agradece, pero te preguntas si no será el momento de que le llegue un sobre anónimo a su buzón con muchas liras en su interior.

Las tardes son para las visitas al Palazzo Saguri, que trae buenas exposiciones, al Museo della Musica, a la Galeria dell'Accademia. No sales de Dorsoduro, lo consideras tu *sestiere*, tu barrio, tan repleto de arte y cultura que podrías descubrir una nueva maravilla cada día y no repetir el lugar en decenios.

Pero llegas a casa y miras el teléfono, han pasado cinco días desde la llamada de Harper, y temes por Charlotte y Ava. Temes, como teméis todas, que las macabras visitas de la Muerte continúen.

Es miércoles cuando vuelve a sonar, estabas haciendo el amor con Leone bajo las sábanas, muy despacio y con cuidado, como si tuvierais miedo de que el sueño de vuestra familia pudiera romperse con sus embestidas.

El timbre insistente del teléfono rompe la burbuja, sales de Leone, te colocas un jersey largo de lana que poco antes te había quitado.

Corres hacia el salón, de nuevo es Harper.

—¿Qué ha pasado? —le preguntas a bocajarro. Asumes que es el anuncio de otra muerte.

—Ava acaba de llamarnos, Charlotte también. Esta mañana han recibido sendos sobres con una tarjeta —dice, su voz suena cansada.

Supones que su semana ha sido muy diferente a la tuya. Ella la ha recorrido cerrando el ciclo de una vida amada, despidiéndose una y otra vez en una interminable sucesión de llamadas, autopsias, funerarias, velatorios, funerales y entierros.

Tú estás dando la bienvenida a una nueva vida, planeando mucho el medio plazo, debatiendo con Leone el mejor momento para hacerlo público.

Él es tradicional y su entorno lo es más aún. Te habla de boda, y aunque sabes que siempre se asumió que emparentaría con una veneciana con apellido en el *Libro d'Oro*, ahora ríe al pensar que no ha sido así, y a ti te contagia esa alegría silenciosa suya.

Esta vez quieres que la criatura que llevas tenga madre y padre, una familia, unos apellidos, una estabilidad, unas raíces, un lugar donde crecer con ambos. Todo lo que no le diste a Unai. Por nada del mundo vas a repetir el patrón, por nada del mundo vas a traer a un hijo al mundo para abandonarlo y que quede huérfano.

—No he visto las tarjetas, pero dicen lo mismo —continúa.

—¿Qué dicen, Harper?

—Lo he apuntado. Te lo leo. Están en inglés, con algunas palabras en italiano: «Si queréis que cese la *vendetta traversa,* confirmad la asistencia antes de mañana. La cita es en un *palazzo,* tras la fiesta de la *Madonna della Salute* de Venecia. Recibiréis las instrucciones al llegar a la ciudad». Dicen que, bajo el párrafo central, aparecen las siguientes letras: «VT vs. RV». —Después te recita un número de teléfono.

Apuntas las letras, el enigma que os ha dejado. Apuntas también el teléfono, como si te sirviera de algo.

—El prefijo es el 212. Es Manhattan —dices.

—Exacto.

—¿Charlotte no puede rastrear el número? —piensas en voz alta.

—Ya está en ello, pero ¿de qué va a servir? ¿Vamos a denunciar? ¿Queremos que nos investiguen?

—De acuerdo. Esa festividad es en noviembre, el veintiuno, creo. Entonces, ¿qué habéis decidido? —preguntas.

—Vamos a reunirnos, tendremos que votar.

—Yo también soy del círculo —dices. Y te das cuenta de que has pronunciado la palabra «círculo» en voz alta por primera vez en tu vida desde que entraste.

—¿A quién puede matar que tú quieras? Respóndeme, es importante —te presiona.

Pero aprietas los labios, no quieres que el nombre de Leone ni la existencia de vuestro hijo salga en esa conversación. En esos momentos, crees que si no los nombras todavía puedes mantenerlos a salvo.

—No tengo familia, Harper, y aquí solo tengo conocidos. No estoy en vuestra situación, lo sé.

—Eso pensaba. Nos reuniremos el viernes en casa de Madison, en Maine. Allí votaremos, valoraremos nuestras opciones.

—Pero las invitaciones dicen que tenéis que llamar mañana —dices, desesperada.

—Serán unas horas de retraso, antes va a ser imposible que nos reunamos todas, Madison estaba en Londres, ha cogido ya un avión.

—¡Pues votad sin Madison, por Dios! —le gritas—. ¿Podéis votar sin mí y no podéis votar sin ella?

Hay un silencio que te enerva.

—Ya, ella tiene familia. Claro —Lo de siempre, la vieja vergüenza, una vez más—. Harper, gracias por mantenerme al tanto de todo. Voy a colgar.

Vuelves a la cama, donde Leone aguarda, ya con el pijama puesto.

—*Cosa?* —pregunta, expectante.

Te sientas sobre el colchón, apoyas tu espalda en el cabecero de madera.

—Los accidentes, los de las familias de mis socias. No han sido accidentes.

—Obvio —contesta él.

—Han llegado dos tarjetas a Nueva York. Citan a mis socias en Venecia.

Le muestras el trozo de papel donde has apuntado el teléfono y las letras «VT vs. RV».

Leone se tapa la boca con la mano cuando toma el papel y lo lee.

—Esto ya ha pasado antes —dice, con un hilo de voz que te asusta—. La fórmula no es original.

38

NO PASAR

UNAI

Villaverde, 4 de noviembre de 2022

—Tengo un plan, o una estrategia, en todo caso —le dije a Estíbaliz, que ya estaba cogiendo su chamarra del perchero para salir hacia el campus.

—Tú dirás.

—Vamos a quedarnos a investigar las cuentas de los dos Ricardos, su mujer, su nuera, de Markel y de la cuidadora. Y, mientras tanto, vamos a pedir que hagan hoy un nuevo registro en el piso de la calle Postas, estamos buscando algo muy específico y en un lugar muy concreto. Ahora te cuento, pero quiero que hablemos con Ricardo hijo cuando tengamos más datos para apretarle.

—¿Por qué te empeñas en Ricardo hijo y no en Markel, que es el que usa cigarrillos electrónicos?

—Por edad, Esti. Porque todo esto, su muerte, el vídeo, se ha desencadenado por temas anteriores al nacimiento de Markel. Lo de «el viejo Olivier» y el atraco a la librería de mi padre. Ricardo padre sabía que yo querría escuchar lo que tenía que contarme de ambos asuntos y estaba dispuesto a hablar, eso está claro. Y parece que Markel no tenía ni idea de esos temas, aunque contactó contigo, o conmigo a través de ti, para hacer un favor a su abuelo. Pero creo que es tan ajeno a esas dos cuestiones que no sabe por dónde le da el aire. En cambio, a Ricardo hijo sí que puede haberle afectado la implicación de su padre en ambos asuntos. Pero no va a hablar. Tenemos que apretarle con algo. Y estoy buscando ese algo.

Nos sumergimos durante toda la mañana en documentos, cuentas de bancos y todo lo que pudimos encontrar en nuestras bases de datos. Después, con todas las cajas encontradas en el despacho de don Ricardo que nos habían traído del primer registro, pasamos a la investigación en papel de los contratos de alquiler, pagos, facturas y cientos de papeles amarillentos, algunos tan descoloridos que la tinta había desaparecido y nos fue imposible rescatarlos.

Horas después habíamos sacado algunas conclusiones bastante inquietantes acerca de los vaivenes del patrimonio del vicerrector.

Comimos juntos de camino al centro, yo evité pasar por mi piso en la plaza de la Virgen Blanca para no tener que enfrentarme a ninguna ausencia.

Digamos que la calle era terreno neutral para frenar el dolor de la ruptura y mirar albaranes me mantenía convenientemente anestesiado, que no era poco.

Esti y yo enfilamos hacia la plaza de los Fueros, pero, antes de acercarnos al portal, le dije:

—Espera, llevo días intentando comprobar algo.

Y crucé hacia la acera de enfrente. Pese a que parte de la visión me la tapaban los árboles, quise comprobar la fisionomía del edificio desde cierta distancia.

—Vale, ya lo tengo —le dije, cuando la alcancé en el portal—. Subamos, a ver si han encontrado algo.

Tomamos el ascensor, que había vivido tiempos mejores, y aterrizamos en el rellano, donde una cinta de «No pasar» mantenía el piso precintado desde que la cuidadora había llamado al 112 días atrás.

Ignoramos la cinta, nos colocamos unos patucos de papel y los guantes.

En el interior encontramos a un par de técnicos y me acerqué a ellos:

—¿Habéis procesado la terraza, como os dije? —les pregunté.

—Sí, hemos buscado incluso dentro de las macetas de los geranios. También en el interior de las tuberías y las canaletas del edificio, pero ni rastro de los cartuchos de nicotina.

Estíbaliz salió conmigo al exterior, mientras yo me asomaba hacia la calle y hacía mis cálculos.

—¿Por qué la terraza, Kraken?

—Porque siempre que hemos venido al piso y he mirado hacia arriba estaba en la terraza la mujer de don Ricardo, la viuda. ¿Y si Markel tiene razón y no le hemos hecho caso? Dice que tiene deterioro cognitivo a ratos, pero que en otros momentos está lúcida. Nosotros siempre la hemos visto perdida, pero ¿y si la mujer...?

—Asun, se llama Asun —me recordó mi compañera.

—¿Y si Asun se ha enterado de todo y ha sido ella quien lo ha envenenado en la cama?

Sabía que Estíbaliz iba a tener cierto sesgo porque su padre hacía años que se había perdido del todo en el laberinto del Alzheimer y su consciencia jamás salía a la superficie.

Por eso había preferido callar mis sospechas sobre la viuda hasta entonces.

—Piénsalo —continué—. Le pudo quitar a su nieto los cartuchos, Markel siempre lleva esa riñonera, imagino que guardará ahí las cargas para fumar. Después Asun le metió la nicotina líquida por la boca a su marido cuando este dormía. Si hubiera sido el propio vicerrector quien hubiera ingerido las cápsulas, estarían cerca de la cama, si las tomó allí y murió. Leímos en el informe toxicológico que los efectos de una gran ingesta de nicotina líquida son inmediatos. Si se suicidó él y la tomó en otro lugar de la casa, habríamos encontrado restos orgánicos de saliva, o más gotas amarillas como las que vimos en la sábana bajera. Este piso ha sido procesado varias veces y solo tenemos restos en la cama.

—Entonces sugieres que su mujer le metió en la boca la nicotina líquida de los cuatro cartuchos mientras él dormía y después se deshizo de ellos. En ese caso, podía haberlos llevado escondidos en la ropa durante el día siguiente para después tirarlos —dijo mi compañera.

—Recuerda que no la llevaron al centro de día hasta por la tarde por todo el lío que tenían Ricardo hijo y Markel. Y estuvo al sol en la terraza, si es que se puede llamar sol a esto que nos alumbra en noviembre.

Mientras Estíbaliz hablaba, yo inspeccionaba un poco frustrado la terraza, un par de metros cuadrados por unos cuatro de largo, con sus macetas ya mancilladas, su silla de forja blanca y su mesita redonda.

—Si no han encontrado las cápsulas en el piso, deberían estar aquí —dije para mí, ya sin saber dónde buscar.

Entonces pensé en una locura y sonreí.

Entré en el interior y le dije a uno de los compañeros:

—Vosotros os sabéis el piso ya de memoria, ¿tienen despensa?

—Sí, pero ya hemos buscado las cápsulas allí.

—No es por las cápsulas, ¿me indicas dónde está?

Entré en la despensa y encontré lo que buscaba: una escalera portátil. Solo tenía cuatro escalones, pero calculé que me bastarían.

—¿Podéis ayudarme, por si me mato? —les pedí.

—Kraken, esto no pinta nada bien —me dijo Esti, con los brazos cruzados, cuando me vio subirme a las escaleras e intentar trepar hasta el tejado.

Pero yo estaba a lo mío, alcanzando altura y mirando al ras de las tejas. Volví la cabeza hacia ella, preferí no mirar hacia abajo, porque la terraza no era muy grande y, a pocos metros de mis pies, la vista hasta la plaza de los Fueros daba bastante vértigo.

—No va a hacer falta que me mate. Acabo de encontrar las cuatro cápsulas, el envoltorio del arma del crimen: alguien las arrojó al tejado.

39

LOS OCHO COLECCIONISTAS

ÍTACA

Venecia, noviembre de 1992

—¿Cómo que ya ha sucedido antes? —quieres saber.

—En la nota habla de *vendetta traversa*, la venganza colateral. Es una costumbre antigua, abandonada. Está muy mal vista. ¡*Madonna mia*!, es una salvajada. Se dice que proviene de Córcega, pero aquí se aplicó más de una vez, aunque no muchas, en el pasado. Hablo de siglos, de lo que contaban los viejos libros de la historia de Venecia entre líneas. Aquí tenemos unos valores, una moral, un marco de creencias y de comportamientos. Esto no puede pasar en Venecia, no en el presente.

—¿En qué consiste, Leone? —Lo frenas; por una vez, está frenético.

—Cuando alguien se sentía agraviado por un asunto mayor, se vengaba de su oponente aplicando la venganza a toda su familia. Uno a uno. Semana a semana, sin frenar hasta que conseguía doblegar al contrario.

Se te hiela la sangre, sientes un peso en el estómago, pero no quieres vomitar, por si dañas a tu hijo.

Te diriges a la cocina a prepararte una infusión caliente, Leone te sigue con la nota en la mano, sin dejar de estudiarla.

—Ahora ya sabemos, en todo caso, que todo el asunto tiene que ver con la exposición de Dalí. Puede ser cualquiera de los implicados, la mayoría eran italianos, de hecho —dices.

—Son siete lienzos y el Millet. Ocho. Entiendo que colocaste ocho lienzos a ocho coleccionistas —te sondea.

Asientes, sientes mucha vergüenza del que quieres que sea de una maldita vez tu pasado.

—Lo he estado pensando mucho estos días. Hasta hoy creía que podía estar relacionado con cualquier otro encargo anterior. El hecho de que los accidentes, los asesinatos —te corriges— fueran en Nueva York, suponía muchas posibilidades, muchos nombres, demasiados.

Leone te mira y niega con la cabeza, sabes que es con desaprobación, que le cuesta aceptar esa parte de ti, y por eso te atrae tanto. Acostumbrada a lidiar y convivir toda la vida con falsificadoras de libros y coleccionistas de doble moral, encontrar a alguien en el mundo del arte tan íntegro lo convierte a tus ojos en un mirlo blanco. Un hermoso mirlo blanco.

—Hubo un lienzo con el que no quedé cien por cien satisfecha, la *Reminiscencia* —le confiesas.

—Decías que eras indetectable.

—Lo soy, con el tiempo necesario, y siempre planifico el tiempo que voy a necesitar para cada obra con mucha precisión y cumplo plazos. Pero ese, en concreto, tuve que repetirlo cuando ya casi había terminado una primera falsificación —le explicas.

—¿Y eso?

—La lancé a la chimenea. La quemé. Decidí dejarlo. Hablé con mis socias, pero ya había algunos tratos en marcha y no querían que me echara atrás. Al día siguiente fue cuando vino el policía pidiéndome los papeles, hablando de la Interpol, tal y como te conté —prefieres no ocultarle esa parte, que sea consciente de dónde se está metiendo si se casa contigo.

Se queda pensativo durante un rato, él también se sirve la infusión y la toma.

—¿No se te ha ocurrido pensar que fueron tus socias para intimidarte y obligarte a continuar con el encargo pese a tu renuncia? —dice al fin.

—Preferiría pensar que no —respondes. Pero lo pensaste, por supuesto que lo pensaste. —Me pesaba mentirte —reconoces—. Cuando vine a Venecia, lo hice a regañadientes, ya les había planteado mi retirada antes. Pero cuando lancé el lienzo al fuego... me costó, me costó seguir con el fraude.

—Lo que me estás intentando decir es que tal vez el comprador de esa falsificación con la que no quedaste satisfecha se ha dado cuenta y es quien está detrás de la *vendetta traversa* —resume.

40

CELEDÓN

UNAI

Villaverde, 4 de noviembre de 2022

Los cuatro nos miramos triunfantes. Por fin un avance, un indicio físico que presentar al juez. En una investigación, por mucho que las conjeturas encajen en una narrativa lógica y secuencial, eres lo que presentas en el juicio.

Saqué varias fotos con el móvil desde distintas perspectivas y amplié la imagen. Qué curioso, pensé cuando lo vi.

Bajé por las escaleras con la alegría del Celedón en las Fiestas de la Blanca.

Estíbaliz hizo un ademán de abrazarme, de pura satisfacción, pero nos cortamos, un poco incómodos, porque había público y no procedía.

—Mirad —les mostré la pantalla a los tres—. Yo diría que están serrados, ¿verdad?

Los cartuchos eran unos cilindros de metacrilato rígido transparente. Estaban vacíos, o más bien, vaciados. Pero estaban descabezados y, al ampliar el detalle en la imagen de mi móvil, se veían perfectamente las marcas que una sierra dentada había dejado en el plástico, que había pasado de transparente a opaco.

—Estíbaliz, ¿no había maquetas de iglesias románicas de madera en las estanterías de la librería del vicerrector?

—Sí, pero si las hizo él, ahora no practicaba su afición, no he visto material de marquetería en el despacho, ni en su dormitorio, ni en el salón.

—Creo que puedo ayudar en eso —dijo el técnico.

Lo seguimos de nuevo por el piso hasta la pequeña despensa. Era una habitación adyacente a la cocina, no mediría ni cuatro metros cuadrados.

—En las cajas que estaban en el suelo, las más antiguas, hay una sierra de marquetería eléctrica. Es la que usan los miniaturistas y los ebanistas. Con eso se corta el metacrilato como si fuera mantequilla. Y es muy rápida y no hace ruido. En la despensa hay enchufes y un pestillo para cerrarse por dentro.

—¡Vale, tenemos caso! —exclamó Estíbaliz, todo júbilo—. Ahora, recoged los cartuchos, metedlos en la bolsa de pruebas y al laboratorio a buscar huellas como si no hubiera un mañana. Y esta preciosidad de sierra eléctrica también. Se puede inferir que quien haya aserrado los cartuchos será el autor material de los hechos —les ordenó después.

—Entonces, ¿hemos acabado? —preguntó el compañero.

—Sí. Aquí ya no hay más tela que cortar, hasta nueva orden —dijo ella.

—Pues nos quedamos recogiendo los bártulos, pero también tenemos algo que no sé si os puede interesar.

Nos mostró un papel de periódico recortado dentro de una bolsa de plástico transparente.

—Os llevamos a Lakua todas las carpetas que nos pedisteis con las necrológicas antiguas del periódico, pero hemos encontrado otra esquela, en este caso recortada, única, que se había escurrido por debajo del cajón inferior de la biblioteca.

Lo seguimos al despacho para que nos lo mostrara.

—Mirad, estaba aquí, la parte baja del cajón tiene holgura, lo hemos visto y hemos extraído este recorte, amén de todo el polvo de décadas.

—Espero que no tengas alergia a los ácaros —comentó Estíbaliz.

—No podría ejercer este trabajo si lo tuviera —comentó, de buen humor por la perspectiva de acabar en breve—. Ni imaginas en los tugurios en los que nos tenemos que meter. Creo que en mi vida me han enviado a procesar un escenario que estuviera limpio y prístino.

Nos tendió el papel amarillento, encapsulado en la hermética bolsa transparente de plástico.

La esquela informaba de la muerte de un tal José María Aldecoa, nacido el 23 de marzo de 1930 y fallecido el 24 de mayo de 1982 con cincuenta y dos años. Dejaba afligida esposa y dos hijas, asumí que pequeñas.

Curioso. Pese a que la esquela afirmaba que el hombre había fallecido en 1982, la esquina superior de la página del periódico correspondía al 24 de mayo de 1992.

—Mira esto, ¿qué hace la esquela de alguien fallecido en 1982 publicada diez años después? —le pregunté a Estíbaliz.

—Es un desaparecido que no apareció. Se les da por muertos oficialmente diez años después de la denuncia, para que los familiares puedan arreglar papeles, herencias, propiedades y todos esos engorros burocráticos *post mortem* que tú y yo conocemos tan bien —me explicó.

Curioso, diez años después de la muerte de mi padre.

Curiosa también la imagen del hombre… diría que no era la primera vez que lo veía.

Saqué una foto y la amplié, sobre todo la calva.

Miré la imagen.

—¿Qué te pasa, Kraken? ¿No te alegras con tanto hallazgo?

—Dime, ¿cómo demonios sabía yo que este hombre tenía una mancha rubí en la cabeza en forma de isla antes de ampliarla?

41

VENDETTA TRAVERSA

ÍTACA

Venecia, noviembre de 1992

El jueves resulta un extraño día. Es un día de espera en el que te sientas en el sofá junto al teléfono, pero pasan las horas y nada sucede.

Te da miedo llamar a Maine. No sabes a qué hora se han reunido, no sabes si han llegado a alguna conclusión, no sabes si han decidido marcar el 212 o siguen sopesando todas las opciones, que, a tu modo de ver, no son muchas.

Pero el día llega a su fin, uno de esos días para tirarlos a la papelera y, a la mañana siguiente, decides seguir con tus rutinas.

Te diriges con tu carrito de la compra al mercado del Rialto a primera hora, no quieres lidiar con las hordas de fotógrafos aficionados que invaden el puente.

Pero cuando llegas por Campo Beccarie, te das cuenta de que hay una aglomeración antinatural de gente. En los puestos de *souvenirs* y artesanía, aledaños al mercado que acaba de abrir, ves a los vendedores murmurando entre ellos con las cabezas bajas.

Te acercas al mercado, pero hay un cordón policial que te lo impide. Te abres paso a duras penas con tu carrito, que, de repente, se ha convertido en un objeto sin sentido en ese contexto, llegas por fin a primera fila y lo ves.

Es Nicola. Su anciano cuerpo yace sobre su puesto, sobre el hielo, como un emperador en su lecho. Todavía no había desplegado sobre las bandejas su mercancía de peces.

Te has preocupado por Leone y por tu propio hijo, por tu familia, pero nadie sabe de lo vuestro, por lo que han ido a por lo más parecido a un amigo, o a un abuelo. En todo caso, han asesinado a una persona que visitabas todos los días y con la que compartías evidentes muestras de cariño.

Así que tú eras la siguiente de la *vendetta traversa.*

Desde la *fondamenta,* desde el muelle, de repente, algo rompe el silencio consternado de los testigos.

Alguien desembarca desde el canal, dos agentes con su uniforme azul lo frenan con sus cuerpos, pero él quiere pasar.

Es Gennaro, su hijo gondolero. Por una vez no es silencioso, por una vez lo escuchas gritar:

—*Babbo! Non è vero! Non può essere vero!*

Te zafas de la multitud que te aprisiona en primera fila, recorres el camino desandado, sales de la masa de curiosos y te dispones a correr hacia él para calmarlo, para darle ánimos, para alejarlo de ver una escena que no se le va a borrar en la vida.

Pero entonces te das cuenta de que el asesino puede estar mirando en esos momentos y tú vas a delatarte.

Te tragas las lágrimas y las prisas, aunque el autor de esta infamia ya sabe de sobra quién eres.

Ver el cuerpo yaciente de Nicola, un hombre que hablaba con las manos y gesticulaba hasta para suspirar, te resulta tan chocante que tardarás en olvidar la imagen. Tardarás también en volver a un mercado y, durante los años posteriores, te negarás a comer pescado.

No sabes si volver a casa, no sabes cuál será el siguiente paso.

«¿Y ahora qué?», piensas.

Está claro que las Egerias no han tomado ninguna decisión, o la decisión que han tomado ha sido no hacer esa llamada a Manhattan y confirmar que aceptan la invitación a Venecia.

Tal vez por eso no te quisieron llamar. Tal vez Harper se arrepintió de habértelo contado, o de haberte leído la nota y temen que seas tú quien llame a ese número.

Sin saber muy bien qué hacer, deambulas por Castello, y tus pasos, un poco tomando decisiones por ti, te llevan a la Librería Acqua Alta, en busca de un rostro amable y de un ambiente rodeado de libros que te hagan sentir arropada, aunque sea por lomos y papel.

—¿Te has enterado? —le preguntas a Filippo cuando te abre la puerta. El local está todavía vacío, pero su rostro es muy serio.

—¿De qué, Jimena? ¿De qué me tengo que haber enterado?

—*Nicola è morto* —dices.

Tarda en comprenderlo, durante unos segundos no le salen las palabras.

—¿Qué dices? ¿Hoy, ahora? —se arranca por fin. Te hace pasar, cierra a su espalda.

—En el mercado, en su puesto —le aclaras, una vez dentro.

—¿Sabes cómo?

Niegas con la cabeza, solo sabes que está muerto.

Te das cuenta entonces de que Filippo se comporta de manera extraña esa mañana. Siempre sonriente, estaba ya circunspecto cuando has llegado.

—Me temo, *carissima* Jimena, que tengo algo para ti.

42

BREAKING BAD

UNAI

Villaverde, 4 de noviembre de 2022

Teníamos una visita al campus universitario, pero, a la vista de los últimos hallazgos, nos despedimos de los técnicos y pasamos por una tienda de camino a mi casa para adquirir unos cuantos paquetes de cápsulas de vapeo de la misma marca que usaba Markel.

Después subimos a mi piso, pero frenamos en el segundo, donde Agustín, uno de mis ancianos vecinos, nos abrió la puerta con su amplia sonrisa de dentadura artificial.

—¡Unai! ¡Qué alegría verte por aquí, que ya no me visitas, hombre! —me dijo—. Pasad, pasad. ¿Queréis algo?

—Pues sí, Agustín. Te he subido una barra de pan, así no bajas tú y tienes para la cena de esta noche.

Me agradeció el gesto y comenzó a morder el currusco como un niño pequeño.

—Decidme.

—Necesitamos tu sierra eléctrica, esa que usas para las maquetas de las batallas. ¿Todavía la tienes operativa? —le pregunté.

—Esas no se estropean nunca. ¿Cuánta prisa tienes?

—Te ayudo yo y me la llevo ya, en un rato te la devolvemos.

Agustín era de los pocos vecinos que no eran indiscretos y nunca me preguntaba por detalles de mi vida profesional.

Al ver a Estíbaliz, adivinó que estábamos trabajando y nos cedió la sierra sin rechistar.

Una vez en mi piso, estuvimos entreteniéndonos un rato con los cartuchos, pertrechados por unos gruesos guantes para evitar que el líquido nos causara ningún problema en la piel.

—Ya lo tenemos —dije por fin—, cuando quieras, vamos para el campus.

Media hora después llegábamos al campus universitario, a la salida de Vitoria, y preguntábamos por el edificio de la Facultad de Farmacia.

Nos perdimos un poco buscando los laboratorios. Era una zona de césped y grandes ventanales, y muchos permanecían abiertos, pese a que estábamos en noviembre.

Imaginé que los laboratorios de prácticas de Física y Química tenían las ventanas abiertas por la legislación de protección de riesgos laborales, pero me alegré mucho de no estar estudiando una carrera con prácticas en aquel momento.

Hartos de deambular en círculos, Estíbaliz acabó preguntando en el mostrador de recepción, pero yo me fijé en un plano del edificio y le hice un gesto para que se acercase.

—Quédate en ese lugar, en el césped. Yo salgo con él en unos minutos. Es importante que no te muevas de ahí, ¿de acuerdo?

Estíbaliz estaba acostumbrada a mis puestas en escena, de hecho, era siempre una colaboradora entusiasta y creativa.

Cuando me adentré otra vez en el edificio de prácticas, localicé el laboratorio de Química y encontré al que debía de ser Ricardo Ruiz de Azúa hijo.

Lo hallé rodeado de pipetas, matraces Erlenmeyer y mecheros.

—La inspectora Ruiz de Gauna le ha llamado para citarnos con usted esta tarde, ¿sabe quién soy?

El hombre, con una bata blanca abierta sobre unos insípidos pantalones de pinzas y una camisa de cuadros, me miró con interés mientras manipulaba un líquido amarillo.

—Tú debes de ser Kraken, el perfilador. El del mural de la ciudad del Kraken —respondió, aunque después me ignoró y continuó mezclando líquidos en sus cubetas.

Yo me acerqué por el pasillo hasta su bancada blanca.

El laboratorio tenía varias mesas largas en paralelo, una pizarra garabateada con una formulación.

Las ventanas, tal y como había visto desde afuera, estaban abiertas, pese al frío que hacía esa tarde.

—Pero usted sabe también que me llamo Unai López de Ayala —le tanteé.

Me miró durante un momento, de arriba abajo, y continuó con su experimento.

—Sí, lo sé —dijo al fin, como si le costara reconocerlo.

—¿Sabía también que soy el hijo de Gael López de Ayala, el librero al que mataron en la Librería de la Almendra?

—No, no lo sabía.

—No mienta. En el año ochenta y dos todo el mundo en Vitoria sabía que Gael murió en un atraco. Nadie quiso alquilar el local después de su muerte. Su padre estaba en el negocio de los locales comerciales. No me diga que no lo sabía, porque no me lo creo.

Suspiró, como si estuviera perdiendo la paciencia, y se subió las gafas de metal con un dedo.

—Trátame de tú, todos los alumnos lo hacen.

—Pues permíteme la broma —dijo, tratando de relajar el ambiente—, pero tienes que estar harto de que te comparen con Walter White.

—A diario.

Era igual que el profesor de Química protagonista de *Breaking Bad*. Ese que se convertía en un narco cuando le diagnosticaron un cáncer terminal para ganar dinero y dárselo a su familia.

Ricardo hijo era calvo, con una perilla en forma de herradura y las gafas cuadradas de doble puente.

Después añadió, con una sonrisa que me pareció un poco malévola:

—Hasta que en el primer cuatrimestre comprenden que depende de mí que les apruebe o suspenda una asignatura troncal y que terminen la carrera. Entonces se dejan de cachondeos y empiezan a respetarme —me explicó, con un encogimiento de hombros—. No te preocupes, fabricar metanfetamina no es lo mío. Nada más lejos. Aquí enseño a fabricar medicamentos.

«Ahí quería yo llegar», pensé.

Y me acerqué un poco más, en plena estrategia intimidatoria. Quería que sintiera que estaba entrando en su territorio y quería comprobar cómo reaccionaba cuando alguien le ponía nervioso.

—Imagino que sabes las consecuencias de ingerir nicotina líquida, entonces —le indiqué.

Ricardo frenó en seco y dejó de manipular el líquido de la cubeta.

—¿Eso ha matado a mi padre? —preguntó.

—Sí, pero eso tú ya lo sabías —le indiqué, y di un paso más en su dirección.

—Yo no lo he matado.

—Coincido contigo, pero eso no te convierte en inocente.

Creo que juró algo para el cuello de su camisa.

—¿Qué quieres?

—Si colaboras y me das la información que yo quiero, alegaré ante el juez que has colaborado con la investigación. Os libraréis los dos, tu madre, por edad y por estado de salud. Y tú, por colaborar conmigo.

No contestó, no quería incriminarse. Así que seguí lanzando globos sonda, para ver si alguno daba en el clavo y hablaba.

—En el año ochenta y uno tu familia dejó de arrendar bastantes locales en el centro, ¿verdad?

—Siete —dijo, ya era algo.

—Imagino que repercutiría en la economía familiar.

—Mis padres estaban con el agua al cuello, como nunca antes. Era nuevo para todos nosotros.

—¿Y?

—Y nada, fue coyuntural. Por suerte la crisis pasó, con el ochenta y dos llegaron de nuevo las vacas gordas. Había efervescencia y la gente se animó a abrir negocios de nuevo. Mi padre recuperó el timón de las finanzas familiares y hasta hoy no ha habido ningún otro altibajo en el patrimonio familiar. Pero eso ya lo sabes. Y no has venido a hablar de dinero.

—No lo sé todavía, pero creo que, en parte, sí. Verás, tengo una teoría. Tu madre, a veces, está más lúcida que otras, sobre todo en la intimidad de su hogar. Solo eso explica que no esté ingresada, porque cuando hemos coincidido con ella, la impresión que da es que su demencia está muy avanzada. Pienso que tu madre se enteró de que tu padre quería hablar de «el viejo Olivier» y de que la muerte de mi padre no fue solo un atraco. Cuando alguien quiere contar un secreto que le ha pesado en la conciencia durante mucho tiempo, en las puertas de la muerte, es porque se siente culpable. Y cuando se siente culpable es porque ha obrado mal. Ha hecho daño a alguien o ha delinquido. Y tu madre no quiere que se sepa lo que ha hecho.

—Es lo que en Ciencias llamamos mucha hipótesis y pocos datos.

—Cuando la cuidadora te llamó, ya había avisado a urgencias, y ya se había presentado un médico en casa de tus padres cuando llegaste. Creo que viste los cartuchos de nicotina líquida vacíos y manipulados en algún lugar de la casa, y comprendiste que había sido tu madre. Tú sabías que el día anterior había estado lúcida y que se enteró de la grabación del vídeo de Markel.

—No puedes probar nada.

Me acerqué un poco más, con las manos metidas en mi chamarra.

—Creo que tiraste los cartuchos al tejado, sin tiempo para pensar en una idea mejor, porque el médico estaba en el dormitorio de tus padres y comprendiste que no iba a firmar un parte de defunción y dejarlo correr. Dime, ¿cómo lo sé? ¿Crees que estoy elucubrando ahora hipótesis? Lo que hiciste fue delito de encubrimiento.

—No voy a ser tan estúpido de confesar nada que no hice. Y, si pudieras probarlo, ya me habrías enviado un par de agentes a detenerme —dijo, con razón.

Entonces le saqué la bolsa de plástico de pruebas forenses que nos habían prestado los técnicos.

Y dentro había cuatro cartuchos de metacrilato, serrados y vacíos.

—¿Les sacamos las huellas? —le presioné, mientras pasaba la bolsa por delante de su rostro.

Ricardo no contestó, cerró uno de sus puños y todo su rostro se cargó de tensión.

—Van a aparecer las de tu madre y las tuyas. Y este, Ricardo, es el envoltorio del arma del crimen.

Pero el hijo del que había sido vicerrector en aquel mismo campus no me dejó terminar.

Me lanzó el contenido amarillo de la cubeta a la cara y salió corriendo en la única dirección que yo le había permitido: hacia la ventana abierta donde Estíbaliz, tras una de las columnas de granito del edificio, le esperaba para hacerle un placaje y aplastarlo contra el césped de espaldas, por lo que luego me contó ella.

Maldito.

Me habría encantado ser testigo de la escena, pero el líquido me quemó los ojos y dejé de ver.

43

CIEN AÑOS EN PAZ

ÍTACA

Venecia, noviembre de 1992

Filippo te tiende un sobre negro, decorado con elegantes filigranas doradas. Está cerrado y, muy al estilo veneciano, está lacrado con un pictograma.

«A la atención de la señorita Jimena Garay», luce con tinta de oro.

—¿Quién te lo ha dado, Filippo?

—Eso es lo curioso. Podrían haberlo pasado por debajo de la puerta delantera del local, pero lo han hecho por la salida al canal. Lo he encontrado ahí esta mañana. Ayer no estaba cuando cerré. Pero la única manera de acceder es por el agua —te dice, grave—. Tómalo, por favor, no lo abras aquí —te ruega.

—¿Por qué?, ¿qué sabes de todo esto?

—No sé lo que es «todo esto», Jimena. Y por favor, no me lo expliques, no quiero saberlo. Pero según la tradición, un sobre negro trae noticias de muerte… y no quiero implicarme. Siempre he sabido que eres más de lo que cuentas. No eres solo historiadora del arte. Tu cultura es excepcional, te he visto leer libros en demasiados idiomas, dominar el latín, el francés, el español, el inglés y el italiano. Te he visto cómo localizas primeras ediciones entre las estanterías, sabes de arte, pero sabes demasiado de bibliofilia como para ocultárselo a un librero como yo. He visto ese perfil en personas mucho mayores que tú y que yo, una sabiduría acumulada por décadas de estudio y curiosidad… o de oficio, Jimena. Y no quiero saber nada. Lo he visto antes, la muerte empieza a rondar a ese tipo de gente, y tú eres muy joven, no es buen pronóstico. No creo que acabes bien. Lee en voz alta este cartel, Jimena. —Filippo aparta un par de pesados tomos de la *Historia Universal de la Guerra* de una estantería alta. Detrás hay un cartel de madera, con las letras cinceladas que claman:

«Cu è surdu, orbu e taci, campa cent'anni 'mpaci!»

«El que es sordo, ciego y mudo vive cien años en paz», traduces en tu cabeza.

—Por un tiempo, prefiero que no vuelvas, que no nos relacionen —te dice, y te recoloca un mechón, como cuidando de ti.

—Comprendo. Nos veremos en el funeral de Nicola, en todo caso —te despides.

Te despides de él y te despides de la librería, de su incongruente bañera llena de libros, de la escalera de libros soldados por el *acqua alta,* de pasar mañanas enteras hablando de libros con un amigo, apoyados en el arco que da al canal, viendo transcurrir el agua a pocos centímetros de vuestros pies.

En un solo día, tus afectos en Venecia se han evaporado, no volverás a ver a Nicola ni a Filippo, y eres muy consciente de que ha sido por tu culpa.

Te diriges a tu casa, necesitas hacerte un ovillo bajo la manta del sofá, tomar fuerza antes de abrir el sobre y leer lo que ya sabes que leerás. Una cita con la venganza en un *palazzo* junto a tus hermanas.

Al poco rato de llegar a tu casa recibes la llamada de Leone.

—¿Te viene bien que vaya?

—Sí, pásate por aquí.

«Intenta que no te vea nadie», quieres añadir, pero con alguien tan metódico y cauto como Leone no es necesario.

Aun así, temes que esa relación también se estrelle en un día en el que parece que todos los vínculos humanos que tenías en Venecia se rompen sin solución de continuidad.

Cuando entra en casa adivinas, por su semblante, que sabe algo de lo sucedido.

—¿Te has enterado de lo de Nicola? —le preguntas.

—Es difícil no enterarse.

—Ha sido por mí, lo han asesinado por mí.

—La policía no cree que haya sido un asesinato —te dice, mientras se sienta sobre el brazo del sofá.

—¿Cómo que no? Leone, yo lo he visto, me he encontrado con la escena cuando he ido al mercado a primera hora.

Te mira con horror.

—Siento que lo hayas visto muerto. ¿Qué has visto?

—Estaba tumbado —rememoras—, boca arriba, con los brazos y las piernas extendidos sobre su puesto, sobre las bandejas con hielo. Llevaba su bufanda de cuadros al cuello, como siempre. No había pescado, eso significa que ha sucedido muy pronto, antes de que descargase la mercancía en el muelle. ¿Cómo dice la policía que no ha sido un asesinato? No ha sido una muerte natural, alguien ha tenido que colocar el cuerpo sobre el puesto.

—La policía cree que, por la edad, sufrió un ataque al corazón, porque no han encontrado signos de violencia en el cuerpo. No había hematomas, nadie lo ha golpeado. No hay cortes, ni heridas de arma blanca o de fuego. No hay pérdida de sangre.

—Pueden haberlo envenenado —sugieres, desesperada.

—No hay indicios. No para ellos. Creen que alguien lo encontró muerto en el suelo del mercado y lo colocó sobre su puesto, pero eso no es un delito, así que han hecho unas pocas preguntas y nadie ha visto nada.

—Claro —asientes, comprendiendo.

No solo Filippo respeta la vieja ley. Un mercado de ciegos, sordos y mudos.

Te levantas, vas a tu taller y le entregas el sobre negro.

—Quiero que lo abramos juntos, todavía no he llamado a mis socias, pero tendré que contarles lo que ha sucedido hoy, porque soy la cuarta de la *vendetta traversa* y quedan dos personas en Nueva York que deben saber que esto continúa.

Leone toma el sobre por los extremos, como si contuviera una bomba.

Lo examina desde todos los ángulos, se toma su tiempo.

Le pasas un abrecartas.

—Con cuidado. No rompas el lacre —le pides.

Te obedece, se maneja como un cirujano, te das cuenta de que no es el primer sobre con un lacre que abre en su vida.

En el interior, el mismo mensaje que leyó Harper:

Si queréis que cese la *vendetta traversa,*
confirmad la asistencia antes de mañana.
La cita es en un *palazzo,*
tras la fiesta de la *Madonna della Salute* de Venecia.
Recibiréis las instrucciones al llegar a la ciudad.

«VT vs. RV»

44

EXCESO DE LIBROS

UNAI

Villaverde, 5 de noviembre de 2022

Pasé el fin de semana en Villaverde. Germán me llevó al pueblo después de salir de urgencias y el abuelo se empeñó en cuidarme atiborrándome a castañas asadas.

El maldito Ricardo me había lanzado cloruro de benzalconio, un desinfectante de superficies quirúrgicas, muy corrosivo y tóxico.

El ojo derecho salió mejor parado, solo se veía una equimosis, una hemorragia muy vistosa que asustó a Deba cuando Germán me la trajo para visitarme.

El ojo izquierdo necesitaba unos días más de recuperación y me lo taparon con una pegatina en forma de parche negro de lo más escandaloso.

El domingo por la mañana, cuando el abuelo se fue veinte minutos antes de la misa de las doce para tocar las campanas, porque ese mes él era quien tenía la llave del campanario, recibí un toque de Mencía, que me apremiaba para que hiciéramos una videollamada.

Sonreí cuando vi su pelo blanco ondeando con una fachada color teja a su espalda. Me llamaba desde la habitación de su hostal.

—¿Qué te ha pasado? —exclamó cuando vio mi parche y mi ojo rojo.

La puse al día, brevemente, de cómo se las gastaban los profesores de Química en Vitoria.

—Pues en Madrid los presos no se quedan cortos. Te llamo para darte una pésima noticia de Alcalá Meco.

—Tú dirás.

—El preso sombra…

—Olmedo, se llama Olmedo.

—Se llamaba. Ha aparecido muerto.

Cerré el ojo sano que me quedaba, con un gesto de frustración.

—¿Suicidado? No me lo creo. Estaba bien de ánimo y era extraordinariamente estable. Y estaba muy adaptado a la vida del penal —dije.

—No, Unai. No suicidado, oficialmente accidentado, pero muerto por exceso de libros.

—¿Cómo dices?

—Que me han enviado un informe de prisión donde dan por válida la versión de que ha muerto por un accidente en la biblioteca, que, por cierto, tiene solo una cámara y convenientemente está rota.

—Pero ¿cómo puede haber muerto en un accidente en una biblioteca de un penal?

—Las estanterías de la biblioteca se volcaron sobre él. Cientos de tomos le dieron en la cabeza. Ha muerto sepultado en libros.

—Como los nazis —le dije.

—¿Qué? —preguntó, sin comprender.

—Como los nazis —repetí—. Durante la Segunda Guerra Mundial, en los campos de concentración también detenían a los intelectuales disidentes y muchos de ellos eran bibliófilos. Por muy turbio que te parezca, tenían una tortura específica para ellos y los enterraban en el suelo, permitiendo que solo asomase la cabeza.

Mencía se tapó la boca, horrorizada.

—Después obligaban a otros prisioneros a arrojarles libros encima hasta que morían. A veces esto sucedía debido a los golpes recibidos en la cabeza por los tomos. Otras veces, los que aguantaban, acababan pereciendo por falta de aire cuando les echaban una montaña interminable de volúmenes sobre ellos —le expliqué.

—Pues me temo que Olmedo ha muerto exactamente igual, bajo una montaña de libros.

—En todo caso —dije—, el mensaje es muy obvio por parte de Calibán. Ha vuelto a matar con libros asesinos, como los que mataron a Sarah Morgan, la hija de Alistair, y a Edmundo, el marido de Goya. Me preocupa mucho que Calibán se haya escapado a Venecia, donde la Feria Internacional del Libro Antiguo le dio la oportunidad de tener a varios de los que ayudaron a meterlo entre rejas y a mi madre. Olmedo estaba convencido de que se había fugado para acabar con todos los que estuvimos implicados.

—Meterlos a todos en un *palazzo* con libros, quemarlos y tirar la llave a la laguna, metafóricamente hablando, es muy de Calibán —dijo Mencía.

—Sinceramente, Mencía, lo que acaba de hacer Calibán, o lo que ha encargado hacer con Olmedo, tiene muy mal pronóstico para nosotros.

—¿Por qué lo dices?

—Porque ha vuelto a matar y a dejar su firma de libros como arma del crimen. Eso quiere decir que ahora mismo está en modo kamikaze. No le importa seguir matando, y veo que tiene controlado el penal, incluso desde fuera. Eso es peligroso, porque quiere decir que no teme volver a la cárcel. Así que aquí fuera no tiene nada que perder. A mí ya me ha marcado desde que llegué con el ángel de Murano, y cada vez estoy más convencido de que él me tiró por el puente, y tú también te encargaste de meterlo en prisión. Olmedo decía que solo hablaba de nosotros y que su motor, allí dentro, era el rencor. Es un perfil con altísimas posibilidades de delinquir y de que solo le pare una cosa: o la cárcel, o la muerte —le dije.

—Pues ya has visto que la cárcel no lo ha frenado.

45

EL PICTOGRAMA

ÍTACA

Venecia, noviembre de 1992

Pero hay un detalle del que Harper no te había hablado por teléfono. En la tarjeta que te ha llegado hay un pictograma a modo de firma, idéntico al del lacre dorado.

Es abstracto, no aciertas a comprender lo que representa. Te parece que es un dibujo con un objeto informe y tres líneas horizontales en la parte inferior.

—Leone, ¿tienes idea de qué simboliza esto?

Él suspira, se levanta y da un par de vueltas, se revuelve un poco el pelo, está tan concentrado que apenas es consciente de que no está solo en el salón.

—No he estado de brazos cruzados desde que me hablaste de la *vendetta traversa* que comenzó en Nueva York. Tenéis que aceptar la invitación o vais a llorar dos muertes más. Pero no terminará ahí. Las muertes seguirán, semana a semana. Será un goteo hasta que os rindáis, Filippo está sentenciado, y él lo sabe. Será cuestión de mes y medio, a lo sumo.

«Y en cuanto alguien te vea en mi casa, tú también estarás sentenciado», callas.

Pero vas más allá: ¿y si, en unos meses, cuando nazca vuestro hijo, también él tiene un accidente absurdo que la policía se niega a investigar?

En un gesto inconsciente, te llevas las manos a la tripa. Leone asiente, te está diciendo con sus silencios lo que no queréis decir en voz alta.

—Creo que sé cuál es el *palazzo* al que os pretende llevar. Y le he dado muchas vueltas a la cabeza a esas siglas, «VT vs. RV».

Se sienta a tu lado, también acaricia tu tripa, todavía demasiado lisa como para evidenciar tu embarazo.

—Sé lo que hay que hacer, tengo un plan. Pero voy a necesitar ayuda y que todas vosotras colaboréis.

46

EL CUSTODIO

UNAI

Villaverde, 7 de noviembre de 2022

El lunes Germán me llevó de vuelta a Vitoria, Estíbaliz me había dicho que Ricardo hijo había decidido colaborar, pero solo quería hablar conmigo.

Mientras mi hermano conducía a la altura de Gardelegi, casi en la entrada de Vitoria, en la maraña habitual de rotondas, Goya me hizo una videollamada que acepté.

—El otro día me dejaste preocupada con el tema del incendio del palacio italiano. He procurado no molestarte, pero en la prensa y en internet no hablan de ningún avance. Dime, por favor, ¿Ítaca ha dado señales de vida?

—No —contesté—, pero tampoco de muerte.

—¿Qué te ha pasado? —preguntó al ver mi parche y mi ojo rojo.

—Una equimosis, no es nada.

—¿Tiene que ver con la investigación de Ítaca?

—No, tiene que ver con la de la muerte de mi padre. El hijo de Ricardo Ruiz de Azúa se molestó cuando le acribillé a preguntas. Al menos tú no me lanzas líquidos a los ojos cuando te pregunto —dije, e intenté guiñar un ojo, pero la broma me salió mal.

—¿Y te ha contado algo de su padre?

—Pues a eso voy, Goya. A ver si me cuenta algo. No sé qué pasa con ese hombre, que todos os ponéis raros cuando os pregunto. Llevo años tomando declaraciones a testigos e interrogando a sospechosos. Sé cuándo alguien sabe algo y no quiere hablar. Mira —le dije, cansado un poco de su mutismo—, voy a entrar en Lakua, te dejo.

Estíbaliz me recibió en lo alto de las escaleras de comisaría. Miró el parche con un poco de pena, como si yo fuera un perro apaleado. Me iba a decir algo, pero tuvo la inteligencia de no hacer más comentarios acerca de mi aspecto.

—El comisario Medina nos ha felicitado por «la astucia que demostraron ustedes», cito textualmente, «al usar como subterfugio unas cápsulas serradas idénticas a las encontradas en el tejado de la vivienda del finado» —dijo, ufana y feliz—. Y a Ricardo hijo te lo he dejado blandito. Preparado para abrirse en confesión.

—¿Cómo lo has hecho, máquina? —quise saber.

—Promesas de beneficios, rebaja ante el juez, su madre se librará, bla, bla, bla… —sonrió feliz.

—Pues vamos al lío.

El doble de Walter White seguía pareciendo el doble de Walter White en la sala de confesiones, sentado y esposado.

—Ante todo, disculpa la agresión —me dijo.

—A ver, disculpado, pero hay una denuncia que sigue en pie, no te confundas —le dije—. Y el dolor de córneas no te lo perdono, que quede claro.

«Unai, pasa página, que has venido aquí a hacer amigos», me obligué.

—Pero me ha dicho la inspectora que has pedido hablar conmigo, y eres un hombre inteligente que no quiere empeorar su situación —continué.

—Pregunta. Lo que quieras. Te lo voy a contar todo, todo lo que sepa.

—Mi compañera me ha dicho que ya has reconocido que fue tu madre quien envenenó a tu padre y tú te encontraste con las cápsulas vacías e intentaste ocultarlas. No voy a preguntarte por eso, sino por lo que sepas en referencia a lo que tu padre quería contar del vídeo.

—Conforme. ¿Qué quieres saber?

—Cuando tu padre hablaba de «el viejo Olivier» se refería a Casto Olivier, el antiguo dueño de la fábrica de naipes.

—¿Es que ha habido otro?

—¿Cuál era la naturaleza de su relación? ¿Eran amigos, conocidos…?

—Muy amigos, todo lo amigos que podían ser los hombres de su época. No de confidencias, los de su generación no hablaban de asuntos privados, pero mi padre le cedió terreno para la fábrica de naipes a precio de ganga en el polígono y don Casto quedó siempre agradecido y en deuda. Durante décadas mi padre fue, creo, la persona en la que Olivier más confiaba. Lo del Custodio tiene todo el sentido del mundo.

—¿Lo del Custodio? —repetí—. ¿Qué es eso del Custodio?

—Pues este es el meollo de todo.

—Por fin me das algo de información nueva. Esto le va a gustar mucho al juez.

—En ese caso, te amplío la información. Mi padre era el Custodio, pero se pasó la vida diciéndome que no lo pronunciara en voz alta en Vitoria, porque podía meterme en un lío. Lo decía una y otra vez, pero no quería implicarme, decía que bastante le pesaba a él, que iba a ser una carga toda su vida, que no quería que yo la llevara. Yo no comprendía a qué se refería ni qué custodiaba, en todo caso.

—No parece un chollo —comenté.

—Yo creo que, fuese lo que fuese, lo aceptó por sentido del deber, pero lo sintió como una losa toda su vida. De todos modos, en los años ochenta, muerto ya Olivier, hubo una gran cantidad de dinero en billetes de los que mi padre se apropió. Así salvó su economía, yo pude estudiar, tener una carrera, y mi madre vivir más que bien.

—Así que no fue una súbita demanda de locales de alquiler.

—No, pero esa inyección de liquidez, que mi padre fue muy hábil en justificar sobre el papel, le ayudó a reflotar el patrimonio familiar y hasta hoy no ha habido más problemas ni preocupaciones con ese tema. Pero mi padre era hermético, jamás compartió conmigo nada de lo sucedido. Y mi madre, mucho menos.

—¿Crees que ella estaba al tanto?

—Desde luego. Esta cultura ha sido siempre matriarcal, los matrimonios gestionaban la economía y mi madre siempre supo de las finanzas de mi padre. Pero ahí se quedaba, en la pareja. Me extrañó tanto que mi padre le dijera a Markel que quería hablar… Y no, no sé nada de la muerte de tu padre. Y lo siento, fue una desgracia que muriera tan joven y te dejase huérfano desde tan niño, pero no sé todavía si está relacionado.

—Volviendo a tu padre y su rol de Custodio: ¿pudo tener que ver con las funciones de un albacea en su herencia para los nietos que le quedaron a don Casto?

—No, no lo implicó en la herencia, eso me consta, y mi padre perdió el contacto con… ¿eran Carmen y Nico?

—Sí, sus nietos se llamaban Carmen y Nico —le confirmé.

—No, de eso me habría enterado.

Saqué la bolsa de plástico transparente con el obituario oculto bajo la biblioteca.

—Otro tema entonces, Ricardo. En el segundo registro en la vivienda de tus padres hemos encontrado esta esquela, José María Aldecoa.

—¿Puedo verla? No me suena —dijo, y le pasé la esquela para que la pudiera leer.

—¡Este es el Aldecoa! Este daba clases en la Escuela de Artes y Oficios a una novia que tuve. Le daba dibujo clásico, creo.

—¿No sabes nada más de él? ¿Era amigo de tu padre?

—No, solo lo conozco por lo de esa novia, cuando iba a recogerla a veces entraba en el edificio y lo veía en clase. Pero no, no era del entorno de mi padre.

—¿Y sabes algo del gusto de tu padre o de tu madre por las necrológicas? —tercié.

—Mi padre compraba todos los días el periódico, toda su vida. Y se lo leía de cabo a rabo, le tomaba una hora diaria. Pero eso de recortar la página de las esquelas y guardarla solo lo hizo durante unos años, después se olvidó. A mí nunca me dio explicaciones, tampoco se las pedí.

—Pues creo que no tengo nada más que preguntarte, daremos buena cuenta de lo colaborador que has resultado —le dije, con intención de incorporarme.

—Hay algo más —me frenó—. Algo que creo que está relacionado con todo esto: las cuevas. Era más que una afición de senderistas. Y mi madre también lo sabía. Íbamos varias veces al año, en muchas ocasiones yo los acompañaba, pero en otras, pese a que yo también soy muy montañero, se empeñaban en ir solos. Una vez insistí en entrar con ellos, pero se quedaron un buen rato dentro y a mí me dejaron fuera. Era joven, me enfadé bastante. Y esa es toda la anécdota familiar. Creo que ya he sacado a pasear todos los trapos sucios de mis padres. Por lo demás, han tenido una vida y un comportamiento ejemplares.

—¿Dónde fue eso? —pregunté.

—¿A qué te refieres?

—A esa ocasión en que no te dejaron entrar en una cueva con ellos.

—Más bien bajar, fue en el silo de Okina. Ahora está muy sucia por la maleza, pero hace años la entrada estaba mucho más despejada, aunque poca gente da con ella.

—Esa tenía una leyenda, ¿no? —creí recordar.

—Sí, los pastores de la zona decían que había un becerro de oro o algo así.

—Sí, eso. En esta zona no hay cueva sin tesoro. Más que común, es ya un tópico. ¿Algo más, Ricardo? Yo tengo que irme.

—Pues sí, ¿podrías hacerme un favor?

—¿Después de tirarme cloruro de benzalconio a los ojos me pides un favor? Sí, sí que parece esto *Breaking Bad* —le contesté.

—Dicen que eres bueno en lo tuyo, que resuelves todos los casos que te dan.

—A costa de demasiado, a veces, pero sí, los casos que me dan suelen terminar con el culpable entre rejas —le reconocí.

—Ven a contarme lo que averigües. De lo que implicaba que mi padre fuera el Custodio de lo que fuese, del origen del dinero y de qué le pasó a tu padre.

Cuando salí de comisaría, después de poner al corriente de todo a Estíbaliz, me encontré con que Goya estaba fuera del edificio, esperándome.

—¿Qué sucede, Goya? ¿Mi madre ha contactado contigo, tienes novedades? —le pregunté, un poco alarmado por verla allí un lunes por la mañana.

—Me temo que no, Ítaca no me responde tampoco a mí. No he venido a buscarte por eso, sino porque creo que tenemos una conversación pendiente.

—¿De qué se trata?

—Creo que te debo la verdad.

47

LA MADONNA DELLA SALUTE

ÍTACA

Venecia, noviembre de 1992

Esperas a que sea de noche para llamar a Harper.

—¿Cómo va todo por ahí? —preguntas.

—Intentando seguir adelante. Todavía estoy metida en mil papeleos que hay que solucionar. No sabía que los muertos daban tanto trabajo burocrático —te dice, aunque sabes que se sumergirá en cualquier trabajo de despacho para evadir el hueco que ha quedado en su cama.

Pero ahora eres tú quien tiene que olvidar su luto y urgirle a enfrentar lo que os va a afectar a todas.

—Siento pasar a otro tema, pero tenemos que abordarlo cuando antes, Harper. Os reunisteis en Maine. Votasteis. ¿Y...? He esperado vuestra llamada, me habéis dejado fuera de la votación, pero... ¿no merezco ni siquiera que compartáis conmigo vuestra decisión?

Da un largo suspiro, esperas su respuesta con paciencia.

—Sí, votamos. Y hubo empate y una abstención. No decidimos nada. Por eso no te llamamos. Hemos vuelto a convocar otra re...

—¿Habéis aplazado la decisión de aceptar la invitación a Venecia? ¿De verdad? —repites, incrédula—. Y Charlotte y Ava ¿no tienen miedo?

—Ellas son las que votaron que aceptaban volar a Venecia. Por supuesto que tienen miedo.

—¿Y yo? ¿Dónde quedo yo en las decisiones del círculo, creéis que no me afectan?

—Tú..., bueno, en este caso no te afectan. No tienes familia que perder, como nosotras.

—¿Que no tengo familia? ¿Y tú crees que a quien está detrás le ha importado que yo no tengo familia?

—¿Qué quieres decir con «le ha importado»? ¿Ha sucedido algo?

—¡Que han matado a un amigo, Harper! A un pobre hombre al que visitaba a diario. No tengo familia, pero me han seguido, han averiguado con quién me trato aquí, en Venecia, y han asesinado a uno de los amigos con quien más horas pasaba en la ciudad. Yo también estoy dentro de la *vendetta traversa*. Y mi voto cuenta. Diles a las Egerias que mi voto es «sí». «Sí», tenéis que venir. Y «sí», ahora mismo, cuando te cuelgue, voy a llamar a ese 212 de Manhattan y voy a confirmar que todas estaremos en Venecia el 21 de noviembre, en la fiesta de la *Madonna della Salute*. Y voy a hacerlo ahora mismo y tú vas a llamar a Charlotte y a Ava y les vas a decir que acabo de salvar la vida a quienquiera que sea que más amen.

48

GOYA

UNAI

Vitoria, 7 de noviembre de 2022

La invité a dar un paseo sin testigos, Goya accedió y caminamos por la avenida hasta que nos sentamos en un banco lo suficientemente lejano como para que nadie nos escuchara.

—Cuando eras pequeño, me recorría esta zona con una cámara escondida —comentó—. Tú salías del colegio, tu padre, o después tu abuelo, te recogían y te llevaban de la mano con un bocadillo.

—De Nocilla, era de Nocilla —le aclaré—. O de jamón york y queso. ¿Le mandabas esas fotos a mi madre?

—Ella me las pedía, siempre que hablábamos me pedía nuevas fotos de ti. También de tu padre. Algunos fines de semana y en vacaciones, cuando iba a la casa familiar de Bajauri, cogía un viejo coche que tenía y me acercaba a Villaverde. Tú solías estar en la huerta con tus abuelos. Yo te sacaba fotos desde el lavadero.

—¿A dónde se las enviabas?

—A veces a Estados Unidos, otras a Venecia.

—¿A Venecia?

—Sí. Vivió allí cuando tenía unos… treinta y pico. La etapa más estable de su vida, si quieres que te diga.

—Entonces, mi madre tiene alguna vinculación con Venecia.

—No sé si ahora, pero conoce la ciudad, desde luego que sí.

Otro motivo más para temer que mi madre fuera la sexta mujer que captaron las cámaras en la isla.

—Antes de que comiences a contarme nada, quiero enseñarte esta esquela y que me digas si este hombre te suena.

Le mostré una imagen que había tomado con el móvil de la esquela de José María Aldecoa.

Goya se colocó sus gafas de medialuna y alejó un poco la imagen.

—Me temo que no, no me suena de nada. ¿Es importante?

—Verás, sé que mi madre fue estudiante de la Escuela de Artes y Oficios aquí, en Vitoria. La noche que la conocí, la única noche que pasamos juntos, me contó que conoció a mi padre en esa escuela. Y hoy un testigo me ha dicho que este hombre fue profesor de dibujo clásico allí. Murió el mismo mes que mi padre. O desapareció, más bien, y no apareció nunca, porque esta esquela es de diez años después, cuando lo declararon oficialmente fallecido.

—Déjame ver otra vez. «José María Aldecoa» —leyó—. Tiene que ser entonces don José María. Por este profesor la castigaron varios años sin salir de la Veracruz. Pero yo no lo conocía en persona. De hecho, ni sabía qué aspecto tenía. Ítaca me contó que tenía fama de borrachín y de andar siempre con deudas de juego. Y que le hacía mucho la pelota a don Casto Olivier cuando este iba a supervisar la biblioteca que donó a la Escuela de Artes y Oficios. También entiendo que Ítaca no le tuviera aprecio. Por su culpa, Gael y ella no se vieron en años. Fue muy duro para tu madre, Gael fue su primer amor adolescente.

—Háblame del Custodio —le dije.

El rostro le cambió, me miró con sorpresa y horror.

—¿Qué sabes tú del Custodio?

—Que era Ricardo Ruiz de Azúa padre, el vicerrector que acaba de fallecer. Y que el tema era grave, porque nunca le contó a su hijo en qué consistía y le prohibió decírselo jamás a nadie. Ricardo hijo no sabe nada ni tiene ni idea de qué significa.

Pero Goya me escuchaba a medias.

—Era él —dijo, con la mano en la boca.

—Goya, ¿estás bien?

Pero no, no estaba bien, porque se puso a llorar y tardó en descargar la emoción.

—Por fin. El Custodio está muerto. Esto ha terminado —dijo.

—¿Qué es esto?

—Tu cabeza ha tenido un precio estos años. Cien millones de pesetas de la época. Una fortuna.

49

EL HOTEL DANIELI

ÍTACA

Venecia, 21 de noviembre de 1992

La noticia de una cuarta muerte en cuatro semanas detona todas las reticencias de las Egerias reticentes e inicia una ronda de llamadas al 212. Todas han aceptado la invitación del sobre negro, ese que anticipa muerte.

Y no es ajena a la muerte Venecia ese invierno, la pequeña epidemia de gripe retorna con la húmeda bruma, como si el virus viajase al ras del suelo entre la niebla y se agarrase a las perneras de los venecianos para acabar enfermando sus pulmones.

Toses, estornudos y las farmacias llenas de contagiados con narices rojas y bufandas alejan a los pocos turistas que visitan los canales en esa época en la que Venecia vuelve a ser una ciudad del norte un tanto provinciana.

Las Egerias han aceptado el intrincado plan de Leone. Les has hablado de él y te has visto obligada a hablar de tu embarazo por motivos que después explicarás. Tus hermanas han comprendido por fin que tienes tanta familia que perder como ellas.

Leone se mueve rápido y sigiloso, intercambia innumerables llamadas con Chiara. En Nueva York, las Egerias también tienen que dejarlo todo dispuesto.

El tiempo hace su trabajo: avanza. El 21 de noviembre llega, otra de esas fechas que sabes que marcarán tu calendario vital.

Vas a buscar a tus hermanas al Hotel Danieli, el más gótico y sobrecargado de una ciudad a la que le sobran *palazzi* abigarrados. Te diriges hacia la Piazza de San Marco, pero la multitud que peregrina hacia la basílica de la *Madonna della Salute,* en Dorsoduro, frena en ocasiones tu avance.

Comprendes que es una fiesta solo para venecianos, que celebran la liberación de la epidemia de la peste en el siglo XVII, pero una nueva epidemia les lastra, con pañuelos y bufandas. No hay muchos turistas, solo locales.

La tradición les obliga a llevar flores desde la Piazza de San Marco, cruzar un puente que en el pasado se improvisó con barcos y encender velas en el interior del templo, tal vez el más bello de todo el *skyline* de Venecia, con su cúpula circular y sus contrafuertes en forma de rizo.

Un niño te mancha el vestido negro con su algodón de azúcar rosa, hay puestos de globos metalizados hinchados con helio y otros que venden juguetes de plástico.

Escuchas conversaciones en veneciano, ese *dialetto* que todavía no dominas, pero entiendes, y muchos se preguntan si la peste no ha vuelto de nuevo a castigar la ciudad y a llevarse al *cimitero* a la mitad de sus habitantes, como sucedió hace unos siglos.

Cuando logras zafarte de la multitud, encaminas tus pasos hacia el Danieli. Cruzas el vestíbulo, dejas atrás palmeras, lámparas de araña de Murano y sillones de terciopelo para subir por la escalera de hotel más famosa y bella del mundo.

Deslizas tu mano por la barandilla de hierro dorado que también debieron de acariciar Dickens y Wagner, Capote y George Sand. Pasas al lado de sus arcos orientales y te diriges a la terraza donde te esperan las cinco.

El reencuentro con Charlotte, Ava, Kora, Harper y Madison no es como acostumbra a ser, una celebración después de cada encargo. Cuatro de vosotras estáis de duelo, pero el plan es que las seis vistáis de negro riguroso.

Hay cierta uniformidad en el luto que iguala unas personalidades tan diferentes como las vuestras.

—¿Y ahora qué? —pregunta Charlotte, sin dejar de mover la rodilla.

Las vistas al canal de la Giudecca y la isla de San Giorgio Maggiore no parecen calmarla.

—Tenemos que esperar a que nos avisen. O nos recojan. O ambas cosas —digo, no muy segura de los pasos a dar en una situación así.

En todo caso la duda termina pronto. Un camarero que también parece griposo se acerca a vosotras.

—Están esperando a las damas —os dice—. Por favor.

Os acompaña a la puerta del canal del hotel, esperabas que os trasladaran en una pequeña *topetta*, sabes que es suficiente para seis personas. Pero os sorprende el dispendio, un majestuoso *bragozzo* con su patrón uniformado aguarda para llevaros a un destino del que a las seis os gustaría escapar.

50

LA DOBLE ESQUELA

UNAI

Vitoria, 7 de noviembre de 2022

Goya tardó un poco en calmarse y necesitó unos minutos, imaginé que para ordenar el relato en su cabeza.

—Unos pocos meses después de que Marta Gómez, la madre de Germán, muriera de parto, Gael me estuvo buscando y finalmente me localizó —comenzó a contarme—. Me preguntó por Ítaca, quería contactarla, ir a buscarla y que fueseis los cuatro una familia. Por poco se me cae el alma a los pies. Era tan joven, iba con un carrito de bebé, con tu hermano de unos pocos meses, y tú tenías apenas cinco o seis años, de la mano. Acababas de perder a la que pensabas que era tu madre, la mujer que te había criado.

No recordaba aquella estampa, en los álbumes de fotos de los abuelos apenas había imágenes de aquellos años.

—Le tuve que contar lo que sabía por mi padre. Verás, antes de morir en la cárcel Casto Olivier envió cartas a varias personas de su entorno. Ofrecía cien millones de las antiguas pesetas en 1982, era una auténtica fortuna. A cambio de encontrar y acabar con Ítaca Expósito, con su hijo y con el padre de la criatura. Él ya había planeado su suicidio con cicuta, además estaba mayor, así que la carta explicaba que un Custodio asignado de su confianza entregaría en billetes esa cantidad a quien cumpliera con el encargo. Pero nunca dijo su identidad. Se especuló mucho acerca de quién podría ser, y en las quinielas siempre estaba don Ricardo Ruiz de Azúa, por ser tan cercano a Olivier, por su fama de recto y porque era uno de los hombres más ricos de Vitoria, así que él no necesitaba el dinero.

—Pero, si nadie sabía quién era el Custodio, ¿cómo se iban a poner en contacto cuando alguien cumpliera con el encargo? —le pregunté, sin comprender.

—Olivier siempre pensaba en todo. Sabía de la costumbre de su entorno de mirar las necrológicas todos los días en el periódico, así que explicaba en la carta que la señal de que alguien había cumplido el encargo sería una doble necrológica. Una, la habitual, que con toda probabilidad publicaría la familia, al menos del padre. Otra, con el nombre y apellidos de Ítaca, de quien resultase ser tu padre y de ti con la siguiente fórmula:

«Lo que Dios ha separado,
que no lo una el hombre».

—Es la formula opuesta al matrimonio cristiano, «Lo que Dios ha unido, que no lo separe el hombre» —dije.

—Exacto. Y en lugar de la hora y el cementerio, las coordenadas del día y la dirección del encuentro.

—Por eso el Custodio tenía que estar pendiente de las esquelas todos los días —dije en voz alta.

—Claro.

—Lo digo porque en el registro del domicilio de don Ricardo Ruiz de Azúa encontramos las páginas de las necrológicas recortadas diariamente durante una horquilla de tiempo que ahora me encaja: desde que yo acababa de nacer hasta el día que se publicó que mi padre murió —le conté.

—Ahí lo tienes. Lo que Casto Olivier nunca supo era que Ítaca te dejó con tu padre y se marchó de Vitoria, eso hizo que el encargo fuera muy difícil de cumplir. Si hubo alguien que comenzó a investigar, enseguida se dio cuenta de que era tarea imposible dar con los tres —dijo Goya.

—¿Tu padre recibió esa carta? —le pregunté.

—Sí.

—¿La conservas?

—No, no sé si él la conservó o la tiró, en sus papeles no estaba cuando falleció. A él le ofendió, y a muchos también. Tal vez se deshizo de ella en ese primer momento. Básicamente les estaba diciendo que los veía capaces de matar a un niño y a sus padres por dinero. Les ponía un precio. Pero también es cierto que la cantidad era tan tentadora que creo que hizo dudar a más de uno a lo largo de los años. Todo el mundo tiene baches en su economía. Lo que sí conservo es esto —dijo y me tendió una página completa de una publicación, tan vieja que el tacto del papel era flácido.

Leí con interés sus diatribas en contra de mi madre y su nada sutil amenaza:

> «Ítaca Expósito pagará, pagará ella y pagarán todos sus descendientes. Dios se encargará de impartir justicia y, como buen cristiano, yo me encargaré de ser su brazo ejecutor en la Tierra. Esa joven desequilibrada sabe que la encontraremos y la encerraremos entre rejas, que es donde tiene que estar una asesina de inocentes».

—Y esto lo leyó todo el mundo —me señaló.

—¿Qué pasó después?

—Le expliqué toda la historia a Gael, a él le entró miedo. Por vuestras vidas y por dejaros huérfanos tan pequeños. Tuvo claro que no iba a seguir preguntando por Ítaca porque no tenía ni idea de que Casto Olivier hubiera llegado tan lejos, pero me confesó que había comenzado a buscarla entre los alumnos y el entorno de la Escuela de Artes y Oficios y, cuando no obtuvo respuestas ni nadie que supiera decirle nada de ella, preguntó en la Veracruz también hasta dar conmigo, porque yo no iba muy a menudo a Bajauri y no tenía manera de coincidir conmigo.

Me llevé las manos a la cabeza y suspiré.

—Así que es posible que le preguntara a José María Aldecoa, que fue profesor de ambos y que sabía que habían tenido una relación, y este atara cabos y dedujera que Gael era el padre del hijo que esperaba Ítaca Expósito.

«Y si el hombre tenía problemas de juego y deudas, cien millones eran demasiada tentación», pensé.

—Solo sé que tu padre murió en su librería poco después de que me visitara. Y que los que habían sido tentados leyeron la doble esquela y se dieron por enterados de que alguien lo había matado, al menos, mi padre llegó a esa conclusión. Pero yo nunca las tuve todas conmigo, porque faltaba la esquela de un niño y de Ítaca, y siempre he vivido con miedo de que alguien desesperado por un problema económico te buscase para completar el encargo y publicara otra doble esquela.

Me quedé un rato en silencio, digiriendo, sin nada que decir porque estaba en blanco.

—Tengo que confesarte algo más —me dijo, con la mirada clavada en el suelo del parque—, y temo que no me vas a volver a hablar.

—No puede ser peor que la bomba que me acabas de soltar —le dije.

—No le conté nada a Ítaca del Custodio, ni de que los tres estabais amenazados. Y no le conté nada a Ítaca de lo de la muerte de Gael. Yo sabía que tú seguías vivo y pensé que continuabas en peligro si ella volvía a por ti y alguien se enteraba. Me distancié de ella, le daba respuestas cada vez más vagas. Ella me pedía fotos de ti, insistentemente. Creo que casi como una prueba de vida. Yo le ponía cada vez más excusas para llamarla cada vez menos, porque también me pedía fotos de Gael. Seguía enamorada de él, y yo pensaba que si le decía que había muerto tu padre y también la madre de Germán, ella se presentaría aquí y vendría a buscarte.

«Y ese era mi sueño, una madre viva», pensé con rabia.

—Durante años esquivé sus preguntas, hasta que, casi diez años después, me llamó, me pidió fotos, y me decidí a contarle lo de la muerte de Gael. También le pedí que no volviera a Vitoria. Pensé que os salvaba a ambos la vida con esa petición, pero os he robado décadas de tiempo en familia.

—Nada más cierto —estuve de acuerdo.

—Pero es que Ítaca, pese a sus buenas intenciones, acaba provocando muertes y caos siempre que intenta formar una familia. Mientras continúe siendo falsificadora, va a estar en contacto con gente peligrosa. Nunca termina bien.

—Me temo que madre e hijo somos iguales. Yo he elegido, curiosamente, estar en el extremo opuesto de la ley, y yo también acabo provocando muertes y caos cada vez que intento formar una familia. ¿Tendremos un gen específico, ella y yo, Goya? —le pregunté—. ¿Tú qué crees?

—Lo que creo es que necesito que me perdones.

—Te agradezco mucho que hayas tenido el valor de venir hoy a buscarme —le dije—. Te agradezco que hayas cuidado de mí, y no tengo ni idea de si tus decisiones nos han castigado o nos han favorecido. Pero, por hoy, es demasiado para mí.

Me levanté del banco y me perdí durante horas por ahí.

51

EL *PALAZZO*

ÍTACA

Venecia, 21 de noviembre de 1992

Os montáis en la lancha negra de madera barnizada. No conocías esa parte de la laguna norte, el viaje dura una media hora.

No hay mucho de qué hablar, os habéis vestido todas de negro. Sabéis que vais a asistir a vuestro propio funeral.

La alegre Madison está más seria que nunca, no se quita sus gafas de sol pese a que el día no es muy luminoso. Kora y Harper, siempre unidas, muchas veces de la mano, ahora miran distraídas por las ventanillas hacia fuera.

No lo hacen por curiosidad, sabes que algunas de ellas han visitado muchas veces Venecia en el pasado. Pero ahora es diferente, es como un último paseo antes de llegar al patíbulo, a la cámara de gas, a la silla eléctrica.

Sabes que es la isla elegida porque la lancha enfila hacia el único embarcadero que ves y el *palazzo* emerge, con sus tres plantas y sus cipreses custodiándolo.

Desearías que Leone estuviera equivocado, ha llegado por fin la hora de saber si sus sospechas son ciertas.

El conductor del *bragozzo,* a quien no has visto nunca antes, amarra la soga en el poste, os ayuda a bajar a las seis y os señala la pasarela de madera que conduce a la entrada del *palazzo.*

—*Avanti* —se limita a ordenar. Después arranca la lancha y desaparece.

Os quedáis las seis mirando cómo se pierde en las aguas verdes de la laguna, el trazo blanco de la espuma se disuelve en el agua y os quedáis solas.

—Acabemos con esto de una vez —dice Ava.

Pero antes de encaminaros hacia vuestro destino, tomas de la mano a Charlotte, Charlotte a Kora, Kora a Madison, Madison a Ava, Ava a Harper, Harper a ti, cerrando el círculo de las Egerias.

—Tal vez nos hayamos equivocado —dice Madison—. Han muerto los que amamos por nuestras malas decisiones. Matthew ha muerto por un maldito lienzo de Dalí.

—Es demasiado tarde para arrepentirnos —replica Harper, siempre pragmática.

—Pues yo me arrepiento —dices tú—. Y mucho. De no haberlo dejado antes, de haber seguido unas leyes que se crearon décadas antes que nosotras, en un mundo que ya no existe.

—Deberíamos haber sido más flexibles —dice Madison—. Tanta reunión, tanta votación, tanta obediencia ciega a las diez leyes.

—No, no creo que fuera ese el problema —le respondes—. Hablo de que deberíamos haber dejado de hacer encargos cada vez que estábamos en un apuro.

—Vamos a pagarlo, en todo caso —dice Ava—. En cuanto entremos en el *palazzo,* todo esto, nuestra vida, va a terminar.

Todas asienten. Notas que Charlotte y Harper te aprietan la mano, imaginas que todo el círculo lo ha hecho. Esa es vuestra despedida.

—Tenemos que entrar —dices—. Quienquiera que sea, nos espera ahí dentro.

Tiene algo de justicia poética que todo vaya a terminar en un bellísimo *palazzo,* rodeadas de frescos y de arte.

Miras alrededor y crees escuchar el rumor de los muertos entre los cipreses, son los susurros de los que hablan los taxistas y los gondoleros. El viento dobla la punta de los árboles, tomas aire antes de despedirte del mundo exterior y cruzas el umbral junto con tus hermanas.

Las puertas de entrada al *palazzo* están entornadas, dentro se ven lámparas encendidas por el pasillo, avanzáis hacia lo que parece un inmenso salón.

Está decorado con molduras, estucos, frescos y espejos. Hay una chimenea, varios muebles bar repartidos por la estancia. Algunas sillas y sofás dorados esparcidos aquí y allá para llenar el espacio. Varias mesas y muebles altos y bajos con estanterías y objetos decorativos que han superado la prueba del paso de los siglos. A vuestros pies, el clásico terrazo veneciano ha sido sustituido por mármol cimentado. Algunos de los ventanales, arropados por cortinones de terciopelo verde, son enormes y dan al inmenso jardín trasero.

Otros, los que tú controlas, dan a la laguna, puedes ver el muelle desde el lugar donde te has colocado.

Al estilo de los antiguos edificios, el salón sirve para distribuir todas las estancias. Cuentas ocho puertas, todas ellas cerradas, excepto la que da al pasillo por el que habéis entrado.

Tal vez por un instinto de animales gregarios os colocáis en el centro del salón, en círculo, esperando mientras aguantáis la respiración, a ver por qué puerta habrá de entrar quien os ha estado torturando las últimas semanas de vuestras vidas.

Y, por fin, tras esperar más de media hora, la más tensa de tu vida, ves a través del ventanal la figura negra de una góndola apareciendo silenciosa frente al muelle. Poco después una puerta se abre y aparece ella.

Pietra Da Riva.

Lleva una bolsa de terciopelo negra, pero tú, por desgracia, ya sabes lo que contiene.

52

EL SILO DE OKINA

UNAI

Okina, 8 de noviembre de 2022

La mañana siguiente Estíbaliz, que no podía estarse quieta en el despacho sin ver avances en su investigación, me propuso un plan a medio camino entre lo montañero y lo mitológico.

—Vamos a hacer trabajo de campo, ¿te apuntas?

Un rato después Estíbaliz conducía treinta kilómetros al sur de Vitoria, en dirección al Parque Natural de Izki.

Aparcó junto a la fuente del pueblo de Okina, y después de charlar acerca del silo y pedir indicaciones a varios vecinos jubilados, seguimos la GR-38, la ruta del vino y del pescado, y nos adentramos monte arriba.

Mi compañera iba por delante, llevábamos un par de mochilas con su material de espeleología y, después de alcanzar altura y tomar un par de bifurcaciones, llegamos al claro de un bosque que nos llevó a un sendero. Un cuarto de hora después llegábamos a la cabecera del barranco.

El silo impresionaba, era un inmenso agujero de más de diez metros de diámetro y daba mucho vértigo asomarse a sus treinta metros de bajada en roca. Estaba prácticamente seco, salvo por una pequeña cascada de agua. Había una verja con una alambrada, pero parte de ella estaba abierta y pudimos pasar con facilidad.

—Entonces aquí es donde, según la vieja leyenda, hay un becerro de oro —comenté, después de asomarme con cierta precaución.

—La del becerro de oro es una leyenda muy estándar, este silo tiene historias mucho más autóctonas. Dicen que habita el *Txekorgorri*, un carnero rojo; el *Zezengorri*, un toro de fuego, también rojo; o una oveja bastante amenazante llamada *Ardi*. En todo caso, todos esos animales son representaciones de la diosa Mari, la diosa de la tierra. Ya sabes que siempre que hay una cueva o un silo, dicen los lugareños que Mari habita en ella.

—Pues los vecinos han dicho que ellos nunca han bajado ahí abajo. Creo que los del pueblo tienen cierto respeto a este agujero —le comenté.

—¿Crees que es por las leyendas? —preguntó mientras sacaba las cuerdas de su mochila y empezaba a montar su arnés.

—No, creo que es porque el ganado se despeña. Dicen que los rebaños se acercan demasiado y no ven el agujero —dije—. Y lo entiendo. Las ovejas no son muy listas, si una se despeña, las demás van detrás. Y perder un rebaño es una ruina. Entonces, por lo que dicen, este lugar está un poco dejado de la mano de Dios.

—Tanto por los vecinos como por los montañeros —dijo ella—. Izki está aquí al lado, se van más al nacimiento del río Ayuda.

—¿De verdad quieres bajar sola, no prefieres que llamemos a algún compañero y vengamos otro día con más equipo?

—Tú quédate aquí, yo te digo lo que tienes que hacer. No quiero que bajes tú con ese parche y no tienes tanta experiencia en espeleología como yo. Esta bajada es limpia.

—Son treinta metros —le recordé.

—Esta bajada es limpia —ignoró mi comentario— y la pared es fácil de subir después. Por suerte no ha llovido esta última semana y está casi seca, excepto por la zona donde cae ese chorro de enfrente. No voy a resbalar, tranquilo, y si resbalase subiendo, no tienes más que tirar y cargar con mi peso. Y un Kraken como tú puede con una libélula como yo. Cuando baje, te llamo y te voy enseñando lo que veo con el móvil.

Se colocó un casco con una linterna acoplada y se amarró el arnés a la cuerda.

Yo sujeté la cuerda después de pasarla por un tronco cercano y asegurar el extremo y Estíbaliz se adentró en el silo como quien baja las escaleras automáticas de un centro comercial. Suavemente y sin darle mucha importancia.

Cuando llegó abajo se desenganchó el arnés, dio un silbido que se escuchó hasta en el Gorbea y me hizo una videollamada.

—Cuéntame, ¿qué ves?

—Más que ver, de momento, aquí noto mucha humedad. El suelo está mojado y blando a mis pies, es todo musgo, y esto resbala mucho. Voy a inspeccionar un poco —me fue relatando.

Desde arriba vi cómo caminaba por el perímetro interior del silo, aunque algunas zonas no se veían desde mi posición.

—¿Ves algo?

—No parece que haya nada. La gente es un poco marrana, o lo era hace décadas, porque bajo el musgo sobresalen algunas latas de refresco abolladas y descoloridas.

—¿Y nada más?

—Dame tiempo, anda —dijo, y continuó barriendo el perímetro, pese a que yo solo veía en la pantalla de mi móvil la pared de roca a su espalda.

—Aquí hay un pequeño montículo de ramas secas y zarzales —me comentó, no muy entusiasmada, al cabo de un rato—. Y sigo manteniendo que la gente antes no tenía conciencia ecológica, porque hay basura, viejas latas, briks... ¡Estoy viendo huesos!

—¿Huesos? —exclamé—. ¡Enséñamelos!

—Espera, que me pongo los guantes —dijo.

Después Estíbaliz se agachó, se acercó al montón sucio y encendió la linterna.

Apartó un par de zarzas que rodeaban uno de los huesos y, con una rama, limpió un poco la maleza alrededor.

—Parece el cráneo de una oveja, los pastores de Okina tienen razón en no acercarse con el ganado —comentó, desilusionada—. Mira.

Me mostró lo que había sido la cabeza de una oveja, ya descarnada del todo, ennegrecida por la lluvia y la humedad.

—¡Un momento, Kraken!

—¿Qué pasa?

—Si estás de pie no lo ves, pero ahora que me he agachado, detrás de toda esta maleza medio podrida y del pequeño vertedero, parece que hay una gruta estrecha, voy a apartar las ramas.

Me colgó y me quedé esperando, sin ver nada desde arriba, ni siquiera a ella. La fisionomía del agujero, con su forma de campana, lo impedía.

Me empecé a inquietar cuando pasó un buen rato y no dio señales de vida.

La llamé y no me lo cogió.

—¡Estíbaliz! —comencé a gritar—. ¿Estás bien?

Pero nada, Estíbaliz no me lo cogía.

—¡Estíbaliz! ¡Voy a bajar! —grité.

Y la volví a llamar y no lo cogió y le escribí un wasap: «Voy a bajar. Ahora».

Solo entonces me llamó y su rostro apareció dentro de un espacio oscuro.

—¿Estás bien? —le grité al móvil—. ¿Estás atrapada?

—No, es un espacio angosto, pero puedo salir. Menos mal que traía el casco, porque me habría dado en la cabeza con la roca. Unai, hay ramas en la entrada, y creo que están puestas a propósito para ocultar este hueco en la roca. Desde la base del silo no se ve nada de lo que hay aquí —dijo, pero su rostro tenía una expresión muy turbia.

—¿Qué pasa? ¿Qué has visto?

—De acuerdo —dijo, y comenzó a hablar más lento, en tono profesional—, te voy a ir relatando poco a poco los hallazgos que he encontrado, pero voy a llamar ahora mismo a Lakua y que nos envíen a unos técnicos a procesar todo esto.

—¿Qué es «todo esto»?

—Hay una caja de madera, está podrida, es del tamaño de una maleta pequeña. Yo diría que mide cuarenta por cincuenta. Está vacía, pero parece una de esas cestas de Navidad que envían las empresas —comenzó en tono monocorde.

—De acuerdo, ¿y?

—La caja tiene impresa en sus laterales la palabra «Olivier». Es la tipografía de la fábrica de naipes.

—¿«Olivier», dices? ¿Y está vacía, no hay ni rastro de billetes, aunque sean podridos, dentro?

—No, qué va, está limpia del todo, si es que puedes llamar «limpio» a un objeto que lleve aquí unos cuantos años.

—Aun así, ¿tienes idea de lo que eso significa?

—Puede significar mil cosas y mil casualidades, cualquiera pudo abandonar esto aquí por mil motivos —me cortó—. Pero he empezado por lo más neutro, ahora paso a describirte lo que tengo aquí delante.

—De acuerdo —la animé.

—Hay un cadáver, parcialmente descarnado, en otras zonas se aprecian los huesos, como en las manos. Está vestido, por la ropa, te diría que es de los años setenta u ochenta. Chamarra, pantalones vaqueros, pero de señor, anchos, no rectos, botas de monte muy básicas, no profesionales. Tampoco la chamarra, este no era montañero. Y no se ve alrededor ningún otro objeto como un simple mosquetón, algo de cuerda, un casco. Entiendes lo que quiero decir, ¿verdad?

—Sí, Estíbaliz —le contesté—. La pregunta es sencilla: ¿cómo demonios descendió por el silo y entró en ese orificio sin material para bajar?

53

LA PIEDRA EN LA ORILLA

ÍTACA

Venecia, noviembre de 1992

Días antes, cuando Filippo te entregó el sobre negro, Leone había acabado confesando. Estabais acurrucados bajo una manta en el sofá del salón de tu casa, viendo la televisión, y él cambiaba el canal una y otra vez, distraído.

—Tengo algo que contarte. Algo que me temía y me avergüenza, pero está sucediendo —se sinceró.

—¿Por eso estás tan tenso últimamente?

Exhala un suspiro, frustrado. Toma la tarjeta y te la muestra.

—El pictograma —te señala—. En realidad, es un emblema. Todos en la familia lo tenemos. El mío, mira…

Saca del bolsillo interior de su americana el fino tarjetero plateado y te lo muestra.

—El mío es un león en la orilla.

—Lo sé, también está en la tarjeta que me diste.

—Este dibujo que ves es una piedra, y las líneas horizontales paralelas representan la orilla. Una piedra en la orilla. Pietra Da Riva.

Te levantas, con un poco de miedo.

—¿Tú sabías esto, lo de las muertes alrededor de mis socias?

Él también se levanta, pero no quiere darte miedo, no se acerca a ti.

—No, *¡Madonna mia!* ¿No conoces todavía mis valores? La *vendetta traversa* es infame, pero es una infamia que mi familia ya cometió en el pasado. Venecia y sus libros de historia siempre nos han tratado bien, pero hace siglos mis antepasados ya eran tan rencorosos como mi madre, por lo que veo.

—Dime que no has sido tú quien le ha contado lo de la exposición de Dalí. Tú lo sabes, es tu madre, trabajas para el Guggenheim.

—Dime tú que no me crees capaz de semejante barbaridad. Vamos a tener un hijo juntos, necesito saber lo que piensas de mí.

Le sostienes la mirada, pero sabes la respuesta: lo crees. Sabes que no es capaz de encargar tres asesinatos en Nueva York y de matar a Nicola solo porque tú le cogiste cariño al anciano pescatero.

54

MIRANDO A CÁMARA

UNAI

Vitoria, 9 de noviembre de 2022

A la mañana siguiente me despertó la llamada de Mencía.

—¿Buenas o malas noticias? —la tanteé, somnoliento, sin incorporarme todavía de la cama.

—La verdad es que, para mí, no muy buenas —dijo, con el tono apagado.

Me estuvo poniendo al día de las novedades de la investigación en Venecia, pero se cruzó una llamada de Estíbaliz.

—Mencía, aquí también me reclaman. Te llamo en cuanto termine con esto y hablamos. Ya sabes, si…

—Si tu madre se pone en contacto conmigo o aparece… algo, tú serás el primero en enterarte —repitió, era nuestro mantra desde hacía más de una semana.

Le colgué y acepté la llamada de Estíbaliz.

—¿Puedes venir conmigo? —me pidió—. No han terminado la autopsia, pero han encontrado algo que la forense, la doctora Guevara, quiere mostrarnos por si agiliza la investigación.

Mi compañera tuvo la deferencia de esperarme en la entrada del Palacio de Justicia, un edificio triangular de metal brillante al final de la avenida Gasteiz. Ella vivía a pocos minutos, y prefirió no entrar hasta que yo llegara, cosa que agradecí cuando la encontré sentada sobre el respaldo de un banco urbano.

—Tengo que contarte algo. Siéntate conmigo, anda —me dijo a modo de saludo—. El comisario Medina ha querido premiarnos por nuestra actuación con Ricardo hijo y ha movido los hilos entre algunos de sus compañeros jubilados para rescatar el arcaico expediente en papel del atraco de tu padre.

Por fin, algo sólido.

—¿Lo tienes?

—No, solo me ha pasado escaneos del atestado, sin fotografías —dijo.

—¿Por qué no te lo ha dado completo para que lo veamos? —pregunté, sin comprender.

Estíbaliz se frotó las manos, nerviosa.

—¿Nunca te has preguntado cuál fue el arma homicida? ¿Cómo lo mataron?

—Mil veces... por noche —contesté con total sinceridad—. ¿Arma blanca, un mal golpe en la cabeza, si mi padre se resistió y hubo forcejeo?

—Fue con arma de fuego —me cortó—. El arma no apareció, la bala era común para la época. El disparo fue muy de cerca.

Me quedé callado durante unos segundos, digiriendo.

—¿Dónde? —me limité a preguntar.

—¿Dónde qué?

—¿En qué parte del cuerpo le dispararon?

—En la cabeza. El comisario me ha dicho que no ha querido sacar fotos de aquellas imágenes para que no lleguen a ti. Imagino que no confía en que te las oculte y cree que acabarías persuadiéndome para que te las enseñe.

—Pero tienes atestado con el croquis del cuerpo.

Estíbaliz suspiró, incómoda.

—Sí. Hay estallido de huesos craneales y pérdida masiva de masa encefálica. Me ha dicho que las fotografías del escenario son muy crudas y te las quiere evitar.

—De acuerdo —dije por fin, como un autómata.

El abuelo nunca dio detalles cuando Germán y yo preguntábamos por el atraco, éramos todavía muy niños y, ya de adolescentes, sabíamos que no iba a responder porque siempre echaba balones fuera.

Un disparo en la cabeza. Era crudo hasta para mí, que había visto docenas de autopsias.

Pensé en Alba, me alegré de que estuviera fuera de aquella investigación. Saber de cabezas voladas no era la mejor manera de superar un trastorno de estrés postraumático.

Pensé también en Deba. ¿Qué iba a contarle, hasta dónde, con qué nivel de detalle le hablaría, cuando tuviera la edad adecuada, de la muerte de su abuelo Gael?

Y me di cuenta de que el abuelo se tuvo que hacer el mismo planteamiento con Germán y conmigo.

—Vamos a entrar, la doctora Guevara tendrá trabajo por hacer —le rogué, sin ganas de seguir hablando del tema.

Una vez dentro del edificio, esperaba que nos hiciera pasar a la sala donde se realizaban las autopsias, pero la doctora nos guio hasta la entrada de un pequeño despacho adyacente.

—No es necesario que paséis por el trago de ver un cadáver —dijo—. No he terminado con el examen, pero sí que he retirado la ropa, y creo que es importante que veáis lo que he encontrado. Respecto al cuerpo, está en un estado propio de un cadáver expuesto a humedad y frío desde hace varias décadas. En todo caso, puedo confirmar que murió de una caída, y es compatible con sus lesiones que fuera una caída de treinta metros, tal y como habéis descrito el lugar del hallazgo.

—¿Qué ha encontrado? —la urgió Estíbaliz.

Abrió la puerta y nos invitó a pasar.

—Podéis verlo por vosotros mismos.

Encima del plástico extendido sobre una mesa encontramos varios objetos ordenados. Algunos de ellos parecían muy deteriorados, como un par de carteras de cuero podridas o un juego de llaves muy oxidado. Otros estaban en mejores condiciones porque eran de plástico.

—Se han hallado dos carteras, como veis, en el bolsillo trasero del pantalón y en un bolsillo interior de su prenda de abrigo. Una de ellas contiene el DNI de José María Aldecoa.

—Eso confirma nuestra línea de investigación principal —dijo Estíbaliz.

—De todos modos, queda confirmar mediante una prueba de ADN que el cadáver pertenece a este hombre —alegó la doctora.

—Consta que dejó dos hijas —dijo Estíbaliz—. Una de ellas murió de cáncer hace un par de años, otra está viviendo en Londres. Vamos a contactar con ella y pedirle una muestra de ADN, habrá que coordinar la recogida con algún laboratorio.

—¿Y la otra cartera? —le pregunté a la doctora.

—Acércate, por favor. Desde esa distancia es imposible que lo veas. Creo que es importante… para ti —dijo, y después de mirarme con una expresión que no supe identificar, volvió a hablar con su tono neutro de forense—. La segunda cartera, la que he encontrado en el bolsillo de su cazadora, contenía todos estos objetos. Paso a enumerar: un DNI a nombre de Gael López de Ayala, un carnet de conducir, un carnet del Deportivo Alavés y dos fotografías plastificadas de sendos grupos familiares. También un par de billetes de mil pesetas en estado inutilizable.

Me acerqué a los maltrechos documentos, ennegrecidos y húmedos después de habitar durante cuarenta años en el orificio de un silo.

Una fotografía mostraba a la que siempre pensé que era mi madre, Marta Gómez, con mi padre y conmigo, embarazada de Germán.

La foto fue tomada en la cocinica vieja de la casa del abuelo en Villaverde.

La otra fotografía, posiblemente tomada por Goya, porque el hayedo que aparecía a sus espaldas era el de Bajauri, revelaba a una pareja sonriente e ilusionada mirando a cámara.

Mi padre abrazaba a mi madre, una Ítaca hinchada por un incipiente embarazo que ya era imposible de disimular.

Me tomé mi tiempo para mirarlas, pese a que, en aquel contexto tan aséptico junto a la sala de autopsias, resultaban un poco perturbadoras. No era como mirar un álbum familiar sentado en el sofá y comentando anécdotas entrañables.

—No han encontrado ningún arma de fuego en la ropa, imagino —dijo Estíbaliz, por romper el denso silencio del que no me veía capaz de salir.

La doctora Guevara negó con la cabeza.

—Espero haberos sido de ayuda. Yo voy a continuar con la autopsia, te enviaré los resultados —le dijo a mi compañera.

Salimos del palacio en silencio y fuimos caminando hacia el cercano parque de la Florida, a sentarnos en algún banco alejado y a envolvernos de vegetación.

Necesitaba quitarme la sordidez de lo que acababa de ver, todo en la investigación de la muerte de mi padre me estaba resultando duro y lejano.

Nada que ver con el recuerdo que mis abuelos se habían empeñado en que yo tuviera de él: risueño, payaso, alegre, un padre joven y juguetón.

—Entonces, supongo que no queda mucho más que investigar —dije por fin, mirando al frente.

—Cierto, por mi parte, poco más puedo hacer. Respecto a lo que pasó en el silo, está claro que José María pudo caer o lo empujaron, pero alguien escondió el cadáver y lo ocultó junto a la caja de naipes. Don Ricardo, el Custodio, según su hijo, está muerto, y su mujer no va a hablar. A pesar de que solo tenga demencia a ratos, va a seguir fingiéndola, aunque le hiciésemos un interrogatorio.

Ella también me esquivó la mirada, pensé que estaba buscando las palabras adecuadas.

—Sabes cómo acaban algunos casos —me dijo por fin—. Después de cuarenta años, encontrar la pistola que mató a tu padre, con el posible asesino muerto días después, es misión improbable. Solo podemos darle una narrativa coherente a los hallazgos a los que hemos llegado. Lo que me pregunto es si para ti son suficientes.

—¿Lo serían para ti si esto hubiera sido, por ejemplo, el asesinato de algún familiar que quisieras, ya sabes a lo que me refiero?

—Ya lo sé, sí —carraspeó.

—¿Sería suficiente? ¿Te conformarías?

Se lo pensó durante un momento, pero no demasiado.

—Creo que sí.

—Por extraño que te parezca para alguien tan obsesivo como yo, también creo que tengo suficiente. Mucho más que hace una semana. Sé que lo mataron, que no fue un atraco. Sé que fue por la relación que tuvo con mi madre, sé que fue por el rencor de un Olivier, algo que me suena demasiado como para obviarlo. Es suficiente. Germán me dijo hace unos días que tenía que aprender a soltar, que me empeño demasiado en intentar doblegar lo que no fluye. Me dijo que la renuncia da mucha calma y mucha libertad.

Estíbaliz me miró como si fuera la primera vez que me veía.

—Ni en cien años esperaba escuchar eso de tu boca, pensé que seguirías apretando a todos los vivos que quedan, a Ricardo hijo, a la madre con demencia, que irías a Londres si hiciera falta a interrogar a la hija viva de Aldecoa. Veo que no.

—No te emociones, no es que haya cambiado de la noche a la mañana. Ojalá. Pero tengo otra urgencia en la cabeza, mi madre no da señales de vida desde hace más de una semana, y Mencía me ha llamado esta mañana para decirme que ha encontrado un ángel de Murano en la habitación de su hostal. En realidad, la figura tiene un ángel grande y otro pequeño, pero es la misma firma, el incendiario la ha marcado también. Quiero ayudar allí, creo que me iré mañana. ¿Puedo quedarme esta tarde en tu despacho a visionar todos los vídeos que me ha enviado Renzo Scarpa? Quiero descartar un par de tonterías que se me han ocurrido.

Era eso y también que no quería volver a mi piso vacío donde la ausencia de Alba dolía demasiado.

—Todo tuyo —dijo Estíbaliz. Y me lanzó sus llaves—. Cierra al salir.

55

JIMENA

ÍTACA

Venecia, 21 de noviembre de 1992

Pietra os da un repaso a todas, con calma.

—Ha costado traeros —dice al fin, en inglés, a modo de saludo—. No os voy a perdonar que me hayáis hecho acabar con un veneciano. Sospeché que sería Jimena la que os convencería.

Te hierve la sangre cuando habla de Nicola, sabes que te vas a arrepentir toda la vida de no haberlo ayudado económicamente antes, pero caes en la cuenta de que, jubilado o no, Nicola jamás habría abandonado Venecia, y Pietra habría ordenado su asesinato igualmente.

—Ava, Charlotte, eso ha salvado a vuestros padres. Ambas habéis sido el ojito derecho de vuestros respectivos progenitores. Están vivos hoy porque aceptasteis mi invitación a tiempo.

—¿Cómo sabe tanto de nosotras? —la interrumpe Charlotte.

Pietra se le acerca.

—Quise ser una de vosotras. Hace décadas, antes de vosotras. Con las otras Egerias.

Y se aproxima a ti, te ronda, como una leona merodeando ante un rebaño de gacelas.

—¿Tú sabías algo de eso, Jimena Garay?

—Yo no la conocía a usted hasta que vine a Venecia —afirmas, aunque dudas de que te crea.

—¿Qué fue de la primera Jimena Garay? —te pregunta.

—Murió.

—¿Consecuencia de la vida de falsificadora que llevaba?

—No —mientes—. Murió en su cama, plácidamente. Tuvo una buena muerte.

No piensas regalarle ese placer.

—¿Era tu madre, tu abuela…?

—Mi mentora.

—Por supuesto, la que te enseñó todos los trucos del oficio. Aunque no eres infalible, la verdad.

Y callas, sospechas el motivo de su comentario.

—¿Sabías que no entré en el círculo precisamente por ella? Por aquel entonces estaban buscando a una Egeria europea, para ampliar contactos en el viejo continente. Yo cumplía todos los requisitos. Culta, políglota, de buena familia, amante del arte, con todos los contactos del mundo a ambos lados del Atlántico… Pero tenían que ser cinco, solo cinco. Sois muy estrictas las Egerias con las normas.

Se te escapa un suspiro, al menos en eso estáis de acuerdo.

—Yo trabajaba para la fundación de Solomon Guggenheim en su museo, en el 1071 de la Quinta Avenida. Jimena estaba en permanente huida, Dios sabe qué la mantenía alejada de su país natal. Nunca conté con que la desesperación agudiza el ingenio. Investigó a mi familia. Convenció a las Egerias de que sería peligroso para ellas que yo entrara en el círculo, que sería fácil ficharme y hacer caer a todas. Cuando Peggy, la sobrina de Solomon, falleció, volví a Venecia a ocuparme del museo… y qué ironía que ahora hayáis venido vosotras a mí.

—¿Y toda esta *vendetta* es por no haber entrado en el círculo hace décadas? ¡No estuvimos allí, no somos culpables! —la increpa Madison.

—No, Madison. No te equivoques, con el tiempo, me alegré de no llevar vuestra vida, y he hecho de Venecia mi territorio desde hace décadas. Pero alguien os tiene que parar. Desconfié de Jimena Garay en cuanto contactó conmigo, aunque sospeché que, si lo hacía abiertamente, era porque no conocía nuestro pasado común. Pero la dejé hacer, mi hijo confió en ella. Comprobé con todos los museos que donaron los ocho lienzos que todo estaba correcto por su parte. Pero, hace unas semanas, Carlo Trevisan vino a visitarme.

Te mira fijamente, le tiembla el labio inferior.

—Era un gran amigo, un amigo querido. Carlo estaba furioso, compró la *Reminiscencia arqueológica del ángelus de Millet,* pensó que me estafaba y descubrió que el estafado era él. En el lienzo faltaban varias siluetas, a los pies de los agricultores. ¡Qué burda falsificación, Jimena!

Todas las Egerias te miran, sus rostros van desde el enfado hasta la sorpresa, pasando por la decepción.

Cómo explicarles. Cómo explicarles que fuiste incapaz, aquellos días de duelo por Gael, de pintar en el nuevo lienzo la pequeña figura del padre dándole la mano al hijo y señalando a la inmensa madre que los llora.

Sabes que fue tu inconsciente quien tomó por ti la decisión de no pintarlo, de entregar una copia incompleta, de acabar con aquel ciclo de vida de falsificaciones.

Sabes que estabas buscando un final como el que ahora se te presenta, en una bolsa negra de terciopelo.

56

CERALACCA

UNAI

Venecia, 10 de noviembre de 2022

Después de varias horas visionando en bucle los vídeos de la cámara del embarcadero de la isla de Santa Cristina, empecé a ver algo diferente en el patrón: una anomalía.

Los vídeos durante y tras el incendio solo mostraban las lanchas de los servicios de emergencia atracando en el muelle y soltando a los equipos de bomberos, de la policía y de los técnicos.

Un ir y venir casi infinito de las mismas lanchas de las que descargaban mangueras, hachas de mano y demás equipación de emergencias.

Esa misma noche reservé de nuevo un billete para el día siguiente, el primer vuelo que me llevaba de vuelta a Venecia, y escribí a Marcantonio para volver al Hostal San Lio.

Era ya por la tarde cuando llegué a la recepción del hostal. Había quedado con Mencía allí mismo para ganar tiempo. Cuando llegué, la noté cansada, demasiados días en tensión nos estaban pasando factura en aquel noviembre interminable.

Me esperaba en la calle, fuera del hostal. Nadie cruzaba por los alrededores, así que pudimos hablar con libertad.

—Ha llegado la simulación del aspecto actual de Calibán, o los posibles aspectos, como tú pediste —me dijo a modo de saludo.

Me mostró la pantalla de su móvil y fue deslizando mientras veíamos a un Calibán sin barba y sus posibles rasgos. Sin gafas y con ellas, con peinados más o menos rapados, cortos, degradados, más claro, más castaño, más moreno. Todo un repertorio de posibles Calibanes.

—¿Crees que lo has visto desde que has llegado a Venecia? —le pregunté—. ¿Te suena de algo?

—No, la verdad es que no. ¿Y tú?

—Podría ser, desde luego, el que me empujó al canal el primer día. Pero más que sus rasgos, lo vi de espaldas con el rostro ya girado. Casi estoy convencido de que fue él, pero tendría que reconocer su complexión. Respecto a las monturas, ya he aprendido que aquí hay mucha tradición de ópticas de autor y me he acostumbrado a ver venecianos con gafas de todas las formas y colores. En todo caso, esto nos puede servir para que estemos sobre aviso, ahora que tanto tú como yo hemos recibido la misma figura del ángel de Murano que el incendiario.

—Sí, y para la orden de busca y captura. La he enviado ya para que la incluyan, tanto la policía de ambos países como la Interpol.

—De acuerdo —le dije, mientras entrábamos ambos a la recepción del Hostal San Lio—. Tenemos que hablar con Silvano. Es muy importante, he visto algo que…

—Buenas tardes, me alegra verte otra vez —nos interrumpió Marcantonio desde detrás del mostrador—. Te he vuelto a poner en la misma habitación, en la tercera planta. ¿Te parece bien?

—Sí, perfecto —le dije.

—Hay algo más —añadió.

—Tú dirás.

—Esta mañana he encontrado un sobre a tu nombre. Lo habían pasado por debajo de la puerta de la entrada a la calle. Toma. —Marcantonio me tendió un pequeño sobre blanco.

Le di la vuelta, extrañado. Llevaba un lacre azul que lo sellaba y parecía que contenía solo papel, apenas sin peso ni volumen.

Mencía y yo cruzamos las miradas, preocupados.

—Gracias, Marcantonio —le dije, y subí con Mencía a mi habitación después de que me diera la llave.

Una vez dentro, nos quedamos mirando el sobre.

—¿Crees que es seguro que lo abras aquí? —me preguntó Mencía, mirándolo como si fuera una bomba.

Tomé la tarjeta de plástico que me acababa de entregar Marcantonio para abrir la habitación y la usé para rasgar el lacre y abrirla.

Dentro había una invitación en una pequeña cartulina, también blanca:

Unai, sé que Mencía y tú me estáis buscando.
Venid hoy. Nada de policía. Solo vosotros.

Debajo de la invitación estaba escrita la ubicación: Isola de San Francesco del Deserto.

—¿Conoces el lugar? —le pregunté a Mencía.

—No he estado nunca, pero sé a qué isla se refiere.

Le di la vuelta al sobre, inspeccionando el lacre de color azul intenso.

—Esto es muy típico de Venecia, hay muchas papelerías y tiendas especializadas que venden la *ceralacca*, la barra de cera de todos los colores y el sello con todas las iniciales y diseños que te puedas imaginas —me dijo—. ¿Qué letra crees que es?

—Yo diría que es una «ce» —contesté.

—Eso me temo. —Y Mencía pronunció en voz alta lo que ambos estábamos pensando—: Es la inicial de Calibán.

57

LA BOLSA NEGRA

ÍTACA

Venecia, 21 de noviembre de 1992

Entonces se te acerca, fría como una piedra.

—Necesito que me lo digas, y créeme, no estás en condiciones de mentir ni de negociar, ¿las demás falsificaciones fueron tan chapuceras?

—No, para nada. Nadie se enterará jamás. Nunca antes me había pasado. Y fue la única vez.

—¿Estás segura? Es importante.

—Lo sé, el prestigio del Guggenheim y el suyo propio depende de que nadie más sepa que en su museo se produjo la estafa —te adelantas.

—Así es —te confirma Pietra.

—¿Qué ha sucedido con Carlo Trevisan? —interviene Harper, siempre resolutiva—. ¿Han llegado a algún acuerdo? Podemos hacernos cargo, compensarle económicamente.

Pietra baja la mirada, por primera vez la notas avergonzada.

—Es ya tarde para eso… —murmura—. Fue un buen amigo, durante décadas. Muy buen amigo, le puedo perdonar que pensara que compraba a mis espaldas un Dalí auténtico y yo entregaba uno falso a un museo, pero no puedo perdonarle sus amenazas. Era mayor, en todo caso, era... fácil, aunque fue duro para mí tener que hacerlo.

Asumes que es lo más parecido a una confesión del asesinato de Trevisan que vas a escuchar.

—Esto tiene que acabar ahora y en este lugar. Como veis, vuestros actos, vuestros errores, nos arrastran a los demás. Os he traído hoy aquí para haceros elegir, tal y como os anticipé en la invitación: «VT vs. RV». *Vendetta Traversa* versus Ruleta Veneciana.

Os tiende la bolsa de terciopelo, primero a Harper.

Ella no duda, mete la mano en la bolsa y saca una pistola.

—Hace tiempo que no se practica la ruleta veneciana, pero creo que en esta ocasión procede, con vosotras. Seis muertes más son difíciles de hacer pasar por accidentes. Y quiero que el círculo de las Egerias termine conmigo presente, quiero ver cómo acaba todo. Tomad.

Os va ofreciendo la bolsa, vais sacando una pistola cada una.

—Tenéis que apuntar a la cabeza. Harper a Ava. Ava a Kora. Kora a Charlotte. Jimena, a ti y a Madison os toca hacerlo al rostro de cada una, a la vez. Sabéis la otra opción, la *vendetta traversa.* Iré acabando con todos los que hayáis querido alguna vez.

Las seis os miráis tensas, a los ojos, un poco incrédulas, con las pistolas en la mano.

Pietra se impacienta.

—¡Vamos! Tenéis que tomar una decisión —os apremia.

Pero, por suerte, en ese momento, una de las puertas se abre y aparece Leone.

—¡Madre! —la interrumpe—. Hay algo que debes saber.

58

SAN FRANCESCO DEL DESERTO

UNAI

Venecia, 10 de noviembre de 2022

No tuvimos que debatir nada, ni la conveniencia o no de avisar a Renzo Scarpa ni a nadie más. Mencía parecía tan decidida como yo a acudir a la cita que nos proponía Calibán.

—Es una diminuta isla, que está en la laguna norte, pasado Murano, a medio camino de la isla de Santa Cristina —me informó—. Es una isla apartada donde hay una pequeña congregación de monjes franciscanos que viven en un convento. Sé que admiten a gente con cuentagotas si quieren hacer retiros de meditación. Creo que tienen voto de silencio y que hay que cumplir con las reglas estrictas de la orden y participar en todos los oficios.

—¿Has estado alguna vez? —quise saber.

—Nunca he ido porque dicen que en verano hay muchos mosquitos.

—Pero ¿podemos ir ahora, hoy? —le pregunté a Mencía.

—Sí, cogemos un taxi acuático y nos llevará. Imagino que tendrá embarcadero.

Salimos del hostal y hablamos con el taxista que encontramos. Le comentamos nuestras intenciones y nos dijo:

—Sé que son los monjes quienes se encargan de recoger a los pocos que van desde Murano, pero si ya tienen a una persona que les está esperando allí, yo no tengo problema en llevarlos.

Esta vez el viaje por la laguna norte duró la mitad que el trayecto hasta la isla de Santa Cristina. El taxista se desvió hacia el oeste y vimos aparecer por el horizonte una isla perfilada por altos cipreses.

En el embarcadero nos esperaba, sentado en un banco de madera, un monje calvo y bastante entrado en carnes.

Iba vestido con los hábitos marrones y el cordón franciscano amarrado en un nudo sobre lo que había sido una cintura. Pese al frío que nos envolvía, el monje llevaba unas sandalias muy espartanas.

El taxista se despidió de nosotros y nos quedamos frente a él, sin saber muy bien qué decir.

—Hemos recibido una… una invitación a venir a la isla —dijo Mencía.

—Sí, lo sé. Yo me encargo siempre de recibir a quienes se van a quedar unos días entre los hermanos de la congregación. Me llamo Virgilio —contestó, tenía esa sonrisa sin forzar de los que son dueños de su tiempo y aman lo que hacen.

Tenía también el hablar rápido de los venecianos, parecía acostumbrado a ofrecer el mismo recibimiento una y otra vez.

—Pese a lo que piensan todos los que vienen a la isla por primera vez, no tenemos voto de silencio como los benedictinos, pero debéis dormir en habitaciones separadas. Tenemos una zona con las celdas para los hombres y otra zona diferenciada para las mujeres. Tenemos biblioteca, una antigua farmacia donde todavía preparamos algunas hierbas medicinales y una pequeña destilería. Podéis pasear, rezar en la capilla, salir por el jardín por las noches… Hoy hay luna llena y, si soportáis el frío, es una experiencia que ayuda mucho a alcanzar la paz mental que todos buscáis al llegar aquí. Es importante que sepáis que tenéis que colaborar con los siete oficios a diario. Tomad —dijo, y nos tendió unos colgantes hechos de un cordón negro y una letra de madera en forma de «te».

—Es una tau, es la última letra del alfabeto hebreo y San Francisco la tomó como símbolo. Todos los franciscanos la llevamos y, mientras estéis aquí, también habréis de llevarla. Es el símbolo de la conversión, de la penitencia, y también protege de la venganza. Cuando terminéis el retiro, podéis llevarla con vosotros como recuerdo de vuestra experiencia. Muchos no vuelven a quitársela y mueren con ella en el cuello —comentó con un matiz de orgullo en la voz.

Ambos nos colocamos las taus y las dejamos bien visibles, pero yo no entendía nada.

Miré a Mencía mientras seguíamos al monje por el recto sendero rodeado de árboles y vegetación que nos llevaba al pequeño convento. Ella se encogió de hombros, tan desconcertada como yo.

—Hay una pequeña capilla, creo que alguien os espera allí —nos dijo el monje, y nos guio por un claustro cuadrado con un pozo y una figura de San Francisco de Asís presidiendo el patio.

Nos abrió una puerta desvencijada de madera con una llave de esas pesadas de iglesia y nos invitó a entrar.

Noté que Mencía se llevaba, por instinto, la mano a la cintura.

«Bien», pensé. Supuse que llevaba su arma reglamentaria y en un gesto que era inconsciente para todos los que alguna vez habíamos portado una pistola, comprobó que seguía en su sitio. Yo siempre lo hacía cuando sentía el peligro en la nuca.

No esperábamos lo que vimos, o a quién vimos, cuando el monje cerró la puerta a nuestras espaldas.

Porque, contra todo pronóstico, fue Alistair Morgan quien apareció de la nada.

59

EL SALÓN VERDE

ÍTACA

Venecia, 21 de noviembre de 1992

Pietra mira a su hijo como si lo viera por primera vez. Durante un par de segundos, se ve incapaz de reaccionar.

Leone aprovecha para acercarse a ti.

—¿Qué haces tú aquí, Leone? Esto no te incumbe —lo frena ella, y lo sujeta por un brazo.

—Al contrario, madre —dice él, zafándose—. Me incumbe demasiado.

—No sé lo que crees que has escuchado, pero…

—Jimena. Estamos juntos. Estamos prometidos.

Por una vez, es el hijo quien interrumpe y silencia a su madre.

Pietra parece olvidarse de las Egerias, su mirada pasa del rostro de su hijo al tuyo, como buscando algo que lo corrobore.

—¿Cómo?

—Está gestando a tu nieta —se apresura, antes de que su madre reaccione en uno u otro sentido—. Vamos, hablemos de esto en el salón verde. Esto es un asunto privado de familia. Dado que Jimena está implicada en el círculo de las Egerias, pero también está embarazada de mí, vamos a tener que tomar una decisión.

El rostro de Pietra cambia del horror de la sorpresa a la alegría de la sorpresa.

—¿Una nieta? ¿Estáis seguros?

—No se le nota todavía el embarazo, pero la doctora que la está atendiendo nos lo ha confirmado. Quiero que vengas el próximo día a la consulta. Se escucha el latido, rápido, muy rápido.

Pietra se toma un momento para digerir la noticia, pero después vuelve al presente.

—No voy a dejarlas salir —dice, mirando al círculo.

—Déjalas en el salón, no se van a escapar, han venido por su propio pie. Pero antes de que hagan nada, vamos a hablar de Jimena, y de tu nieta —le dice, y te hace un gesto para que entres con ellos en el salón adyacente—. Los tres.

Dejas la pistola en la mesa más cercana, aliviada por no tener un arma en las manos.

Las dos entráis con Leone en una sala de paredes forradas con telas verdes y este cierra la puerta a su espalda.

—¿Es cierto, Leone? ¿Estoy esperando una heredera? —dice, y se acerca a ti, con intención de tocarte la barriga.

Has oído el ruido de la llave girando en la vieja cerradura. Leone y tú cruzáis la mirada, Pietra se abalanza sobre la puerta.

—¡Abrid! ¿Qué está pasando?

Pero, en ese momento, se escuchan, nítidamente, cinco disparos.

60

LA TAU

UNAI

Venecia, 10 de noviembre de 2022

Pomposo como lo recordaba, Alistair me dio un sentido abrazo y yo, tras unos segundos de completo desconcierto, se lo devolví.

—Mi Unai, mi querido Unai. Seguimos vivos, los dos, pese a todo. —Se separó de mí como para comprobar que seguía entero y, después de mirarme de arriba abajo, volvió a abrazarme—. ¿Y tus ojos? ¿Todo bien?

—Es complicado —resumí.

Yo también lo observé, no sin cierta preocupación. Alistair había sido un *hippy* en los setenta que seguía vistiendo como un *hippy* de los setenta, con un chaleco largo de cuello de piel y pantalones de campana. Su melena larga y rizada hasta media espalda lo hacía inconfundible, pero estaba horriblemente delgado y tenía un color cetrino.

Llevaba, eso sí, al igual que nosotros, un cordón negro a modo de colgante con la tau de los franciscanos.

—Yo no estoy tan seguro de que tú estés bien, ¿qué te ha pasado? —le pregunté.

—Estoy medio envenenado. Pero los calditos de pescado de la laguna que los monjes cocinan me están sanando poco a poco. Mejoro con los días, aunque creí morir.

—¿Cómo que envenenado? —preguntó Mencía, alarmada.

—¡Mi querida Mencía! —exclamó Alistair, y se lanzó a abrazarla con el mismo entusiasmo y sentimiento que a mí.

—Sigues viva, con lo difícil que eres de esconder —dijo, acariciando su melena blanca.

—¿Qué está pasando, Alistair? —le atajé—. Necesitamos una explicación.

—Y para eso os hemos hecho venir, además de para protegeros —nos explicó—. Aunque creo que estaréis esperando a reencontraros con más gente.

Hizo un gesto teatral y señaló la puerta lateral de la capilla que daba al jardín exterior.

Mencía y yo aguantamos la respiración, esperando a ver aparecer a Ítaca. Del jardín surgieron, en cambio, Gaspar, Alicia, Benedict y Solomon. Nadie más.

En todo caso, me alegré de verlos vivos, aunque Gaspar tenía el tobillo izquierdo vendado y cojeaba.

Llevaban, al igual que Alistair, su tau de madera colgando del cordón negro.

—¿Qué te ha pasado, Gaspar?

—Alguien me empujó desde lo alto de las escaleras de libros de la Librería Acqua Alta.

—Creo que tenéis que ponernos al día de muchas cosas desde que llegasteis a Venecia —dijo Mencía.

—Alicia, ¿tú estás bien? Me alegra comprobar que estás viva —la saludé.

—Con ganas de que todo esto acabe y poder volver, como tú, a Vitoria. Pero yo no estoy lesionada, si es eso lo que quieres saber.

—Benedict, Solomon, ¿vosotros…? —preguntó Mencía.

—Yo sí que he sufrido una advertencia, ahora os explicamos todo, pero no estoy herido —dijo Benedict, el viudo de Sarah Morgan y yerno de Alistair.

Pero por la entrada lateral de la capilla no apareció nadie más. Solo cinco de las seis personas de la grabación de la cámara.

—Es mejor que nos sentemos todos en los bancos y os empecemos a contar —intervino Gaspar, que no esperó más y se dirigió cojeando hacia los bancos corridos de madera de la capilla.

Los demás lo imitamos y, cuando los siete estuvimos sentados, Alistair comenzó:

—Yo fui el primero. Los cinco que aquí estamos llegamos a Venecia a finales de octubre para organizar la Feria Internacional del Libro Antiguo. Gaspar y yo teníamos que recepcionar los veinte volúmenes cedidos por la Biblioteca Nacional. Alicia y Benedict traían piezas interesantes y Solomon venía por Sotheby's a la espera de cerrar algunas transacciones para subastar después en Madrid. Nos alojamos todos en el Palazzo Canova, en la Riva del Vin, a pocos metros del Rialto. Tiene las mejores vistas al Gran Canal y desde allí podíamos salir todos los días fácilmente hasta la isla de Santa Cristina. La segunda noche que llegamos, después de visitar el palacio donde íbamos a organizar nuestra exposición de libros prohibidos, en la recepción del hotel me dieron un paquete a mi nombre. Nos habíamos pasado el día con colegas de la Associazione Librai Antiquari d'Italia, pensé que sería un regalo de alguno de ellos. En nuestro gremio, si quieres hacer feliz a un amigo, te informas de sus gustos literarios y le regalas algún ejemplar que tengas en tu librería que le encaje. Era un ejemplar de *La tempestad*, de Shakespeare. Sí, lo sé. Debería haberme escamado el detalle, debería haber recordado que Calibán es uno de sus personajes, pero me pudo mi pasión shakesperiana, abrí el libro y dentro estaba el regalo: un kit de absenta. Con su pequeña botella verde, su cucharita de plata agujereada y el terrón de azúcar preceptivo.

Todos lo miraron como si fuera un niño sin remedio.

—Me la preparé. Sí, no se me ocurrió otra cosa que preparármela. Vertí la absenta verde en un vaso de cristal del hotel, coloqué el azucarillo sobre la cuchara y derramé agua sobre el azúcar. Después me tomé la absenta, por suerte, no de un trago. Creo que eso me salvó la vida —dijo, por una vez, serio.

—Te diste cuenta de que la absenta no se había vuelto blanca —me adelanté.

—Exacto. Y eso quería decir que algo andaba mal. Que el azúcar no era azúcar o que la absenta no era absenta. No sé si de la aprensión o no, pero llamé a Gaspar porque empezó a dolerme mucho la cabeza, una presión en las sienes tremendas. Sentí vértigos y me mareé. En la recepción del Canova fueron rápidos, llamaron a una lancha de emergencias y me llevaron al hospital. No hizo falta que me realizaran un lavado de estómago, solo me hicieron ingerir varios vasos de carbón activado. Por los síntomas, era una intoxicación leve. Y volvimos al hotel esa noche, yo no quería que Gaspar ni nadie la pasara cuidando de mí en el hospital. Creí que los cinco estaríamos más seguros en el hotel, en habitaciones contiguas.

—¿No fuiste a la policía? ¿No pusiste denuncia? —preguntó Mencía.

—No, no quise hacer saltar la liebre.

—¿Por qué?

Todos se cruzaron las miradas en silencio.

—Porque estaba claro que era Calibán. Era su firma: *La tempestad.* Y me conocía en persona, conocía mi afición por la absenta. Por entonces no sabíamos que se había fugado de la cárcel.

—Pero en el hospital tienen la obligación de avisar a la policía de oficio cuando sospechan de un delito —le dije—. ¿No hay denuncia?

—Contamos que me había equivocado, no hablé de azúcar ni de absenta, solo que pensé que había ingerido una medicación que no era para mí por error. Como no supe darles más indicaciones, aplicaron el primer protocolo del carbón activado ante mis síntomas y, cuando vieron que me encontraba mejor, me enviaron a casa. Bueno, al hotel.

—Pero, al día siguiente, por la mañana, todavía estaba indispuesto, y se quedó en la cama y los cuatro permanecimos en el hotel durante unas horas. Teníamos tiempo para montar la exposición y no acudimos a la isla —continuó Gaspar.

»Al mediodía nos llamaron desde Madrid, de la Biblioteca Nacional, para confirmarnos que ya habían recibido por parte de la empresa de transporte el albarán firmado por Alistair esa misma mañana. Yo callé en ese momento, me di cuenta de que Calibán nos acababa de robar los veinte libros y que oficialmente constaba que nosotros los habíamos recibido en el palacio de la isla de Santa Cristina —nos explicó.

—¿Fue entonces cuando me llamaste para preguntarme si Calibán seguía en prisión? —preguntó Mencía.

—No, eso fue después de lo de la librería. Cuando recibí la llamada, consensuamos que Alicia, Benedict y Solomon se quedaran en el Hotel Canova cuidando de Alistair y que yo fuera, discretamente, a hablar con el director de la Associazione, un gran amigo, Filippo, el dueño de la Librería Acqua Alta. Él está al frente del comité que organiza la Feria Internacional, el día anterior nos había mostrado la isla de Santa Cristina y nos había entregado las llaves del *palazzo* para que organizáramos nosotros nuestra exposición. Quería saber si esa mañana había estado en la isla, si había visto la embarcación que nos debía haber traído las cajas con los libros cedidos, pero no llegué a hablar con él.

—Alguien te empujó desde la parte alta de las escaleras, ¿verdad? —pregunté.

—Me hice daño en una costilla y me costó un esguince —resumió—. Después de eso, no quisimos implicar a Filippo. Para nosotros estaba claro que Calibán nos estaba acosando desde que arribamos a esta ciudad y no queríamos poner a nadie más en peligro, pero ni siquiera sabíamos que se había fugado.

—¿Hubo algún incidente más? —pregunté. Ya tenía un patrón: alguien que nos empujaba cuando llegábamos a Venecia. Calibán era muy recurrente con sus *modus operandi.*

—Mi yerno, Benedict —me confirmó Alistair.

—Yo fui el siguiente —dijo Benedict—. Recibí un facsímil del mismo libro que mató a Sarah. Alguien lo dejó abandonado en una de las mesas del jardín del patio interior del Palazzo Canova. Iba a mi nombre. No quise ni tocarlo, por si me explotaba, como a mi mujer.

Sarah Morgan había muerto de modo horrible cuando recibió en su editorial una joya bibliográfica cuyo lomo estaba impregnado de una glicerina modificada que le estalló en el rostro. Aquello dio pie a la investigación de *El Libro Negro de las Horas.*

—Entonces, ¿cómo supiste que era el mismo título? —preguntó Mencía.

—Porque ese bastardo es endiabladamente listo y va un paso por delante de nosotros. Previó que no lo abriríamos y lo dejó envuelto en un plástico transparente —dijo Benedict.

—¿Y Alicia y Solomon? —Mencía se giró hacia ellos.

—Nadie nos ha atacado ni hemos recibido nada —contestó Alicia.

—Puede ser porque vosotros no participasteis en la detención de Calibán. Puede que solo se quiera vengar de los que lo metimos entre rejas. Yo únicamente sondeé a Alicia para que me diera información de los libros de horas, y contigo ni siquiera contacté, solo te vi en el entierro de Sarah —dije.

—No lo sabemos, pero no nos hemos quedado a esperar a averiguarlo —dijo Solomon.

—Una pregunta, Alistair, Gaspar, Benedict... ¿vosotros no recibisteis una figura de un ángel blanco de cristal de Murano? A mí también alguien me arrojó por un puente al canal en cuanto pisé Venecia y, tanto a Mencía como a mí, nos han entrado en la habitación y nos han marcado con el ángel.

Gaspar se levantó, un poco a duras penas, y se sentó junto a mí.

—No, no has entendido la situación todavía, mi querido Kraken. El ángel era un mensaje para vosotros, para que supierais que estabais protegidos, ya entenderéis quién está detrás, a su debido tiempo.

—Y habéis acabado aquí, en un convento de franciscanos, escondidos —concluyó Mencía.

—Esta es la única manera de ocultar a tantas personas, en Venecia es imposible —nos confirmó Gaspar.

Me levanté y me coloqué frente a los cinco:

—Tengo una teoría que no he podido confirmar hasta ahora y no tengo claro que vuestro cómplice vaya a confesar. Os trajo Silvano Scarpa a esta isla, ¿verdad?

Mencía me miró sin comprender. Los demás cruzaron las miradas.

—¿Cómo lo has adivinado? —se rindió Alistair.

—Alguien os proporcionó seis uniformes de bomberos. Los cascos negros os permitieron pasar desapercibidos ante la cámara del muelle. Silvano y su equipo llegaron en una lancha de los *vigili del fuoco* con una bandera de Italia en la popa. La lancha va y viene varias veces, llegan otros bomberos a la isla de refuerzo, descargan sus equipos, se adentran en el muelle en dirección al *palazzo* en llamas.

Otros vuelven, hay un hormigueo incesante de uniformados. Por eso pasasteis inadvertidos. Pero cuando el incendio está ya controlado, siete bomberos salen y se meten en una lancha que no tiene bandera de Italia. Uno de esos bomberos, el único, va con el casco en la mano. Es Silvano Scarpa, el jefe de los bomberos. Es reconocible por sus gafas de pasta rojas. El resto de los seis bomberos llevaban cascos. Esa lancha, la que no tiene bandera italiana, tarda más de media hora en volver y, cuando atraca de nuevo, solo sale Silvano. Los otros seis bomberos no vuelven. Porque no eran bomberos, erais vosotros.

—Queríamos lanzar un mensaje contundente a Calibán. Que nos diera por muertos en el incendio. Por eso era importante que se nos reconociera en la cámara del embarcadero —dijo Alistair.

—Pero en el embarcadero erais seis y ahora sois cinco —puntualicé.

—Exacto —dijo Gaspar—. Y era importante que las cámaras vieran a esa sexta mujer y que todas las televisiones del mundo lo retransmitieran para que Calibán también lo creyera.

—¿Creyera qué, Gaspar? —preguntó Mencía, que se colocó de pie junto a mí.

—Que Ítaca Expósito es quien nos ha ayudado —dijo Gaspar, con un gesto elocuente.

Entonces se abrió la puerta que daba al jardín, era la segunda vez en mi vida que veía a mi madre viva.

61

CLEMENZIA

ÍTACA

Venecia, 21 de noviembre de 1992

Pietra comienza a aporrear la puerta.

—¡Maldita sea, abrid! —grita, fuera de sí, en italiano.

Leone se le acerca, la frena.

—Madre, no pueden oírte, me temo.

Pietra lo ignora, como hace siempre, y continúa golpeando la sólida e inmensa puerta con los puños.

Tú necesitas sentarte, nunca has soportado las armas de fuego, y los cinco disparos te han encogido el estómago.

Así que ya está, ya no habrá más círculo, ya no eres una Egeria. Han tomado la decisión.

Solo se escuchan los exabruptos de Pietra, que intenta salir, rabiosa, pero al cabo de unos minutos, una verdad se impone, y es que estáis atrapados.

Finalmente Pietra se sienta en otra silla, cansada y con las manos enrojecidas.

—Deja que lo intente, madre.

Leone golpea con un hombro contra la puerta, una y otra vez, pero no hay manera. La puerta es demasiado pesada, y la cerradura, fabricada como se fabricaba antaño, parece indestructible.

Tú te levantas, inspeccionas todo el salón, las ventanas están altas.

Te acercas a Leone.

—La puerta no va a ceder, la única salida es la ventana, y lo sabes. Vamos a trasladar la mesa junto a la pared y nos subiremos a una silla. Rompe el cristal, tú eres más alto. Elimina las aristas con tu americana o con las cortinas para que no nos cortemos y salta tú primero. Es un primer piso, después nos lanzaremos las dos.

Leone está de acuerdo con tu plan, se lo cuenta a su madre, que lo acepta, desesperada.

Entre los dos arrastráis una pesada mesa, que queda bajo el ventanal. Se encarama a una silla y golpea el cristal con la base de una de las lámparas. Se toma un buen rato para limpiar todos los trozos de cristal que han quedado adheridos al marco.

Queda un espacio suficiente como para que pase un cuerpo con cierta holgura, así que Leone se cuela y se lanza al vacío exterior.

Oyes un golpe seco sobre la hierba, Leone grita tu nombre.

Pietra se encarama también a la mesa, desecha la ayuda que le ofreces para que suba.

Pasas por el hueco que ha quedado en la ventana, son un par de metros, Leone te recoge antes de que llegues al césped. Esperáis a su madre, que también salta y cae ilesa.

En cuanto está en tierra, se lanza corriendo hacia la entrada del *palazzo*. La seguís, ella llega antes al salón de la entrada.

No vas a olvidar lo que ves allí aquel día, porque es el infierno desatado.

Hay cinco cuerpos en el suelo, las cabezas estalladas en mil pedazos, los disparos, por lo visto, han sido cercanos. No aciertas a distinguir cuál es cuál, todas ibais vestidas de negro.

Pietra se acerca, te cuesta adivinar si está impresionada o consternada. Una cosa es ordenar asesinatos a distancia, otra cosa es ser testigo de una carnicería y saber que ese era el fin que perseguías.

Leone la mira, con esa intensidad tan suya, dirías que profundamente decepcionado.

—¿Y ahora qué, madre?

Ella parece que por fin sale de su mundo y le presta, por una vez, atención.

—Lo tenías todo pensado, ¿qué vas a hacer ahora, con cinco cadáveres en tu *palazzo*? —le insiste.

—Han sido suicidios, al antiguo modo veneciano. Vamos a llamar a la policía. Que los investiguen. Yo seré la anfitriona espantada por los hechos. En el jardín trasero quiero ordenar que proyecten un laberinto con unas estatuas que honren su memoria, ¿estás de acuerdo?

—Al menos en esto, sí —asiente Leone.

—No quiero que lo que hoy ha sucedido se olvide. De hecho, mi nieta se llamará Clemenzia, por la clemencia que he mostrado al perdonarle la vida a su madre.

Leone se acerca a ti, en silencio, le da la espalda a su madre, te da la mano y la aprieta, como si te dijera: «Tranquila, todo ha terminado».

Pero no es cierto, está lejos de terminar.

Porque de entre los grandes cortinones surge un hombre con un arma.

Un hombre desesperado que lo ha escuchado todo.

62

LA ISLA DE LAS DOS VIÑAS

UNAI

Venecia, 10 de noviembre de 2022

Para mi sorpresa, Mencía se lanzó en los brazos de mi madre. Ambas se abrazaron, y permanecieron en silencio durante un buen rato.

Mi madre le acariciaba el pelo liso, como si lo hubiera hecho cien veces antes.

Me quedé de pie, a la espera, incómodo ante su demostración de ternura.

Aunque creo que también me emocioné y perdí un poco la noción del tiempo, porque, para cuando me di la vuelta, los cinco bibliófilos habían desaparecido sigilosamente de la capilla. Nos habían dejado solos a los tres, en un gesto de respeto que agradecí y me conmovió.

Cuando el abrazo entre Mencía y mi madre cedió, ella me miró y me acerqué, sin saber muy bien cómo actuar.

—Lo siento, Unai. Siento haberte involucrado de nuevo en esto.

—Tú no me lo has pedido, he venido yo —dije.

—Pero sabía que estabas en peligro con Calibán en la calle, y te conozco poquísimo, mucho menos de lo que quisiera, pero has heredado mi perfeccionismo. Me enorgullece tu tenacidad, aunque me siento muy culpable de la vida que os estoy dando, a ambos —dijo, mirando también a Mencía.

—¿Podría... podría abrazarte yo también? —le rogué.

Mi madre vino a mí y nos quedamos abrazados durante un buen rato.

Era la primera vez que la veía a plena luz del día, era alta y delgada, su pelo era ahora castaño, una melena lisa como la de Mencía.

Tenía la barbilla partida por un hoyuelo y los ojos oscuros, iguales que los míos, aunque yo había heredado más rasgos de mi padre.

Noté que el cuello se me humedecía, ella había apoyado su cabeza en mi hombro, y comprendí que estaba llorando.

Yo también quise romperme allí mismo.

Por no volver a darle la mano a Alba por los caminos de Laguardia, por comprender que la vida de Deba no iba a ser la que yo había soñado para ella, por el injusto fin que tuvo la vida de mi padre.

Quise llorar por todos nosotros en ese momento, pero, por algún motivo, el abrazo de mi madre me mantuvo entero.

Me separé de ella, mi madre se secó los ojos con disimulo y nos hizo un gesto para que saliéramos al jardín.

Atravesamos en silencio un camino de pequeñas piedras rodeado de árboles y más cipreses hasta que llegamos a una zona de tierra junto a la orilla que no estaba sembrada de césped.

—Por esta zona no vienen los monjes. Cuando volvió San Francisco de Asís de la quinta cruzada encontró esta isla, a la que llamaban de las Dos Viñas, y construyó el convento que ya conocéis para su congregación. Ahora aquí no hay viñas y este terreno está abandonado, podremos hablar con tranquilidad —nos dijo.

Mencía y yo la seguimos hasta la orilla, donde encontramos una estatua de piedra de un ángel niño y un banco.

—No entiendo nada, pensé que era Calibán quien nos había convocado aquí. Por la letra «ce» del lacre azul del sobre —dijo Mencía cuando nos sentamos los tres mirando hacia las aguas plateadas de la laguna.

—No es una «ce», es una «ge», en realidad, de Jimena Garay, la identidad con la que viví en Venecia unos años.

—¿Cómo te has involucrado en esto? —preguntó Mencía.

—Gaspar me avisó. Me llamó en cuanto comprendieron que les habían robado los veinte ejemplares de la Biblioteca Nacional. Si alguien sabe de robos de libros antiguos..., en fin, por desgracia, soy yo. Gaspar quería saber si en el mercado negro se había escuchado algo de esos volúmenes. Normalmente los robos de ejemplares únicos se realizan por encargo. Se apalabran con meses, a veces con años de antelación, y solo entonces se planea cómo llevar a cabo la sustracción. Nadie roba un *unicum* si no tiene comprador para encajarlo. Y veinte es un número casi imposible de colocar *a posteriori*, sin encargo previo.

—Os disteis cuenta de que nadie había robado los veinte libros prohibidos para venderlos, que la motivación del robo era otra —dije.

Mi madre asintió.

—Solo quedaba la motivación personal. Robarlos para uno mismo. O para dañar la reputación y hundir a otros. Cuando Gaspar me contó lo del ejemplar de *La tempestad*, su caída por las escaleras en Acqua Alta y el envío del mismo título que mató a mi añorada Sarah... Ambos tuvimos claro que, fuera como fuera, Calibán estaba detrás. Y a mí me sonaba todo a *vendetta traversa*. Ya lo había vivido en otra ocasión, aquí mismo, en Venecia.

—Antes de que continúes, ¿Gaspar y tú estáis en contacto? No sabía que os conocierais —intervino Mencía.

—Este mundo del libro antiguo lleva más tiempo que tú, querida Mencía. Es imposible ser alguien en la bibliofilia y que Gaspar no te conozca —dijo, a modo de explicación.

—Lo de *vendetta traversa* vas a tener que explicarlo, aunque no presagia nada bueno —le rogué.

Tomó su propia tau de madera, que también colgaba de su cuello, y la acarició, como si ese gesto la reconfortara.

—Es una venganza que comienza acosando al entorno de quienes agraviaron al que la ejecuta. Lo que identifica a la *vendetta traversa* es que, una vez que comienza, nunca se detiene. Los accidentes y coacciones se van sucediendo y nunca paran. Siempre van a más. Lo que estaba ocurriendo en Venecia estaba tomando visos de *vendetta traversa.* Y yo ya había vivido una. Hay algo que os quiero contar a los dos. Mencía, nunca has sabido que yo también estuve implicada en el anterior incendio del Palazzo de Santa Cristina.

Mencía la miró extrañada.

—No, no tenía ni idea, pero ahora mismo, ¿es importante? —preguntó.

—Unai no sabe nada de tu pasado. Sé que te dije que no quería que lo supiera, pero estoy harta de mentir a los que amo, y merece saber la verdad.

—¿Qué verdad? —dije, incómodo.

Entonces comenzó a hablar.

Fue una historia larga, reposada, con detalles. Nos habló de su llegada a Venecia en 1992, de su ingenua intención de que fuera un último encargo para el círculo de las Egerias.

Habló también de un amor aristocrático, de Leone Da Riva y de su madre, Pietra Da Riva.

Me habló del día que llamó a Goya y le exigió, una vez más, fotos de mí y de mi padre.

De la noticia, diez años después, de la muerte de Gael López de Ayala.

—Le dije que volvía a Vitoria, que volvía a por ti. Me pidió, o casi me exigió, que no volviera. Fue categórica, había miedo en su voz, era una advertencia. Tú tenías por entonces diecisiete, me había perdido tu infancia. Solo te había visto crecer en la distancia, llenando un álbum de fotos robadas.

—Hiciste bien —le dije, a mi pesar.

—¿Y eso? —se sorprendió—. ¿Por qué lo dices? ¿No habrías querido verme, no me habrías aceptado?

—Si cuando yo era un adolescente te presentas en Villaverde y me dices que eres mi madre, me habrías hecho la persona más feliz del mundo. No es eso. Por mucho que me duela admitirlo, por mucho que una parte de mí jamás vaya a perdonar a Goya por tantas omisiones, ella pensaba que nos estaba protegiendo y que nos salvaba la vida. Tengo una historia que contarte. Ahora mismo vengo de Vitoria, de una investigación que apenas terminó ayer. Estos días he sabido que Casto Olivier puso precio a nuestras cabezas.

Mi madre me miró, cerró los ojos, como si un dolor antiguo todavía doliera.

—¿Qué precio? —preguntó por fin.

—Cien millones de las antiguas pesetas por matarnos a los tres: a ti, a mi padre y a mí.

Mi madre asintió, creo que intentando procesarlo. Le tembló un poco la barbilla.

—Siempre temí que encargara su venganza a un par de sicarios, sabes que por eso marché a Madrid y te dejé con tu padre —dijo.

—No fue así como ocurrió. Fue diabólicamente más efectivo y más cruel que dos sicarios. Convirtió a toda una ciudad en potenciales mercenarios. Nombró a un Custodio, al hombre más acaudalado y más recto de Vitoria, para que se encargara de guardar esos millones y se los hiciera llegar a quien cumpliera con el encargo. Envió cartas a todos sus conocidos, les tentó con el dinero.

—¿Por qué estás ahora investigando algo que sucedió hace cuarenta años, Unai? —preguntó.

—Me temo que yo también tengo noticias que darte... de mi padre. De Gael, de cómo murió. Y, sobre todo, de por qué murió.

63

DESPUÉS DE UNA VIDA

ÍTACA

Venecia, 21 de noviembre de 1992

—Toda una vida a su servicio, a su humilde servicio, y usted mata a mi padre, o encarga que lo maten. Como si tal cosa, como si fuera un pescado más —dice.

Es Gennaro, el hijo gondolero de Nicola.

Empuña una pistola, probablemente la que has dejado sobre la mesa, se dirige hacia vosotros tres.

Leone se interpone en medio.

—Gennaro, por favor. No deberías haber oído todo esto.

—No, debo fingir que no sospechaba que ella estaba detrás de la muerte de mi padre.

Pietra se ha asustado al principio, pero pierde todo el interés en cuanto lo reconoce.

Solo es el silencioso gondolero que ha escuchado durante años todos sus tejemanejes sin abrir la boca.

Otro que asume y acata la ley de Filippo de ver, oír y callar.

No cuenta con que un hijo que ha perdido a su padre por un sinsentido ajeno no puede perdonar. Eso no lo sabe, no puede saberlo.

Y Gennaro actúa como alguien que ya no tiene nada que perder.

Empuja a Leone con el codo, lo aparta, y dispara a bocajarro a Pietra en la cabeza.

La matriarca cae al suelo, también vestida de negro, ya sin rostro, ya sin vida.

No vas a olvidar, por mucho que vivas, el dolor que ves en Leone cuando se abraza al cadáver de su madre.

64

EL SEXTO CADÁVER

UNAI

Venecia, 10 de noviembre de 2022

Mi madre me frenó, poniendo su mano sobre la mía.

—Quiero que me lo expliques todo con calma, hijo. Ven esta noche a mi celda, podremos hablar en paz. Pero hay alguien que nos espera, a los tres y, sobre todo, a Mencía.

—¿A mí?

—Sí, Mencía. Ya va siendo hora de que afrontemos este momento. Pero quiero que acudas con toda la información que te he negado estos años.

—¿Te refieres a eso que dices del Palazzo de la isla de Santa Cristina?

Mi madre asintió.

—Aquella primera *vendetta traversa* también fue por mi culpa. Veréis, mi cometido en Venecia era conseguir que el Museo Guggenheim montara una exposición temática de Dalí con ocho lienzos que las Egerias habían conseguido que nos cedieran temporalmente de diferentes museos repartidos por el mundo. Y lo conseguí, Pietra Da Riva era al principio reacia, no se fiaba de mí, y con razón. Pero su hijo, Leone, sí que confió en mí y consiguió convencerla.

Mencía arrugó la frente en un gesto que no comprendí.

—Yo falsifiqué los ocho lienzos y las Egerias se ocuparon de encontrar coleccionistas un tanto turbios que quisieran tener un Dalí original en el salón de sus chalets en Gstaad. Pero yo entregué uno de ellos voluntariamente incompleto. Lo hice siendo consciente de las implicaciones que vendrían. Lo hice como quien se pega un tiro en el pie, sabiendo que se autosabotea. Estaba muy afectada por la muerte de Gael y quería arrancarme mi pasado. No encontré otra manera de salir del círculo de las Egerias.

—¿Y qué sucedió después? —pregunté.

—Entre Leone y yo surgió una historia, yo había decidido cambiar de vida, echar raíces, quedarme en Venecia. Pensé en terminar ese último encargo y, durante un tiempo, fui tan ilusa que creí realmente que podía dejar mi anterior vida atrás. Pero empezó a morir gente. La familia más querida de cada Egeria, en accidentes absurdos. Uno por semana. Pronto se hizo evidente que había alguien detrás dispuesto a castigarnos. A mí también me alcanzó la *vendetta traversa.* Mataron a un anciano pescatero, Nicola, una de mis personas más queridas aquí. Todavía no soy capaz de pasar por el mercado del Rialto, me siento demasiado avergonzada y culpable cuando lo recuerdo. Y Leone descubrió mi cara B, se enteró de todo. Tenéis que entender que es imposible que algo suceda en Venecia sin que un Da Riva se entere. Esto funciona así desde hace más de un milenio. Es endémico, parte de la educación y la cultura de los venecianos. Leone aceptó continuar conmigo siempre que yo no volviera a mi vida delictiva, algo que estuve más que encantada de aceptar, pero que no resultó fácil, aunque entonces no lo sabía.

—¿Cómo terminó la *vendetta*? —pregunté.

—Recibimos una invitación, un sobre negro, presagio de muerte según el antiguo lenguaje de las cartas. Nos citaron a las seis Egerias en el Palazzo de la isla de Santa Cristina. El lacre era el emblema de Pietra Da Riva, Leone conocía bien a su madre y no estaba orgulloso de que ejecutara la *vendetta traversa*, como lo habían hecho siglos atrás algunos de sus antepasados más infames. Leone, que todo lo observaba, que todo lo sobrepensaba, y que siempre se anticipaba, ideó un plan para salvarnos. Pero no era gratis. Sabía que su madre no terminaría nunca la *vendetta traversa* hasta que no nos eliminara.

—Adivino —dijo Mencía—. Os obligó a llegar a la ruleta veneciana.

Mi madre se sorprendió.

—¿Y tú cómo sabes eso?

—Cuando Unai y yo fuimos a la isla de Santa Cristina, pensando que tú podías estar entre los escombros, Renzo Scarpa, el inspector de homicidios, nos contó que las seis mujeres que murieron allí hace treinta años se suicidaron mediante el antiguo rito. Que nunca fueron identificadas. Pero no lo entiendo. ¿Las Egerias murieron entonces? Si tú te libraste, ¿quién era el sexto cadáver?

65

GENNARO

ÍTACA

Venecia, 21 de noviembre de 1992

Leone se toma su tiempo para llorar a su madre, son unos minutos, pero no puedes dejar de mirar a Gennaro, que ha quedado inmóvil, de pie, con una pistola en la mano.

—Esto no tiene nada de dignidad —dice roto, sin poder apartar la mirada del cadáver de Pietra Da Riva, su hasta ahora jefa—. Prefiero no seguir viviendo después de lo que he hecho.

Se apunta con el arma, no tiene claro si pegarse un tiro en la sien o encañonarse en la boca.

«Ya basta», piensas. Basta de muertes, ya ha habido bastantes.

—Gennaro, ya es suficiente.

Te acercas y le hablas con la voz dulce. Y aunque tu pulso siempre ha sido firme, cuando tocas el cañón y lo bajas para que no haga daño a nadie, tiemblas tú y tiembla la pistola.

—No vas a morir hoy. Tu padre querría que vivieras.

—Mi padre no querría esto. Y ya he destrozado mi vida. Pienso entregarme, pienso pagar por lo que he hecho —dice, como convenciéndose, pero captas sus dudas y el horror de la perspectiva de una vida sin góndolas.

—Ya lo has escuchado, todo esto, incluso la muerte de tu padre, ha sido parte de una *vendetta.* Con la muerte de Pietra termina la *vendetta.* Se acabó —le repites, con la esperanza de que la idea arraigue en su cerebro.

—¿Y qué va a pasar ahora? —pregunta.

Buena pregunta. Te acercas a Leone por la espalda y lo abrazas.

—Ya, amor. Tienes que dejarla ir. Tenemos que solucionar todo esto —le susurras.

Leone se seca las lágrimas con el dorso de la mano, se levanta lentamente, cierra los ojos, se obliga a centrarse.

Pero, entonces, Gennaro te arranca la pistola y se la intenta poner en su mano. Leone la rechaza, como si le hubiera dado una descarga.

—Acabe conmigo, es lo justo —le ruega.

—Ella mató a tu padre, tú has matado a la mía. Esto tiene que parar ya. No voy a continuar ninguna *vendetta.*

Saca el pañuelo de tres picos de su americana, toma la pistola de Gennaro con cuidado y limpia las huellas de la culata y el gatillo.

Después coloca la pistola en la mano izquierda de su madre y aprieta los dedos para que no se escape.

—Era zurda —te susurra, a modo de explicación—. La policía encontrará una ruleta veneciana de seis ángulos. Pero sé con quién hablar para que silencien que una de ellas ha sido mi madre. En Venecia no pueden relacionar la muerte de mi madre con esto. *Dai,* Gennaro. Es hora de que vuelvas con la góndola, que te vean por San Marco, haz muchos trayectos por el Gran Canal. Pero necesito que te vayas ya. Y cámbiate de camisa, tienes algunas salpicaduras.

—Entonces, ¿estamos en paz? —pregunta, incrédulo.

—Tú y yo siempre lo hemos estado —replica Leone.

El gondolero abandona, entre aturdido y atolondrado, el funesto salón que lo ha convertido en un asesino.

Te quedas a solas con la desolación de Leone, quien, ya sin testigos vivos, no disimula su dolor.

—No esperaba que este asalto terminara así para ella —te dice—. Necesito un abrazo.

Le obedeces, pero el plan sigue su marcha y queda todavía mucho por ejecutar.

Lo consuelas durante un rato, pero incluso él comprende que hay que seguir y salir de allí.

Tomas varias cajas de cerillas de la repisa de la chimenea, algunas botellas de alcohol del mueble bar, empapas algunas cortinas y enciendes varios fuegos, pero ninguno prende demasiado.

—¿Cómo vas a gestionar la noticia de la muerte de tu madre, entonces? —le preguntas, cuando lo ves más calmado.

—Voy a decir en el museo que se ha marchado de viaje a Saint-Tropez y a Cannes, como hace, como hacía —se corrige— cada año en invierno. En Navidades, cuando todo el mundo esté celebrando las fiestas y viajando, diré que murió allí de un infarto. Que nadie relacione lo que hoy ha pasado con su fallecimiento. Y voy a tener que recurrir a Chiara de nuevo, sé que había más fallecidos en la morgue. Esperemos que me pueda ayudar.

66

LA GRIPE EN VENECIA

UNAI

Venecia, 10 de noviembre de 2022

Mi madre se levantó del banco y nos invitó a seguirla mientras paseábamos por la orilla. El sol fue bajando por el oeste y tiñó la laguna. La hora azul, ese momento que todos los fotógrafos adoran, no tardó en presentarse y entintar todo con un manto que todavía no era la oscuridad total.

—El del año noventa y dos fue un invierno crudo, de mucha gripe. Una gripe muy mortífera, el Hospital Civil enviaba a la morgue cada semana a una docena de venecianos y venecianas. La mejor amiga de Leone, Chiara Corner, era la directora del hospital. Leone y Chiara se protegían desde siempre, se cuidaban y guardaban los secretos del otro, casi como hermanos —nos contó mi madre.

»Cuando Leone vio la tarjeta que me envió comprendió que era su madre quien estaba ejecutando la *vendetta traversa*, pero comprendió también que en el *palazzo* nos obligaría a elegir. Como firma, había dejado una antigua fórmula familiar: VT vs. RV.

—¿*Vendetta Traversa* versus Ruleta Veneciana? —pregunté.

—Exacto. Leone habló con Chiara, consiguió cinco cuerpos de la morgue del hospital. Cinco cuerpos de mujer. Entre ambos los vistieron de negro y los trasladaron, una noche antes, al Palazzo de la isla Santa Cristina, propiedad de la familia desde el siglo XVIII. Por aquel entonces los Da Riva apenas lo visitaban, estaba apartado del bullicio de Venecia y bastante abandonado, aunque por dentro conservaba parte de su encanto.

—¿Únicamente cinco cuerpos? No lo entiendo. Erais seis Egerias, esperabais morir las seis.

—No, Leone esperaba que su madre me perdonara a mí.

—¿Por qué te iba a perdonar?

—No por mis méritos, sino porque… por aquel entonces yo ya estaba embarazada de Leone.

Otro embarazo. Hice mis cálculos.

Mi madre tuvo otro embarazo cuando yo tenía diecisiete años.

No había pensado, desde que supe que estaba viva, en que mi madre podía haber tenido otras vidas, otras familias, otros hijos.

—De casi cuatro meses. Leone confiaba en las ansias que tenía Pietra de tener una heredera. Y tuvo razón, conocía bien a su madre. No me hizo apretar el gatillo contra las otras Egerias. Contábamos con ello. Contábamos con la sorpresa de Pietra ante el anuncio de mi embarazo. Contábamos con llevarla a una sala del palacio y explicarle nuestra relación. Todo fue orquestado por Leone como una obra de teatro, con sus escenarios, sus trucos, su segunda trama discurriendo fuera de foco.

—¿Qué trucos?

—Cuando Leone la convenció para que habláramos los tres en un salón lateral, las Egerias se ocuparon de dejarnos encerrados con llave. Eso les dio tiempo.

—¿Tiempo, para qué?

—Para colocar los cadáveres de cinco mujeres vestidas de negro, como nosotras, y dispararles en el rostro para borrar sus facciones. Nosotros escuchamos las cinco detonaciones.

Pietra se lo creyó todo. Nos demoramos en salir, conseguimos hacerlo por uno de los ventanales, cuando entramos de nuevo en el palacio, encontramos los cinco cadáveres. Pietra se creyó la escena. Era dantesca. Creo que si hubiera tenido vuestra formación en ciencia forense se habría percatado de que habían disparado a cinco muertas. De que la sangre no circulaba ya por sus cuerpos ni dejaba el mismo charco que cuando se dispara a un vivo. Pero los cráneos estallados en mil pedazos, los cerebros desperdigados por el suelo, fueron suficiente para que se creyera toda aquella farsa.

—Pero, si el plan era que Pietra creyera que cinco de las Egerias, efectivamente, habían aceptado suicidarse, ¿qué les esperaba después a las Egerias? —me adelanté—. ¿Una vida como esta, un retiro para siempre en una isla o en un lugar remoto?

—Aceptaron darse por muertas, y asumieron que Pietra no iba a dejar de matar a todos los que querían. Por una vez fueron conscientes de que lo que hacíamos iba a tener consecuencias reales en sus vidas. Hasta entonces, solo yo arriesgaba, solo yo tenía una vida itinerante, de encargo en encargo, viviendo en mil ciudades y en ninguna. Gracias a Pietra, comprendieron que eso tenía que quedar atrás. Cada una de ellas renunció a su anterior vida para salvar a sus padres, a sus hijos, a sus parejas. Cuando llegaron a Venecia, ya habían preparado los documentos para sus nuevas identidades.

—Pero encontraron seis cadáveres —insistió Mencía—. ¿Quién murió?

—La propia Pietra. También a ella le alcanzaron las consecuencias de sus actos. El gondolero que la llevó a la isla, Gennaro, era el hijo del viejo pescatero asesinado. Gennaro sospechaba que Pietra estaba detrás de la extraña muerte de su padre. Fue testigo de todo lo que ocurrió en aquella sala escondido tras los cortinones.

—¿Él la mató? —pregunté.

—Con la pistola que estaba destinada para mí, sí.

—¿Qué pasó después?

—Las Egerias salieron de los salones adyacentes donde se habían escondido. La situación había cambiado con Pietra muerta. El plan también cambió, aunque teníamos su cadáver y había que anunciar y explicar su muerte a toda la ciudad. Era la directora del Museo Guggenheim. Chiara y Leone tenían sus contactos en la policía, aunque el *ispettore* Scarpa, el padre de Silvano y Renzo, era una persona muy escrupulosa que no creía en lo de mirar a otro lado. Pobre hombre. No tuvo nada que hacer. Todo se limpió y se falsificó para que de allí saliera un séxtuple suicidio de seis personas sin resolver. Sin identidades. Chiara llevó a la morgue el cadáver de Pietra y lo guardó durante más de un mes, el suficiente tiempo como para que nadie relacionara los dos hechos. Leone anunció que su madre había muerto de un ataque al corazón en la Costa Azul. Le hicimos un funeral y el entierro prescriptivo en el cementerio de la isla de San Michele, en el panteón de la familia Da Riva.

—¿Qué pasó con las Egerias? —dijo Mencía.

—Se libraron del cambio de identidad. Volvieron a sus vidas, a sus hogares, a sus familias.

—¿Y qué pasó contigo? —le dije.

—Me quedé en Venecia, con Leone. Fueron los años más estables de mi vida. Y sí, pese al dolor y al duelo por la pérdida de su madre, fueron años felices.

—Pero ¿tuviste a ese hijo? ¿Qué pasó con él? —insistí.

—A eso llegamos ahora, vamos a volver al convento. Ha llegado el momento de que os encontréis con alguien. Yo le pedí ayuda cuando Gaspar me llamó. Comprendí que en Venecia solo él podría protegernos y ocultarnos. Digamos que es el ángel de la ciudad. Él vela por que nada malo suceda en su territorio. Estamos escondidos desde entonces. No sabía cómo respondería, si nos ayudaría. Llevaba veinticinco años sin hablar con él.

67

EL ÁNGEL BLANCO

UNAI

Venecia, 10 de noviembre de 2022

Atravesamos los tres el claustro del convento, ya a oscuras, que estaba desierto. Mi madre nos pidió silencio con un gesto y cuando llegó a una puerta de madera junto a una de las esquinas, tocó con suavidad.

—*Possiamo entrare?* —preguntó, en un dulce italiano.

Esperó unos segundos y nos invitó a pasar.

Era una estancia muy amplia, más amueblada de lo que se podría esperar de un convento franciscano, como si alguien que no fuera un monje habitase de manera habitual allí. Al principio no vi a nadie.

La habitación estaba débilmente iluminada con unos candelabros y unas velas, como si no conocieran la luz eléctrica. Pero, a pesar de los claroscuros que creaban las sombras, lo que vi me dejó helado.

Una gran mesa de madera, de lo que parecía ser un despacho, acogía toda una colección de figuras de ángeles blancos de Murano. De todos los tamaños, y en todas las posturas y situaciones. Un ángel blanco bailando, otro tentando con una manzana, otro junto al puente de los Suspiros.

Y entonces lo vi.

Era un hombre albino, alto y algo más delgado que yo. La piel nívea, como la de Mencía. Las pestañas escarchadas, como las de Mencía. Las cejas espesas blancas, como las de Mencía.

Estaba sentado en una esquina, en un sillón orejero donde imaginé muchas horas nocturnas de lectura gracias a la biblioteca que tenía a sus espaldas.

Me miró durante un segundo, diría que con curiosidad. Tenía una manera de mirar muy intensa, como si lo calibrase todo.

Pero, después, puso toda su atención en Mencía, que estaba de pie a mi lado.

—Es hora de que perdones a tu padre —le dijo mi madre a Mencía.

Ella retrocedió unos pasos.

—Él es el que te tiene que perdonar a ti —dijo ella.

—A mí ya me ha perdonado —contestó mi madre.

Él se levantó y salió de las sombras.

—Clemenzia…

—Llámame Mencía, Leone —contestó ella, a la defensiva.

—Lo que daría por que me llamaras padre —le dijo él, en un suave castellano.

—Nunca ejerciste.

—No me lo permitiste cuando acudí a ti.

—Ya era tarde. Me crie sin ti, solo con mamá. Las dos solas, sin familia, sin apoyos, siempre viajando, siempre cambiando de apellidos hasta que me establecí en Madrid y elegí una vida propia y una identidad.

—Eso no fue su culpa, Mencía. Tu padre no quería esa vida para ti —intervino mi madre.

—Pero es lo que nos dejó.

—No sabes toda la historia. No sabes lo que le hice. Sé que me adoras porque me ocupé de ti y creciste a mi lado. Pero no conoces todos mis pecados, hija.

—Sé unos cuantos y nunca me han importado —dijo Mencía.

—No te hablo de mi forma de ganarme la vida, sino de algo mucho peor. Es hora de que te hable del dolor que le causé a tu padre y que, durante treinta años, ha sido irreparable.

«¿Hija?», pensé. Mencía era mi medio hermana, hija también de Ítaca Expósito o comoquiera que se llamara en ese momento.

Fue extraño estar presente en aquel reencuentro. Me sentí un poco ajeno, un poco intruso, pero mi madre y Leone habían permitido que yo estuviera presente, y es algo que todavía hoy les agradezco.

68

IGNICIÓN

ÍTACA

Venecia, abril de 1997

Llamáis Menzía a la pequeña Clemenzia. Nació tan albina como su padre, tiene que llevar gafas de sol cuando en Venecia el día sale soleado, y a veces la embadurnas con tanta protección solar que resbala como un jabón de ducha.

Vivís en la casa de San Vidal, ni Leone ni tú habéis querido habitar en ningún *palazzo* de su familia. El jardín de tus paseos se ha convertido, cinco años después, en su jardín de juegos, y estás montando una pequeña casita de su tamaño que le habéis regalado para su cuarto cumpleaños.

Leone ha vuelto de su despacho. Dejó el Guggenheim, piensas que después de todo lo que pasó con la exposición y con su madre no quiso saber nada del mundo del arte, pero también crees que así te mantiene alejada de ese microcosmos. La vida que os habéis creado en Venecia desde que murió Pietra discurre en un compartimento estanco con respecto al pasado.

O eso piensas hasta ese día de abril en que ves a Leone cruzar el puentecito que lleva a vuestro hogar, lo ha hecho mil veces los últimos años. Le saludas con un grito para que sepa que estáis en el jardín y le haces un gesto con el brazo.

Lo esperabas sonriente y ansioso por volver a casa con algún regalo para Menzía, a la que adora, pero sabes que algo va mal cuando ves su semblante, demasiado serio, demasiado pensativo.

Abraza a vuestra hija y le hace carantoñas después de despeinarla. Es su juego privado, se amasan sus melenas blancas de ángeles, conscientes de que son únicos.

Pero, después, te hace un gesto silencioso con la cabeza para que paséis al interior de la cocina, donde estás preparando una tarta con glaseados de mil colores.

—¿Qué sucede, amor? —preguntas, preocupada.

Te acercas a darle un beso, pero se aparta y te da la espalda.

—Vengo de Cannaregio, he encontrado a Gennaro en el Paradiso Perduto. ¿Te acuerdas de él?

Se da la vuelta, te está escrutando, prefieres no mentirle.

—Sí, hace tiempo que no lo veo con su góndola. ¿Está bien?

—Lo han apartado de su trabajo. Era un peligro —dice.

—¿Un peligro? ¿Para quién?

—Para los turistas, para los compañeros. Demasiadas quejas por manejar borracho su góndola.

—¿Cómo ha podido terminar así alguien que amaba tanto su trabajo? —te preguntas en voz alta.

—De eso precisamente hemos hablado. De que comenzó a beber hace cinco años.

—¿Después de la muerte de Nicola?

—No, no fue después de la muerte de su padre. Empezó con la bebida después de lo que sucedió en la isla de Santa Cristina. Hay una diferencia. La muerte de un progenitor es ley de vida, sea violenta o no. Lo que lo está destrozando es lo que hizo en el palacio.

Evita decir «mató a mi madre». Siempre lo ha perdonado por eso, y tú admiras un corazón tan noble que pueda hablar con el asesino de su madre sin guardarle rencor.

Pero sabes que está a punto de detonar una bomba y no sabes de qué material está fabricada.

—¿A dónde quieres ir a parar, Leone? ¿Por qué estás tan afectado?

—Ha sido una confesión. Como una vomitona de palabras. Me lo ha contado todo. Creo que era eso lo que llevaba por dentro y no podía asimilar.

—¿Qué te ha contado?

Y pones en marcha en tu cabeza la cuenta atrás para que esta vida termine: tres, dos, uno… Ignición.

—Me ha contado que se escondió tras las cortinas porque tú le dijiste que tenía que escuchar lo que allí se iba a decir. Que le concernía, que tenía que ver con la muerte de su padre. ¿Por qué, Ítaca? ¿Por qué lo hiciste?

—Porque faltaba él, Leone. Merecía saber quién mató a su padre y por qué. Nicola y Gennaro solo eran peones para tu madre. Incluso para ti, solo han sido secundarios, solo importábamos nosotros, las Egerias, nuestras familias. A Gennaro también le partió la vida en dos la *vendetta traversa* de tu madre. Merecía saberlo.

Leone te mira con esos ojos de decepción que ya conoces, como cuando le contaste tu pasado en el jardín del Pabellón de los Espíritus.

—¿Y las omisiones, y las mentiras? Hemos tenido una hija juntos, ¿no merecía yo la verdad de con quién estoy compartiendo mi vida? ¿No merecía saber que estuviste implicada en la muerte de mi madre? ¿Que tú la facilitaste?

—Ni por un momento pensé que dispararía a tu madre. Ni por un momento. ¡Era Gennaro, por Dios! El hombre más manso que he conocido.

Sabías que Leone no te perdonaría. Lo has sabido siempre. Pero Menzía merecía una familia, un padre, una madre, una estabilidad. Has pagado a diario el peso de la conciencia cada vez que te has mirado al espejo, cada vez que habéis acudido a la tumba de piedra de tu suegra en el cementerio de San Michele.

Leone abandona la cocina, ejecutáis la fiesta del cumpleaños de vuestra hija como la pieza de teatro que ya es, con una madre y un padre sonrientes que ya no se besan. Hay piñata y guirnaldas, un kit de disfraz de policía porque Menzía quiere ser comisaria de mayor.

Esa noche es la última que duerme en tu cama, pero cuida de no rozar tu cuerpo y no volverá a tocarte porque sabes que todo ha terminado y Leone no es un hombre que sepa disimular afectos ni fingir una caricia.

Vuestra casa se convierte en un mausoleo donde la familia que fue ahora reposa muerta mientras los que antes la habitabais os arrastráis por el día a día cada vez más cansados de la tirantez, de los silencios, de la falta de conversaciones, porque la confianza ya se ha ido y no tiene visos de regresar. Llega el verano, pero tu vida es tan gélida que es Leone quien pone voz a lo que ya sabías que tenía que pasar.

La familia se rompe. Él, harto también de toda una vida en la palestra, se retira a una isla en la laguna norte en una pequeña comunidad de franciscanos.

Tú escapas con vuestra hija de una Venecia que duele demasiado.

Mencía crecerá dolida con el padre que dejó de hablar a su madre. Se cansará de tu vida itinerante y encontrará su lugar en Madrid, cazando a gente como tú.

69

LA CELDA

UNAI

Venecia, 10 de noviembre de 2022

Después de que mi madre terminara la historia, Mencía se quedó callada, se sentó en uno de los brazos del sillón de su padre, casi sin darse cuenta de su gesto, digiriendo lo que acababa de escuchar.

Leone se sentó también, apoyado en la mesa.

—¿Recibiste mis ángeles? —le preguntó a Mencía—. Fue una figura un poco obvia, un ángel blanco adulto cuidando de un pequeño ángel blanco. Esperaba que entendieras de quién procedía.

—Fuiste tú, entonces. Pensábamos que era la firma de Calibán —le dijo ella.

—Nada más lejos. Era mi manera de decirte que te protegía, que en Venecia nadie te tocaría, que tu seguridad era asunto mío. Siento mucho que malinterpretaras el gesto y que te hayas sentido en peligro, cuando, en realidad, he velado por ti cada vez que has pisado Venecia. No directamente, no me dejabas acercarme a ti, pero Renzo y Silvano eran tus ángeles protectores. Y Filippo siempre me ponía al día de todos los casos que estabas resolviendo cuando se trataba de robos de libros antiguos o falsificaciones. No tienes ni idea del orgullo que siento por que seas mi hija.

Durante años mi mayor temor fue que acabaras falsificando arte como tu madre. Y tú elegiste, al igual que su otro hijo, ser policía. Y, tal vez por eso, la he perdonado por fin.

Se levantó y tomó una pequeña figura de un ángel de cristal de su mesa, pensativo.

—Cada ángel es un regalo que me suelen traer los venecianos cuando me piden un favor y les ayudo en lo que puedo. Surgió espontáneamente hace unos años, hasta que se convirtió en un rito para ellos.

—Cuando dejaste el ángel en el *palazzo* después del incendio, fue tu manera de decirle a la policía que no se metieran, que era asunto tuyo —le dije a Leone.

—Lo dejó Silvano, en realidad. Es como un hijo, compartimos la misma filosofía y valores muy parecidos —me explicó—. Hoy en día la policía tiene mucha más formación que antaño. Es muy difícil engañar a la tecnología. Si Renzo se hubiera puesto con la investigación al cien por cien, habrían localizado a tu madre y a sus cinco colegas rápidamente, y eso los habría puesto en peligro de nuevo con Calibán. Pero los hijos de Scarpa saben cuándo meterse y cuándo no. Hemos aprendido, con los años, cuándo conviene que un asunto lo resuelvan ellos y cuándo yo puedo ayudar más silenciando un asunto.

Leone fue contestando, pacientemente, a todas las dudas y flecos que me quedaban por atar, pero su mirada se le iba una y otra vez al sofá donde estaba sentada su hija. Diría que la miraba con adoración.

Así que mi madre y yo nos hicimos un gesto y dejamos solos a Mencía y a su padre.

Al igual que habían hecho horas antes los cinco bibliófilos, abandonamos la estancia en silencio y ellos apenas fueron conscientes de nuestra ausencia.

Se miraban fijamente, no como retándose, más bien se observaban como si se estuvieran descubriendo.

En el pasillo nos interceptó el monje que nos había recibido en el embarcadero:

—Os estaba buscando, la comunidad está esperando ya para la cena —nos informó Virgilio.

—Ellos tal vez hoy hagan una excepción y no cenen —dijo mi madre.

El monje lo pensó por un momento.

—Sin que sirva de precedente, tal vez yo también haga una excepción y les acerque algo de comida después.

Le seguimos hacia el interior del edificio y llegamos al austero comedor, donde la pequeña comunidad de media docena de monjes, algunos voluntarios de otras congregaciones y los cinco bibliófilos nos esperaban para comenzar a cenar.

Si bien era cierto que no guardaban voto de silencio, la cena transcurrió entre susurros mientras un hermano leía un pasaje de la Biblia.

Nos sirvieron unos humildes *bigoli* en salsa de anchoas y una naranja de postre para cada uno, una cena muy frugal.

Alistair, Gaspar y los demás nos observaban, pendientes de mi madre y de mí. En cuanto nos pudimos levantar y recogimos la mesa entre todos, se acercaron y estuvimos charlando durante un rato antes de acostarnos.

—Hice traer algo de ropa para que tanto Mencía como tú pudieseis pernoctar aquí —me susurró al oído mi madre, antes de despedirme de ella.

—Los monjes son muy estrictos con el tema de las celdas femeninas y las masculinas, pero casi todos se acuestan pronto y nosotros nos solemos quedar leyendo cada uno en nuestras habitaciones. Espera una hora y ven a la zona de las mujeres. Mi celda es la segunda, la tercera es para Mencía. El resto están vacías. Y los monjes no se acercan por aquí por la noche, por motivos obvios. Limítate a no encender la linterna del móvil para que nadie vea luces en la oscuridad. Pero esta noche hay luna llena, ¿sabrás guiarte?

—Tenemos mucho de qué hablar, y contigo he aprendido a no despreciar ni un solo segundo que podamos pasar juntos —le dije—. Tropezarme con un ciprés será el menor de mis problemas.

Se puso de puntillas, me dio un beso en la frente y nos despedimos.

No aguanté una hora, en cuanto me instalé en mi austera celda, junto a la de Alistair, Gaspar, Benedict y Solomon, me tumbé durante un rato sobre el camastro de madera sin desvestirme y esperé hasta que comprobé que ya no entraba luz por debajo de la puerta.

Me escabullí como un ladrón hacia la zona de los dormitorios de las mujeres y llamé con mucho tiento a su puerta.

Mi madre me abrió y me hizo pasar, tampoco ella se había cambiado.

—Shh... Mencía ya está en la celda contigua. Ha sido un día muy largo para ella. Ven, siéntate.

Su celda también estaba vacía salvo por el camastro de madera y una pequeña mesa a modo de escritorio en una esquina. Una silla, un par de ejemplares del Antiguo y Nuevo Testamento y una lámpara de noche muy anticuada junto a una figura de piedra de San Francisco de Asís que ocupaba más que los libros.

Nos sentamos sobre el colchón y tuvimos que mantener nuestra conversación entre susurros.

—Así que tengo una medio hermana. ¿Por qué no me dijiste nada?

—Porque era peligroso para ella, Madariaga no es su apellido, no quiso llevar el Da Riva cuando se instaló en Madrid. Toda su documentación es falsa.

—Me di cuenta desde el principio de que erais más que mentora y discípula, que os teníais un cariño especial, pero no sé por qué, estos meses, desde que sé de tu existencia, y tanto he pensado en la vida que has llevado, nunca creí que hubieras rehecho tu vida después de lo de mi padre y que hubieras formado otra familia.

—Necesito que me cuentes lo que antes habías comenzado. Quiero saber todo lo que has averiguado de la muerte de tu padre. Goya no me dio ni un solo detalle —me rogó.

—Creo que te intentó evitar el dolor.

—Estoy más allá del dolor, necesito la verdad. Ya me curaré la herida después, pero no quiero vivir más tiempo en la incertidumbre —insistió.

Le relaté, buscando las palabras adecuadas, todo lo que había conseguido saber o suponer de una muerte sin testigos y sin protagonistas vivos. Todos los presentes en los hechos estaban ya bajo tierra, prácticamente había sido una investigación arqueológica.

Mi madre escuchó hablar del Custodio, del silo de Okina y de la Librería de la Almendra.

Se rompió cuando le hablé de José María Aldecoa.

—¿Entonces, fue él? ¿Don José María?

—Tenía la cartera de mi padre cuando lo arrojaron al silo de Okina. La cartera que le robaron durante el atraco en el que murió. Eso le sitúa en la librería o, al menos, lo pone en contacto antes de que mi padre muriera. El caso es que pude ver un par de fotos de carnet del tal José María y sé que lo vi alguna vez, sabía que tenía una mancha rubí en la calva antes de ampliar la imagen. Y le he dado muchas vueltas, pero no consigo ubicarlo.

—No imaginas lo que odié a aquel hombre durante mi adolescencia. Nos pilló medio desnudos en la biblioteca de la Escuela de Artes y Oficios y habló con la directora del colegio de la Veracruz. Me expulsaron de la escuela por comportamiento indecente, pero el peor castigo fue que Gael y yo no nos pudimos poner en contacto para volver a vernos. Pensé en él durante años, el colegio se convirtió en un penal. Tenía prohibido, bajo amenaza de expulsión, traspasar la verja del patio. Fueron tres o cuatro años, no recuerdo, recluida. Fue un milagro volver a coincidir en Vitoria años después, podía no haber pasado nunca y tú no existirías.

En ese momento, el sonido de unos nudillos tras la puerta me sobresaltó.

—Creo que es el hermano bibliotecario. Se turnan para traernos los libros que les pedimos por las mañanas —me susurró—. Escóndete bajo la cama.

—Mira, no somos críos —objeté—. Diles que soy tu hijo, que estamos hablando y ya.

—Y mañana nos invitarán amablemente a abandonar la isla, recuerda que estamos escondidos aquí, y que el peligro no ha pasado. Es una congregación religiosa y tienen sus normas inviolables. Anda, túmbate debajo del colchón.

Obedecí a regañadientes, no muy convencido.

Mi madre se levantó, y abrió la puerta.

—*Buonasera, vi porto il libro che avete riquiesto* —escuché que le decía en un italiano macarrónico.

—Gracias, hermano, por traérmelo —contestó ella, también en italiano—. Ya había terminado con Marco Aurelio.

Desde mi posición, tumbado en el suelo bajo la cama y boca arriba, solo podía ver los pies del hermano y su túnica marrón de franciscano.

Pero, entonces, escuché que cerraba la puerta y entraba en la celda con el carrito de la biblioteca, algo que me extrañó.

—Perdona, ¿quieres algo más? —le preguntó ella.

—Abre el libro —le dijo el monje en castellano.

Aquella voz... Aquella voz me puso el cuerpo tenso, y todavía no sabía por qué.

—Vaya, hablas muy bien mi idioma... —contestó ella—. Pero... este no es el libro que he pedido. Debe de haber un error.

—Es una *Odisea*, Ítaca —dijo el monje—. Ábrelo.

—¿Qué es esto? —oí que decía mi madre.

—Es una preciosa botellita de cristal de Murano. Contiene cicuta. Y sabes que no voy a hablarte de Sócrates.

—No —dijo mi madre, mientras daba un paso hacia atrás.

—Ya sabes quién más se suicidó con cicuta. Y tú te la vas a tomar.

—¿Por qué habría de hacerlo?

—Porque le estoy cogiendo el gusto a la cultura clásica y me está fascinando la existencia de la *vendetta traversa*. He investigado la genialidad criminal de los antiguos venecianos. Empezaré por Unai.

—No va a hacer falta que lo hagas —dijo mi madre—. A estas alturas sé que no vas a parar.

No escuché nada más, no me hizo falta.

Salí de debajo de la cama, justo a tiempo para ser testigo de cómo mi madre abría el pequeño corcho de la botella y bebía un sorbo.

Cuando vi al monje lo comprendí todo. Era corpulento, ya lo había visto antes, unos días atrás, cuando me lanzó por el puente.

Y se había rapado el pelo y ya no había rastro de su barba, no conocía sus rasgos, era cierto. Pero una vez vi esos ojos, cuando intentó matarme, y no los había olvidado.

Por desgracia, la rabia de Calibán seguía intacta.

70

UN SOBRE AMARILLO

ÍTACA

Torcello, octubre de 2022

Cruzas el puente del Diablo, treinta años después poco ha cambiado. En algún momento lo han restaurado. Por suerte, han respetado su estructura original y no han añadido una anacrónica barandilla.

Bajas las escaleras y lo ves de espaldas, con su inconfundible pelo blanco y corto.

Se gira, suspiras aliviada porque ha acudido a tu requerimiento.

Enviaste un sobre amarillo con el lacre azul que te regaló a la isla de los franciscanos, con la esperanza de que le llegara. Pero no querías acudir allí directamente, no sabes si es seguro y por nada del mundo quieres ponerlo en peligro.

Le has citado con un escueto:

«Donde no cruzarías una Nochebuena».

Te acercas, te sientes un poco intimidada, después de veinticinco años sin verlo.

—Has venido —suspiras de puro alivio.

—Difícil resistirse. ¿Nos damos la mano, dos besos, un abrazo como viejos amigos…? —te tantea.

—Yo tampoco lo tengo claro —admites.

—Los hermanos me hicieron llegar tu sobre. Me dejó muy intranquilo.

Un sobre amarillo significa «estoy en peligro».

Es una llamada de ayuda, el receptor no necesita abrir la carta. Si no pudiera hacerlo, por los motivos que fueran, el mensaje ya está entregado, en todo caso.

—No soy solo yo. Unos colegas bibliófilos de España me han pedido ayuda, parece una *vendetta,* y está sucediendo en Venecia. Puede que también vengan a por mí. Y a por Mencía. Tenías que saberlo. Ibas a enterarte, de todos modos. Sigues siendo el ángel de la ciudad, imagino.

—Así me llaman algunos vecinos, pese a lo excesivo que me parece. Has hecho bien en contactar conmigo. ¿Cómo es de grave?

Le pones al día mientras camináis por el campo de Torcello, demasiado alejados de los edificios al otro lado del río como para que nadie os vea en ese paisaje de hierbas crecidas y cañas altas.

Leone reflexiona y asiente mientras sigues hablando de ferias, libros desaparecidos y libreros envenenados con absenta.

—¿Qué? —pregunta, cuando vuelve al mundo real y te sorprende mirándolo.

—No has cambiado nada. Es como si hoy fuera el día antes del cuarto cumpleaños de Mencía.

—Ya ha pasado —dice al fin.

—¿Cómo dices?

—Que ya ha pasado. El rencor. Me cansé de tenerte rencor. Era un veneno que me amargaba solo a mí. Creo que solté lastre, con los años.

—Al menos ahora me miras a los ojos —dices—. Todos aquellos meses, hasta que te fuiste con los monjes, no soportabas mirarme a los ojos. Y yo no soportaba que no lo soportases. Era el tributo que tenía que pagar, pero dolía mucho. Fue dura aquella ley del hielo.

—Por eso me fui, era incapaz de revertirla.

Asientes, ya lo sabías.

Continuáis caminando, Leone está montando en su cabeza uno de sus elaborados planes. Esta vez no habrá Gennaros escondidos tras las cortinas. Aceptas todo lo que te propone y sabes que Gaspar y compañía van a aceptar también.

Leone usa todas sus discretas y fieles redes de apoyo para llevaros a la isla de los franciscanos y esconderos allí. Ha sacrificado el *palazzo* donde murió su madre, crees que hay algo también de catártico en intentar por segunda vez prenderles fuego a los recuerdos. En esta ocasión el acelerante hace su trabajo y las llamas de Santa Cristina dan la vuelta por todas las pantallas del mundo.

El improvisado retiro en una isla donde no hay nada que hacer salvo leer y pasear deviene en regalo. Los antaño colegas se convierten en confidentes tras las tertulias interminables regadas por el licor de avellanas de los franciscanos.

Alistair —lo llamas Ali— te habla de Gael y de su etapa en Madrid, estás empeñada en cubrir todas las lagunas de tu memoria, os robaron demasiado y demasiados años.

Alicia y tú os acostumbráis a colaros en la celda de la otra cada noche, sois las únicas mujeres de la isla, el pabellón es para vosotras. Responsable como es, quiere volver a Vitoria a resolver todos los pedidos de la librería que han quedado en el limbo.

Y con los días lo vas notando.

Un sentimiento antiguo y añorado: Venecia empieza a echar sus raíces dentro de ti como lo hizo en el pasado. Haces tus cálculos, te permites fantasear con volver a la casa junto al río San Vidal. No sabes si estará vacía, alquilada o pertenecerá a alguien.

Y entonces te das cuenta de que, durante todos estos años, no has vuelto a vivir en ningún lugar al que llamar hogar y que, todo este tiempo, hasta pisar de nuevo Venecia, ha sido como aguantar la respiración.

Fue cruzar la Vía della Libertá en el taxi que te recogió del aeropuerto y el embrujo de la bruma que circundaba la carretera volvió a domarte.

De todo esto y de veinticinco años de ausencia hablas con Leone en el banco del muelle del embarcadero, noche tras noche. A veces, cuando te despiertas pronto, también madrugada tras madrugada, cuando sales a pasear por los antiguos viñedos para ver la salida del sol y él ya está ahí, como una estatua de alabastro, un león blanco en la orilla.

Todo llega suavemente, a veces en su biblioteca, otras veces, a horas intempestivas, en el camastro de tu celda, tapándoos mutuamente la boca del otro con las manos cuando ardéis en llamas para que Alicia no se entere de vuestros embistes.

Aunque todos parecen cómplices de lo que habéis retomado y hasta los monjes os bendicen con sus miradas cuando acabáis hambrientos con el desayuno.

71

LA CICUTA

UNAI

Venecia, 10 de noviembre de 2022

Calibán no llevaba las monturas azules con las que lo vi en mi primer día en Venecia. Se había rapado también el pelo, me habría resultado imposible reconocerlo por la calle, y mucho menos vestido de fraile franciscano, aunque, en un momento de lucidez, me di cuenta de que a su disfraz le faltaba un detalle: no llevaba el colgante de la tau.

—¡Sabía que nos ibas a seguir a la isla! —grité mientras salía de debajo del camastro e intentaba incorporarme.

Con el rabillo del ojo controlaba a mi madre, que había retrocedido unos pasos, tambaleándose, y se había apoyado en la cama.

Calibán se lanzó a por mí. Se había puesto fuerte y estaba tan musculado que le sobraron segundos para derribarme y que yo cayera al suelo.

Después se sentó a horcajadas sobre mí, mientras me inmovilizaba un brazo con el suyo.

—¡Avisa a Mencía! —fui capaz de gritar a mi madre con todo el aire que me permitieron los pulmones.

Pero miré hacia arriba, y mi madre parecía desorientada y se tuvo que sentar en la cama, con movimientos lentos y torpes. La cicuta que Calibán le había hecho ingerir le estaba haciendo efecto.

Pero yo también estaba en problemas, porque Calibán había cogido la botella de cicuta y pretendía acercarla a mi boca para obligarme a beber el líquido verde.

Desde el suelo, y con un brazo sujeto, solo pude intentar frenarlo con mi único brazo libre, pero él sujetaba la botella con esa mano y centímetro a centímetro la fue acercando a mi boca y, pese a que me mordí los labios y aparté el rostro hacia un lado, en un intento de que el veneno no entrase en mi boca, Calibán fue ganando terreno y se sentó sobre mi pecho para sujetar mi brazo derecho con el peso de su rodilla y así liberar su otro brazo.

Una vez que tuvo ambas manos libres, intentó abrirme la boca mientras acercaba la botella con cicuta e intentaba que yo tragase el veneno.

Lo último que vi con claridad, cuando alcé la mirada, fue a mi madre desplomándose sobre la cama y comenzando a convulsionar.

Después escuché una fuerte detonación junto a mi oreja y durante unos segundos, como si estuviera en una burbuja, no oí nada.

La botella se derramó sobre mí, pude esquivar el líquido y no me entró en la boca ni en el ojo de milagro, pero seguí inmovilizado porque el cuerpo de Calibán había caído sobre el mío.

Su cabeza rapada sobre mi pecho. Su cuello, abierto por la herida de bala, manando sangre a borbotones.

—¡Unai! —gritó Mencía—. ¿Estás bien? ¿Estás herido?

Su voz me llegaba todavía como si yo estuviera debajo del agua. Después oí un pitido, y varios más, hasta que el aturdimiento se me fue pasando y pude entender lo que quería decirme.

Preferí no abrir la boca y no contestar hasta que me quitase el veneno líquido de la cara. Ella apartó el cuerpo inerte de Calibán, mi ropa estaba empapada de su sangre, y Mencía, con su arma reglamentaria en la mano, palpaba mi estómago en busca de heridas.

Me limpié el veneno de la cara con la manga y la frené:

—¡Estoy bien, Mencía! —la tranquilicé—. Ha intentado obligarme a beber cicuta, pero has llegado a tiempo.

Me incorporé, apaleado, con la ropa mojada y teñida de rojo y con un persistente dolor de oídos, pero mi madre convulsionaba sobre el camastro y no parecía mejorar.

Mencía se acercó a ella y le puso la mano en el pecho.

Se giró y me dijo:

—Tiene taquicardia, está empeorando.

—¡Pues llama a emergencias! —le grité a Mencía.

Ella marcó el número, intercambió brevemente unas palabras y colgó.

—Van a tardar mínimo media hora. Es lo que intento que comprendas. Si sigue así, no van a llegar a tiempo.

72

BAJO LA LUNA LLENA

UNAI

Venecia, 10 de noviembre de 2022

En ese momento aparecieron por la puerta Leone y el monje orondo que nos había dado la bienvenida en el embarcadero.

—¿Qué está pasando? —nos urgió Leone—. Se ha escuchado un disparo.

Cuando entraron en la celda se toparon con el cadáver en el suelo.

—¿Quién es?

—Era Calibán —dije—. Está muerto, Mencía le ha disparado para salvarme la vida.

—¡Ayudad a mi madre! —nos interrumpió Mencía, desesperada, sentada a su lado en la cama—. No sé qué le ha hecho Calibán.

—La ha obligado a beber cicuta —le repetí.

Leone se acercó corriendo a su lecho.

—Tiene las pupilas dilatadas —dijo en un rápido italiano.

—¡Trae la teriaca, Virgilio! —le ordenó Leone.

El monje salió corriendo, después de esquivar el cuerpo inerte de Calibán.

Virgilio tardó unos minutos que se me hicieron eternos, mi madre había comenzado a sudar y a empapar toda su ropa. Tenía el rostro salpicado de gotas y su cuerpo temblaba sin control.

Entró con un pequeño frasco de cerámica blanca y azul en el que se podía leer *Triaca magna*, parecía muy antiguo.

—Leone, ¿estás seguro de que esto de la teriaca no la va a matar? —le pregunté.

—¿Tú ves que haya venido algún médico? O es esto, o la cicuta la va a matar en unos minutos. Si tiene las pupilas dilatadas, el tóxico ya ha llegado al sistema nervioso central. La teriaca no va a matarla. Tampoco va a curarla. Solo podemos esperar que nos permita ganar unos minutos y ralentice el avance de la cicuta —me dijo en un italiano tan rápido que casi fui incapaz de comprenderlo.

Virgilio se sentó sobre el colchón e incorporó el tronco de mi madre, después le puso la botella en la boca y se la hizo tragar.

Pero los temblores no remitieron, ni el sudor.

Entonces Alicia entró en la celda con un camisón y una bata.

Cuando vio la escena, se llevó la mano a la boca.

—¡Dios mío! ¿Por qué ha muerto este fraile? —gritó.

—Es Calibán, ha envenenado a mi madre con cicuta. Hemos llamado a emergencias, pero no sé si van a llegar a tiempo —le expliqué.

—¿Tú estás bien? ¿Y esa sangre? —preguntó, preocupada.

—Es de Calibán, no es mía.

—¡Pues vamos a acercarla al embarcadero! —nos apremió—. ¡Ganaremos unos minutos!

Leone, Mencía y yo nos miramos, sorprendidos. Alicia tenía razón, en la celda no podíamos hacer nada más por ella.

—¡El colchón! —dije yo—. Vamos a usarlo como camilla.

Nos colocamos en las cuatro esquinas Alicia, Mencía, Leone y yo.

El colchón era estrecho, pero soportó el peso de mi madre cuando la alzamos entre los cuatro, sorteamos el cuerpo de Calibán en mitad de la celda y conseguimos salir por la estrecha puerta.

—Avisa a los demás, Virgilio. Tienen que saberlo. Y llama a Renzo. Hay que dar parte de una muerte —le ordenó Leone al monje con la autoridad de quien está acostumbrado a ser obedecido sin necesidad de gritos.

Y nos guio bajo la luna llena por el camino que nos llevaba al muelle de la isla.

Fue un trayecto penoso. A veces nos tropezábamos, a veces teníamos que parar para descansar, o porque las convulsiones de mi madre nos desnivelaban y corríamos el riesgo de caernos.

A duras penas y exhaustos, llegamos al amarradero, donde dejamos el colchón con mi madre encima.

La lancha de urgencias todavía tardó varios minutos en aparecer. Los dos médicos que aparecieron saltaron de la embarcación en marcha cuando la vieron convulsionar.

—*Dai, dai!* —gritó uno de ellos.

Los cuatro que la habíamos trasladado nos apartamos, hicimos un hueco y les dejamos trabajar.

Le pincharon algo, le pusieron una mascarilla de oxígeno, la cargaron en una camilla y la metieron en la lancha ante nuestras miradas de impotencia.

Antes de arrancar de nuevo el motor, uno de ellos se giró a los que estábamos en el muelle y nos dijo:

—Que vengan los familiares. No sabemos si vamos a poder salvarla.

73

LA LARGA NOCHE

UNAI

Venecia, 11 de noviembre de 2022

Fue una larguísima noche. Llegamos al Hospital Civil y la ingresaron sin darnos más datos. Esperamos durante horas, sin saber nada, en la sala de espera.

Al cabo de un rato, después de que Leone mantuviera mil conversaciones en su móvil, apareció la directora del hospital, una mujer morena de pelo largo enfundada en un traje pantalón oscuro y unos zapatos de tacón.

—Dame alguna novedad, Chiara. Aquí no nos dicen nada —le urgió Leone en cuanto apareció por el pasillo de baldosas blancas.

—Tendrán que analizarlo más tarde, pero el tóxico que ha ingerido estaba muy concentrado y ha llegado muy rápido a la sangre y a su sistema nervioso. Han empezado por un lavado de estómago. No puedo adelantaros más, no saben si será suficiente.

Después me miró de arriba abajo.

—¿Estás bien, necesitas que te veamos? —me preguntó.

Había olvidado la sangre de Calibán en mi ropa.

—No estoy herido, pero me vendría bien algo de ropa que no esté mojada de sangre —le rogué.

—Te conseguiré algún uniforme, puedes ducharte en los vestidores del personal. Ahora te indico —me dijo.

—¿No prefieres ir al hostal y cambiarte y ducharte allí? —preguntó Alicia—. Nosotros velaremos por tu madre.

—No, no voy a moverme de aquí —me limité a contestar.

Cuando volví, vestido con un uniforme azul de médico, a la sala de espera, continuaban sin tener novedades de mi madre.

Habían pasado más de cinco horas y nadie nos decía nada.

Fue de madrugada, mientras Mencía cabeceaba en mi hombro, vencida por el sueño, cuando llegó de nuevo Chiara.

—Se ha salvado. Parece que ya no queda veneno en su organismo, aunque va a necesitar reposo y es pronto para evaluar si habrá secuelas. Lo importante es que está viva. Podéis verla, pero solo un momento.

Mencía y yo nos abrazamos, en un gesto que no procesamos. La alcé por encima de mi cabeza y la volví a abrazar antes de hacerla aterrizar. Después Mencía se acercó a su padre, que había tenido que apoyar su brazo contra una baldosa de la pared cuando recibió la noticia.

—Vamos, *babbo* —le dijo.

Leone le pasó el brazo por el hombro y caminaron juntos hacia la habitación de mi madre.

Alicia y yo nos quedamos mirando a padre e hija mientras se perdían por el pasillo.

—Pues volvemos a Vitoria, por fin —me dijo Alicia con una sonrisa de inmenso alivio.

74

EL ARTE LAGUNA

UNAI

Venecia, 12 de noviembre de 2022

Al día siguiente vinieron Alistair, Gaspar, Benedict, Alicia y Solomon a visitar a mi madre. Continuaba débil, pero había salido de peligro. Ni Leone, ni Mencía ni yo habíamos querido salir del hospital desde el día anterior, ni con buenas palabras ni con veladas amenazas lograron que nos apartásemos de su cama.

Con mi madre siempre tenía la incómoda sensación de que los minutos en que contaba con su presencia podrían ser los últimos. Y que iban a ser muy pocos en el sumatorio de mi vida los pasados junto a ella.

Después de que el auxiliar nos echara a todos a la sala de espera, le pedí a Mencía que me acompañara y dejamos a mi madre, que dormía, con Leone.

Renzo Scarpa había acudido a la isla de San Francesco del Deserto cuando Mencía lo puso en antecedentes y allí solo pudieron confirmar el fallecimiento de Calibán después de comprobar su verdadera identidad.

Mencía me contó que habían procedido a acordonar toda la zona y esa misma mañana estaban realizando la inspección técnica ocular.

Mi medio hermana tuvo que ausentarse durante unas horas para redactar su atestado y firmar su declaración de los hechos, pero, en cuanto terminó, volvió al hospital y se quedó perenne, al lado de nuestra madre.

—¿Qué vais a hacer ahora? —les pregunté—. Ya ha pasado el peligro de Calibán, pero ha muerto y no tenemos ni idea de dónde estarán los veinte ejemplares que os robó. ¿Seguirá adelante la Feria del Libro Antiguo?

—En parte, hemos venido a hablar con Mencía y contigo de ese tema. La feria se celebra la próxima semana y, de momento, continúan teniendo el *Codex Gigas, la biblia del Diablo,* como atracción para atraer a los medios.

Suspiré, a mí me estaban sobrando los diablos en Venecia.

—Filippo me ha contado que también han conseguido una cesión de un monasterio budista en Bután —continuó—. Es un libro de oraciones de páginas negras y la tinta blanca con la que está escrito fue elaborada por los huesos molidos de un lama con fama de santo. Pero, no te voy a engañar, sin los veinte ejemplares de la Biblioteca Nacional, la muestra se va a quedar muy desangelada, si me permites la expresión.

Entonces Gaspar me dio una palmada en el hombro y sonrió como si supiera un chiste muy gracioso.

—¿Y dónde están las buenas noticias? —pregunté sin comprender.

—Verás, Unai. Es que sabe más el Diablo por viejo que por Diablo.

—Me consta —dije.

—Cuando nos ocupamos de supervisar el embalado y el transporte desde el depósito de la Biblioteca Nacional en Madrid colocamos en la caja de la *Biblia del Oso* una baliza GPS.

—¿Una baliza, como las que usamos nosotros? —preguntó Mencía entusiasmada.

—No, ojalá. Mucho menos profesional. Es una microbaliza, solo tiene un radio de búsqueda de unos pocos kilómetros, y se activa con una aplicación de móvil que yo tengo instalada.

—¿Y…?

—Estos días no hemos sabido nada del paradero de la caja ni de sus compañeras porque apagamos los móviles en cuanto nos dimos por desaparecidos durante el incendio, por si Calibán nos rastreaba, pero ahora que él ya no nos puede seguir lanzando escaleras abajo… Mirad.

Ambos nos asomamos a la pantalla del móvil con curiosidad.

—Dime, Mencía. Tú conoces mejor Venecia. ¿Te suena este lugar?

Un pequeño círculo señalaba el *sestiere* de Castello.

—Ya sé cuáles son esos edificios —dijo Mencía—. Está en el arsenal, es el Art Laguna Exhibition. Allí se celebra todos los años el Art Laguna Prize. Los inmuebles del antiguo muelle se han reconvertido en almacenes vacíos donde tienen lugar exposiciones de arte, muy espectaculares, las mejores *performances* del mundo en cuanto a formatos gigantes.

—¿Tiene sentido? —le pregunté.

—Desde luego, habría espacio —convino ella.

—Yo puedo hablar ahora mismo con un contacto que trabaja en el Arte Laguna de manera permanente —dijo una voz tras nosotros.

Nos volvimos, Leone había salido de la habitación de mi madre y llevaba un pequeño vaso de café de máquina entre sus largas manos blancas. Tenía unas ojeras más bien negras y, por una vez, vi algo parecido a la vulnerabilidad.

Entonces me di cuenta: estaba enamorado de mi madre. Lo que vi en su rostro fue esa preocupación que solo se tiene por la familia, como la de mi abuelo cuando yo casi me mataba en cada investigación.

—Nos vendría muy bien que lo hicieses ya. Si todavía se puede salvar la feria, desde luego hemos perdido casi dos semanas irrecuperables —le rogó Alicia.

Leone asintió, feliz de poder ayudarlos de nuevo, e hizo sus llamadas.

Nos pidió además un taxi acuático y nos dio las indicaciones de cómo llegar.

Al cabo de un rato, tras una corta travesía, Mencía, los cinco bibliófilos y yo atracábamos en lo que parecían ser los almacenes de un muelle construidos con ladrillo rojo y con tejados a dos aguas.

En la entrada del primer pabellón encontramos al amigo de Leone, un viejo portero que llevaba una gorra ladeada, que nos saludó como si nos conociera de toda la vida.

—Ahora hace mucho frío y, por las mañanas, la niebla baja me destroza las piernas y me empeora el reuma, pero me gusta mucho el arte y continúo trabajando aquí, aunque tendría que haberme jubilado. Este lugar tiene mucha vida con las exposiciones y me entretiene. También se organizan bailes de carnavales para empresas y eventos con muchas luces LED de esas que ahora están en todos los sitios —nos fue explicando—. El *signor* Da Riva me ha dicho que andan buscando material de una exposición que se les ha perdido, ¿verdad?

Alistair y Morgan lo escoltaban mientras el anciano bedel nos iba abriendo uno a uno todos los pabellones que mostraban exposiciones en distintos estadios organizativos.

El primer pabellón acogía una exposición de vasos de cristal, atrapados todos en sus vitrinas.

En el siguiente pabellón estaban desembalando paneles gigantescos que contenían unas manos de más de diez metros de altura, cuyos dedos se tocaban, dibujando un puente. Pasamos con cuidado debajo del espacio que nos permitía el arco que formaban dos de las manos que ya estaban desembaladas.

Los ocho presentes buscábamos con la mirada por cualquier rincón de los pabellones semivacíos las cajas de madera que pudieran contener veinte volúmenes de libros únicos, pero fuimos recorriendo el resto de los edificios y poco más había que encontrar allí.

—¿Qué dice tu baliza, Gaspar? —le pregunté.

—No es muy exacta y no amplía mucho más, pero sigue marcando esta zona —contestó, frustrado.

—¿Y no hay ningún lugar donde las embarcaciones pueden descargar cajas que no sean para las exposiciones? —preguntó Mencía.

—No, salvo el almacén. Allí se guarda de todo, incluido lo que no sé para qué pabellón va. Algunas cosas se quedan allí para siempre, porque son piezas de alguna exposición que no llegan a tiempo y después ningún museo ni sala ni artista las reclama. Es como un cajón de sastre —comentó—. Pero no creo que estén en el almacén veinte cajas, los pasillos son estrechos y no hay mucho espacio.

—Insistimos —le dije, aunque no muy convencido.

Miré la hora, quería volver al hospital para estar presente si mi madre despertaba, pero todos nos miramos, asentimos y seguimos al conserje al exterior de la hilera de los pabellones.

Haciendo esquina encontramos otro edificio, también de ladrillo rojo, pero parecía más humilde, nos abrió con algo de esfuerzo la persiana metálica gris, cuya pintura había conocido mejores tiempos.

Entramos todos a inspeccionar el viejo almacén, salvo el anciano, que quedó fuera. Una vez dentro encontramos altas estanterías de metal con cajas de todos los tamaños, formas y procedencias.

Nos dispersamos, buscando entre los pasillos. Algunos de ellos eran tan estrechos que Gaspar y su ligero sobrepeso no cabían por ellos.

Sabíamos lo que buscábamos, me habían descrito las veinte cajas de madera embaladas con el precinto blanco y negro de la Biblioteca Nacional, pero cabía la posibilidad de que Calibán las hubiera envuelto para que nadie las reconociera.

Al cabo de un rato, en el que los siete peinamos la docena de larguísimos pasillos del almacén, Alicia gritó, exultante:

—¡Las he encontrado! ¡Venid, estaban bajo unas mantas de mudanza!

Todos corrimos hacia el pasillo en el que estaba Alicia, contiguo al mío. Y fui el primero en llegar.

Cuando Alicia tiró de las mantas para descubrir las cajas, me di cuenta de que era la última trampa de Calibán.

Al igual que había actuado con Olmedo, su preso sombra, Calibán volvía a usar los libros como arma del crimen. Al igual que había hecho Casto Olivier, dejaba todo dispuesto para seguir vengándose después de su muerte.

75

EL CEPO

UNAI

Venecia, 12 de noviembre de 2022

Pese a saber que ya era inevitable, corrí, adentrándome en el pasillo, pero las cajas superiores, ocultas tras la manta de mudanzas, estaban colocadas a tres metros sobre la cabeza de Alicia, lo que ella no podía ver era que las habían colocado inclinadas gracias a unas maderas que actuaban como cuñas.

—¡Alicia, sal de ahí! —grité, y corrí hacia ella, pero las pesadas cajas cayeron sobre su cuerpo con un estruendo que se escuchó en todo el muelle.

Oí los gritos de Mencía, Alistair y los demás a mis espaldas.

—¡Ayudadme, hay que sacarla de ahí! —grité.

Porque solo se veían las piernas bajo las cajas, y no sabía cuánto peso le había caído.

El pasillo era tan estrecho que tuvimos que organizar una cadena humana. Yo fui pasando a Mencía cada caja que podía levantar, esta se la daba a Alistair, y así pudimos, caja a caja, ir desatascando el pasillo.

—¡Alicia, ya llegamos! —le gritó Alistair.

Pero Alicia no respondía.

Para cuando pudimos despejar el pasillo y levantar la última caja que aplastaba su cuerpo, todos sabíamos ya que nuestras prisas habían sido inútiles desde el principio.

Alicia estaba inerte, tenía un gran golpe en la cabeza provocado por la esquina de una de las cajas. También su pecho y sus costillas estaban aplastadas. El brazo con el que intentó protegerse mostraba roturas en varios ángulos.

Es extraño cuando alguien mata después de muerto. Es extraño saber que el asesino jamás se enterará de que su víctima ha sido ejecutada y, aun así, lo ha dejado todo dispuesto para que un inocente pise el cepo y caiga en la trampa.

76

BILLETES DE VUELTA

UNAI

Venecia, 13 de noviembre de 2022

Fue un día de trámites y papeleo. Todos decidimos volver a Vitoria, acompañar la repatriación del cadáver de Alicia y acudir a su entierro. Incluso mi madre quiso comprar un billete, pero todavía seguía ingresada y tuvimos que persuadirla de que no firmara el alta voluntaria.

Iba cruzando un pequeño puente, en dirección al hospital para despedirme de ella y de Leone, cuando recibí la llamada de Estíbaliz.

—Tengo noticias. Y no son buenas —me dijo a modo de saludo.

—Yo también, Estíbaliz. Y las mías tampoco son buenas porque la conoces —me adelanté.

—¿Qué quieres decir?

—Alicia, de la librería La Maga.

Estíbaliz frenó su trote, detrás de su cabeza se veía la catedral nueva, y la imagen pareció congelarse por un momento.

—¿Qué le ha pasado?

—Le ha pasado Calibán.

Miró con rabia la pantalla, pensé que iba a lanzar el móvil y que la llamada se cortaría.

—Maldito, ¿es que no va a parar nunca?

—Sí. En realidad, ha parado. O más bien Mencía, mi hermana, lo ha parado.

—¿Mencía? ¿Tu hermana?

—Te falta contexto. Lo sé. Tengo demasiado que contarte. Pero, por resumirte, esta tarde tomo un vuelo de vuelta, pasado mañana será el funeral de Alicia Lasarte. Aquí la investigación ha terminado. Hemos encontrado a los cinco bibliófilos y a mi madre, con alguna que otra sorpresa vital, y hemos recuperado los veinte ejemplares de libros prohibidos, que están intactos pese a ser el arma del crimen. No he preguntado a Gaspar y compañía si van a continuar con la organización de los libros cedidos. Ahora mismo están demasiado afectados. Se conocían desde hacía siglos y han convivido en un monasterio durante un par de semanas. No sé, todo muy duro. Dime algo que me anime.

—Pues... hombre, no es para animarte, aunque sea un avance.

—Dispara ya, Esti. Estoy entrando en el hospital para despedirme de mi madre, cada segundo cuenta con ella.

—De acuerdo, allá va: Asunción, la viuda de don Ricardo Ruiz de Azúa, se ha suicidado.

—¿Cómo lo ha hecho esta vez? ¿Más nicotina líquida?

—No, la altura de esa terraza que tanto trabajo te ha dado. Aprovechó un descuido de la cuidadora y se precipitó mientras ella le estaba preparando la cena. No había gente por la calle, no ha habido víctimas colaterales que lamentar.

—Vaya final para la pareja. ¿Y por qué me dices que es un avance?

—Porque Ricardo hijo, al enterarse de que su madre ha muerto, se ha puesto en contacto conmigo. Dice que quiere contar la verdad y que solo hablará contigo.

—Ya hemos pasado por eso, ¿no me dijo cuando estuve con él que me estaba contando todo lo que sabía?

—Ven a Vitoria, anda, que ya se te echa de menos, y lo averiguas.

Entré a despedirme de mi madre, pero estaba dormida y, pese a que me quedé un buen rato, me fui con la pena de no haber hablado con ella. Aunque el tiempo apremiaba e iba siendo hora de abandonar Venecia.

El vuelo de vuelta, sabiendo que teníamos el cadáver de Alicia a nuestros pies, en la bodega del avión, resultó triste e incómodo para todos.

Al día siguiente me presenté en Lakua a primera hora. Ricardo hijo me esperaba en la misma sala en la que habíamos hablado unos días atrás.

—Te acompaño en el sentimiento —le dije al entrar.

—Te lo agradezco —dijo el profesor, muy serio—. Me alegra que tus ojos vayan mejor.

—Me ha dicho mi compañera que quieres contarme algo.

—Quiero contártelo todo, en realidad —matizó.

—¿Y hace unos días no lo hiciste? Dijiste que te preguntara lo que fuera, que querías colaborar.

—Eso dije, pero ahora todo ha cambiado.

—¿Qué es lo que ha cambiado?

—Ahora no está ella. Puedo contarlo.

—Pues empieza, Ricardo. Empieza a contarlo todo.

—No te conté lo del silo de Okina. Lo que sucedió con ese hombre cuya esquela me enseñaste.

77

EL NIÑO QUE FUI

UNAI

Vitoria, 14 de noviembre de 2022

—Ya te conté que mis padres y yo solíamos hacer excursionismo y espeleología por las cuevas de Álava durante los fines de semana. A veces subían al Gobea; otras, iban por la sierra de Toloño, pero era muy recurrente que fueran al silo de Okina. Lo habitual en esa zona es hacer la ruta del nacimiento del río Ayuda, pero ellos llevaban siempre un par de mochilas con el equipo para bajar y siempre iban solos al silo, a mí me dejaban a mitad de ruta, o en el pueblo. Aquel día les seguí, salí como diez minutos después que ellos desde la fuente del pueblo y les fui siguiendo el rastro hasta el silo.

—Cuando llegué, vi que estaban hablando con un señor bajito, no tenía pinta de excursionista, la verdad, aunque llevaba botas y cazadora de monte, pero parecía más un urbanita metido a dominguero —añadió.

—¿Era José María Aldecoa? —le atajé.

—Sí, era el mismo de la foto de la necrológica. Puedo contarte que no escuché la conversación y me acerqué hasta lo que me permitió la maleza, así que solo escuchaba cuando alguno de ellos alzaba la voz. Aldecoa parecía un hombre un poco nervioso, gesticulaba mucho. Se sacó algo de la chamarra y se lo mostró a mis padres.

—¿Pudiste ver lo que era?

—No, no era grande y no ocupaba más que la palma de su mano.

—¿Qué objeto dirías que fue?

—No sé, algo que no ocupaba mucho, una foto, un carnet, una cartera, un billete, una tarjeta…, algo que le cabía en el interior de la chamarra.

—¿Un arma, una pistola…? —le tanteé.

—No. La habría visto desde la distancia a la que estaba. Además, mis padres habrían reaccionado diferente. No le tuvieron miedo en ningún momento.

—De acuerdo, ¿y qué pasó después?

—Que la discusión pasó a mayores. Mi padre no era un hombre de algaradas públicas. Ni en casa discutía o gritaba, pero Aldecoa lo empujó varias veces, creo que le estaba reclamando algo.

—¿Tu madre participó en la discusión?

—Mi madre era testigo, estaba como a medio metro, aunque ella no hablaba, solo escuchaba con los brazos cruzados, pero yo la conozco. La conocía —se corrigió—, estaba enfadada y, en un momento dado, fue mi madre quien dio un paso al frente y lo empujó.

—¿Tu madre? —repetí, sorprendido.

—Sí, el hombre cayó y desde mi posición no volví a verlo, pero era imposible que sobreviviera a treinta metros de caída, eso yo lo tenía muy claro.

—¿Y qué pasó después?

—Mi padre se llevó las manos a la cabeza, dio varias vueltas sobre sí mismo, pero mi madre empezó a montar las cuerdas y los arneses. Creo que le dijo a mi padre que se quedara arriba controlando para subirla después y ella bajó.

—Vaya —se me escapó en voz alta.

—Bajó con dos mochilas. Las dos vacías. Mi padre esperó al borde del silo, sujetando las cuerdas, durante un buen rato. A veces se asomaba, pero miraba a los lados y no le dio ningún grito. Cuando al fin subió mi madre, lo hizo con las dos mochilas a la espalda. Estaban llenas porque le pesaban, y porque recogieron todo y mi padre volvió con las cuerdas y todo el equipo en los brazos.

—¿Sabes qué llevaba tu madre en las mochilas?

—Nunca lo vi, pero no era tonto, lo imaginé. Sobre todo porque ese día terminaron en el hogar de mis padres los dramas monetarios. Y como no era tonto, siempre supe que todo aquello tenía relación con que mi padre fuera el dichoso Custodio. Fabulé mil teorías durante años, más o menos desacertadas. Hasta hoy, que espero que entre ambos podamos terminar el puzle de mil piezas que ha sido la vida de mis padres.

—Todos estos años elegiste proteger a tu madre.

—No habría soportado la cárcel.

—Pero otra esposa y otra madre de dos niñas soportó la incertidumbre de no saber nada durante toda una vida. Esa mujer jamás supo lo que le pasó a su marido. Y una de sus hijas tampoco, falleció hace unos años.

Pero me callé. Estaba defendiendo al asesino de mi padre. Él tampoco pensó en el niño que una vez fui.

78

LA CAMPANA DE LATÓN

Vitoria, mayo de 1982

El hombre bajó por el cantón de la Soledad por tercera vez, pasó por delante de la Librería de la Almendra, también por tercera vez y, cuando llegó a la torre de Doña Otxanda, se dio media vuelta.

«Tú eres tonto, José Mari», pensó.

Miró cantón arriba y comprobó que no pasaba mucha gente. Se decidió de una vez y subió de nuevo. En esta ocasión no se cruzó con nadie y se decidió a entrar.

Una pequeña campana de latón sobre la puerta anunció su entrada en la tienda.

Aquel sonido era la señal secreta entre Gael y su hijo para que este se escondiera debajo del mueble. Se rieron una vez más del juego favorito de ambos, cómplices y risueños, y Gael puso su rostro de adulto serio que a Unai tanta gracia le hacía.

—Hola, Gael. ¿Cómo va el negocio? —saludó el hombre.

A Gael se le congeló la expresión durante un segundo. Sintió una patada en el estómago, la misma que deben de sentir los ciervos ante un coche cuando se les viene encima.

—Don José María —contestó el joven, fingiendo una sonrisa despreocupada—. ¡Qué gusto verlo por la librería!

Tragó saliva, salió del mostrador. Su antiguo profesor no podía ver que su hijo estaba con él, agazapado dentro del mueble de la caja registradora. Y sabía que Unai estaba observando toda la escena a través del agujero de los cables.

—Sí, hacía tiempo que quería venir a visitarte. Me alegró mucho verte el otro día, pensé que te habría quedado un recuerdo agridulce de mí, después de lo que pasó hace años, cuando rescindieron tu contrato por aquella… tontería.

Gael hizo un gesto un poco payaso y le restó importancia con la mano. Eso se le daba bien, la gente mayor no solía tomarlo muy en cuenta y él usaba su vena cómica para salir airoso en según qué situaciones sociales. Pero en aquella situación no se había visto nunca.

—Es agua más que pasada. Olvide lo que le pregunté el otro día, es solo que me puse nostálgico.

—Sí, lo de nuestra alumna superdotada, Ítaca Expósito… ¿la has encontrado? ¿Sabes algo de ella?

—No, qué va. Fue un arrebato tonto, casi adolescente. Es que acabo de enviudar, hace unos meses. Y… no sé, son situaciones que lo remueven todo, no sé si me entiende.

«Tal vez si apelo a la pena…», pensó Gael, buscando salidas.

—Pero ya pasó, sigo con mi vida. Pregunté un poco y nadie tiene la menor idea de qué fue de ella. Y yo tengo un hijo y un recién nacido, no es momento de hacer chiquilladas.

—Lo sé, lo sé. Me consta. ¿Y tu hijo mayor? Háblame de él, ¿cómo se llama?

Gael dio un paso más.

—No, don José María. Por favor, no siga. Sé a qué ha venido. Sé lo del Custodio.

El hombre también dio un paso atrás, contrariado.

No estaba para perder el tiempo. Al día siguiente le esperaban dos hombres en el bar de Zaramaga para cobrarle el crédito rápido que había pedido. Al día siguiente no iba a tener el dinero, pero podría pedirles un aplazamiento si tenía en perspectiva cobrar los cien millones. Aunque sin la madre, y sin el hijo, sabía que tendría que implorar para cobrar una parte de la recompensa total. Pero treinta y tres millones también lo sacarían del apuro.

José María se sacó la pistola, el chico era más alto que él, pero no muy corpulento.

—Hijo, no vamos a hablar del Custodio. Si ya sabes a lo que he venido, mejor me das los datos que te pido.

Gael se había quedado en blanco cuando vio la pistola. Aterrado, pensó en Unai, en que no hiciera ruido, en que no sabía estarse quieto dentro del cajón del mostrador y pronto saldría dando botes.

—De acuerdo —terció Gael—. Le he mentido, lo reconozco. Yo voy a decirle dónde está Ítaca Expósito, pero vamos a salir de la tienda y vamos a mi casa a hablar. No tengo vecinos y nadie lo va a ver, pero no haga una locura con esa pistola en el local, que por el Casco Viejo pasa mucha gente y lo van a ver.

José María se impacientó, lo del piso ni se lo planteó. La librería le daba la coartada de simular un atraco, pero no era tan tonto como para seguir al chaval fuera de la tienda.

—¡Mira, Gael, no me trates de imbécil! —alzó la voz. El genio lo sacaba solo en casa, cuando bebía o cuando perdía en las tragaperras.

Gael vio la pistola agitarse delante de él y se lanzó a por ella. Calculó que podría arrebatársela y levantó el brazo, pero ese gesto asustó a José María, que se aferró al arma y apretó el gatillo.

Pasó un rato, un rato largo. Unas cuantas horas. Unai se cansó de chistar a su padre, que estaba jugando a policías y a ladrones con un señor calvo, y salió de su escondite. Se sentó al lado de su padre, que seguía jugando. Aburrido, volvió al mostrador, cogió el cuento de la cerillera, el que su padre guardaba siempre en la tienda, y se entretuvo mirando los dibujos.

Era ya casi de noche cuando Santiago fue a buscarlo. Preocupado porque su hijo Gael no contestaba al teléfono de la librería ni al de casa, había cogido el coche desde el pueblo y se había plantado en el local. El pequeño Germán pasaba el día con ellos en Villaverde. Se apañaban como podían, un joven viudo, sus padres, un bebé recién nacido y un niño de cinco años.

Unai levantó la cabeza cuando oyó el ruido de la pequeña campana de la entrada.

—Abuelo, papá me ha dicho que me va a preparar un bocadillo de Nocilla esta tarde —dijo el niño, un poco hambriento.

Santiago trastabilló cuando vio a su hijo en el suelo, con un tiro en la cabeza.

Las zapatillas blancas de su nieto estaban teñidas de rojo, también el calcetín derecho. El pequeño e inquieto Unai no parecía ser consciente cuando se levantó y se plantó en mitad del charco de la sangre de su padre.

Santiago agarró a su nieto en volandas, se lo llevó de la tienda y se juró que no permitiría que Unai volviera a ese lugar.

Llamó aquella semana, con mano torpe, al médico de Bernedo.

—Andrés, que esto no salga de aquí.

Le contó lo que había sucedido con su nieto. Le preguntó cómo comportarse con él.

—Síguele el juego —le contestó su amigo—, es muy pequeño, a mí en la guerra me pasó igual. Vi cómo fusilaban a mi padre y no me di por enterado. Poco a poco se irá dando cuenta de que su padre no está. Acaba de perder a su madre. ¿Qué vais a hacer ahora con los dos nietos?

—Pues criarlos nosotros. Qué vamos a hacer, dices.

79

LOS TRES ÁNGELES

UNAI

Villaverde, 19 de noviembre de 2022

El abuelo se empeñó en bajar al cementerio y cambiar el ramo de claveles blancos, un poco mustio, de la tumba de mi padre.

—Entonces Alistair viene mañana a ver a Gael —repitió, por enésima vez, como si todavía no se creyera la historia que le había contado de islas de franciscanos y cicutas.

Se había pasado la mañana preparando comida para alimentar a un convento, sobre todo cuando le comenté que había visto a Alistair un poco desmejorado.

—Sí, abuelo —repetí yo mientras lo acompañaba camino abajo hasta llegar al muro del camposanto.

Todos los libreros habían venido a Vitoria a despedir a Alicia. Gaspar, Benedict y Solomon habían vuelto a Venecia para tener terminada la exposición de libros prohibidos y organizar un homenaje a Alicia que había sido secundado por todo el gremio.

También había acudido Mencía. Habría preferido que conociera Vitoria en otras circunstancias, pero nos prometimos viajes a Madrid y videollamadas.

Antes de despedirme de ella con un abrazo, quise saber si volvería a Venecia en breve.

—Sé que lo preguntas por mi padre, y sí, por supuesto, quiero recuperar el tiempo perdido.

—Yo lo haría —dije.

—No me cabe la menor duda, aunque sé que también me lo preguntas por Renzo.

—No es asunto mío, Mencía. No tienes que darme explicaciones.

—Lo sé, pero sé que no eres tonto y que no disimulamos bien que hemos sido y a veces seguimos siendo algo más que compañeros —me explicó con una sonrisa—. Mira, Unai. Yo creo que las personas son como las ciudades. Hay ciudades bellísimas, como Venecia, que son para visitarlas e ir de vez en cuando. Pero, para vivir, no elegiría Venecia. Con Renzo me pasa como con Venecia, es bello, agradable de visitar, y, a veces, tengo nostalgia, pero me quedo en Madrid.

Le despeiné la melena, como le hacía su padre, y nos despedimos con un abrazo.

Y al día siguiente estaba en Villaverde con el abuelo, preparándonos para la visita de Alistair. Bajamos por el camino para adecentar la tumba de mi padre cuando vimos que había una silueta en la puerta del cementerio.

Mi madre, ataviada con un abrigo y una corona de flores en una mano, esperaba en la entrada.

—¡Has venido a Villaverde! —exclamé.

—Quería visitar a Gael. Y te he traído un regalo, hijo. Es de Leone, en realidad.

Me tendió un pequeño paquete que abrí allí mismo, frente a mi padre.

—Tres ángeles de Murano —dije. Pensé en Leone, en Mencía y en ella—. Muy adecuado.

El abuelo miraba a uno y a otro, tratando de seguir la conversación.

—Soy el abuelo de Unai, Santiago —se presentó él mismo con su contundente apretón de manos.

—Soy la madre de Unai, le agradezco que haya criado a mi hijo, le agradezco que lo haya convertido en la persona que es hoy.

El abuelo se encogió de hombros y se rascó los pocos pelos que le quedaban bajo la boina.

—Hice lo que Gael habría querido. Dime, hija, ¿no quieres unas almendras garrapiñadas bien calenticas?

Mi madre sonrió y el abuelo solo accedió a dejarnos solos cuando ella le prometió que subiría a su casa y se llevaría unos tarros de mermelada.

Después, cuando ya solo estábamos ella y yo, nos pusimos al día de todo lo que Calibán interrumpió la noche que casi la envenena.

Me habló de que había retomado su relación con Leone, de que Mencía había perdonado por fin la ausencia de su padre, de lo extraña que se sentía al permitirse soñar con volver a tener una familia.

—Ya había renunciado —me comentó.

—No lo rechaces. Esta es tu vida ahora —le dije.

—¿Qué quieres decir con eso?

Le hablé de Alba, de su ruptura, de mi huida hacia adelante metiéndome de cabeza en dos investigaciones.

—Estoy aterrado por lo que viene —le confesé—. El duelo, construirme nuevas rutinas en solitario, la intendencia con Deba, que no le afecten nuestras decisiones. Pero ¿sabes? He estado hablando con mi padre, aquí, frente a su tumba. Lo he hecho desde pequeño, nunca interrumpí nuestros juegos tontos. Yo era un crío y él estaba muerto, pero bajaba al cementerio a seguir jugando con él y en mi cabeza me respondía como solía hacerlo, así que creo que he fosilizado sus expresiones y su manera de hablar, porque no son propias de mí y todavía me sorprende cuando imagino sus respuestas, que no son las que yo usaría. Y se lo he contado todo. Lo de José María Aldecoa, lo del Custodio. No sé de lo que él llegó a enterarse. ¿Y sabes qué me ha venido a la cabeza? «Esta es mi vida ahora», ha dicho. La aceptaba. Aceptaba pasar el resto de su tiempo tumbado, con los pies mirando a San Tirso, en este cementerio de Villaverde, recibiendo la visita diaria de su padre. Y eso es todo lo que me ha dicho: «Esta es mi vida ahora». Está conforme, ha aceptado lo que le pasó y sabe que estamos bien, que Germán y yo salimos adelante. Así que le he dado las gracias por la lección de vida y yo también me he dicho esta mañana: «Esta es mi vida ahora».

80

LA VIDA AHORA

ÍTACA

Venecia, 21 de noviembre de 2022

Vuelas hacia casa de nuevo, Leone te espera en el aeropuerto, junto a las letras de Venecia.

—¿Todo bien por tu antigua ciudad? —te pregunta mientras te pasa el brazo por el hombro.

—Me gustaría que vinieras alguna vez a conocer a mi nieta, Deba.

—¿Piensas seguir visitando a Unai?

—Ya no me voy a esconder. Mi huida termina aquí. Me quedo en Venecia, te lo dije.

El vehículo recorre la carretera rodeada de agua que os adentra en esa península en forma de pez que tanto amas.

—Yo también quiero ir a Madrid a partir de ahora, quiero que Mencía sepa que tiene padre —te comenta.

—Ahora me hace tres videollamadas al día, pendiente de mí. Si quieres estar en contacto con ella, vas a estarlo, créeme.

En la estación de Santa Lucía os apeáis y buscáis un taxi acuático. Has pedido al patrón que te lleve a una dirección, pero Leone no sabe nada.

Cuando enfiláis el Gran Canal y la lancha va frenando al pasar por debajo del puente rojo de la Academia Leone todavía no comprende.

—No he estado de brazos cruzados estos días —le dices, mientras pagas al taxista, que os deja en un muelle en el que mil veces antes ibais y veníais con Mencía.

La que fue tu casa en Dorsoduro tiene un cartel de «Se vende» en la puerta enrejada. Leone te sigue, sabes que amó esa casa tanto como tú. Lo notas porque se queda maravillado, en mitad del pequeño puente sobre el río San Vidal, y aprieta la barandilla, en un gesto inconsciente.

—La he comprado. Está en ruinas. Me va a encantar restaurarla. Antes de ayer aprendí algo de mi hijo.

—*Che cosa?* —es capaz de decir, pero por una vez, le falla la voz, demasiado emocionado por los recuerdos de aquellos años tan felices y de la perspectiva de que por fin, el castigo y la renuncia hayan terminado.

—Aprendí a alegrarme al decir en voz alta: «Esta es mi vida ahora».

Leone sonríe cuando le enseñas la vieja llave que nadie ha cambiado. Miras a tu alrededor, todo lo que te rodea en Venecia es de una belleza sobrecogedora y caminas hacia el resto de tu vida con la seguridad de que has vuelto, por fin, a casa.

NOTA DE LA AUTORA

Algunas novelas comienzan a escribirse décadas antes de ver la luz en los escaparates de una librería. La historia del ángel protector de Venecia tal vez comenzó cuando llegué a la ciudad por primera vez, con veintipocos años. Fue mi primer mal de Stendhal, no fui capaz de superar el impacto de tanta belleza a mi alrededor y terminé con una decena de carretes analógicos y un voluminoso álbum de fotografías que periódicamente, a lo largo de los años, visitaba una y otra vez.

Volví a Venecia en 2022 para terminar mi labor de documentación, con la novela ya planificada y conociendo a Leone Da Riva, Filippo y las Egerias. Volví con miedo, lo reconozco. Temía que la ciudad no estuviera a la altura de mis recuerdos. Pero Venecia me deslumbró de nuevo y me pareció inabarcable.

En sus librerías encontré las leyendas locales que la trama precisaba, aunque quise añadir mi propia cosecha como la ruleta veneciana, o la variante local de la *vendetta traversa*, ambas fruto de mi imaginación.

Por suerte, ambientar una novela en Venecia otorga regalos como imaginar escenas en lugares poco conocidos como la isla de los franciscanos o la isla privada de Santa Cristina. No había manera de resistirse a aquel encanto.

Por otro lado, Vitoria y Álava me prestaron de nuevo las raíces para asentar la historia de Unai y los personajes que lo rodean. He querido rescatar tradiciones olvidadas en pocas décadas como la *Gau Beltza* o las leyendas del silo de Okina, en este empeño personal de mostrar mi tierra a las lectoras y lectores de más de cuarenta países.

Cuando recibo fotografías de mis novelas en escaparates de tantos y tantos lugares del mundo siento que este oficio que he elegido y este modo de vida han valido la pena porque esta noche habrá alguien, en Vietnam o en Brasil, que se preocupa por Kraken mientras pasa las páginas de su novela, de esta misma novela que estás sujetando entre tus manos.

BIBLIOGRAFÍA

En mi búsqueda de escenarios poco transitados por turistas y el imaginario popular, recorrí las librerías venecianas en busca de guías diferentes que permitieran a mi imaginación idear una mitología veneciana propia para esta novela.

En los siguientes libros encontré diablos y puentes, almas en pena que gemían en la laguna y terribles leyendas que siempre terminaban en el cementerio de San Michele:

Alberto Toso Fei. *Leyendas venecianas e historias de fantasmas. Guía de los lugares misteriosos de Venecia.* Elzeviro, 2006.

Lucio de Meth. *Venezia. Itinerari esoterici tra calli, chiese e palazzi.* Supernova, 2021.

Thomas Jonglez, Paola Zoffoli e Irene Galifi. *Venecia insólita y secreta.* Editorial Jonglez, 2018.

Roberto Rottinelli & Manula Luraschi. *Insospettata Venezia. Misteri, leggende, aneddoti e fotografie per viaggiatori curiosi.* Supernova, 2021.

Para guiarme en los paisajes exteriores sin contar con la presencia humana tuve la suerte de encontrar las fotografías que se tomaron de Venecia durante el confinamiento:

Danielle y Luz Carton. *Venecia Desierta*. Editorial Jonglez, 2020.

Para los interiores de *palazzos* como el de la isla de Santa Cristina y para guiarme por la curiosa gastronomía local, me serví de las imágenes de:

Marie Pierre Morel. *Venice. The art of living*. Rizzoli International Publications, Inc, 2021.

En los siguientes libros encontré los lugares menos conocidos de la ciudad. Para mí era esencial que Ítaca descubriera en Venecia una ciudad que encajara con su mundo de arte y belleza:

Anna Sardi. *The 500 Hidden Secrets of Venice*. Luster, 2019.
Servane Giol y Thomas Jonglez. *Soul of Venecia. Guia de las 30 mejores experiencias*. Editorial Jonglez, 2021.
Venecia ayer y hoy. Guía ilustrada con reconstrucciones históricas. Archeolibri, 2015.
Maravillas de Venecia. Iter Edizioni.
Venecia y el Véneto. DK Guías Visuales, 2021.
Venecia. Guías Clave. AA Media Limited, 2010.

De nuevo recurrí al siguiente tesoro bibliográfico para documentar las falsificaciones de Ítaca:

Frank Arnau. *3000 años de fraudes en el comercio de antigüedades*. Editorial Noguer, 1961.

Toda la documentación del Museo Guggenheim provino de las siguientes obras:

Leah Hayden. *Miss Guggenheim. Peggy Guggenheim, la galerista que cambió el mundo del arte.* Maeva Ediciones, 2022.

Judith Mackrell. *El* palazzo *inacabado. Arte, amor y vida en Venecia.* El Ojo del Tiempo. Siruela, 2019.

En mi sempiterna búsqueda de modos poco conocidos de acabar con algún personaje, he acudido a mis clásicos:

Atlas ilustrado de alucinógenos, venenos y afrodisíacos. Susaeta ediciones.

Atlas ilustrado de Plantas medicinales y curativas. Susaeta ediciones.

Para la búsqueda de escenarios alaveses y vitorianos:

Javier Ortiz de Guinea. *Vitoria-Gasteiz en acuarela y verso.* Ayuntamiento de Vitoria-Gasteiz.

Aitor Ventureira San Miguel, Imanol Bueno Bernaola. *Araba, mitos, creencias y tradiciones.* 2014.

Santiago de Pablo y Virginia López de Maturana. *Álava insólita. Símbolos, mitos y lugares de memoria.* Fundación Vital Sancho el Sabio, 2018.